ユーリ～魔法に夢見る
小さな錬金術師の物語～

主な登場人物
オレグ・ヴォルコフ
魔法学園の教官。厳しく厭味ったらしい性格で、ユーリにも冷たい態度をとる。
ヨーゼフ
魔法学園の学長。捉えどころがなく飄々としているが、実は学生のことを一番考えいる。
ユーリ
鑑定式で適性なしと判断された白髪の子ども。常に前向きで、魔法の謎に迫っていく努力家。
フィオレ
ユーリの姉。火と水の二重属性を持つ美少女。ユーリのことが可愛すぎて、常にユーリのことを考えている。

レベッカ
魔法学園で戦闘系を担当する教官。ユーリの性格を気に入っており、面倒を見ている。
エマ
魔法学園の光魔法教師兼保健医。骨折なども瞬時に治してしまう凄腕だが、性格はド変態。
エレノア・ハフスタッタ
魔法学園の院に所属する研究大好き人間。研究に打ち込み過ぎて、過度の睡眠不足に陥っている。

Contents

ユーリ～魔法に夢見る小さな錬金術師の物語～

佐伯凪

イラスト
柴崎ありすけ

1章　真っ白な少年

「てふてふ〜、てふ〜」

春の柔らかな日差しが降り注ぐ草原に、2歳になったかどうかという歳《とし》の幼児が座り、からかうように頭上を飛び回る蝶《ちょう》に向けて手を伸ばす。

幼児の髪は先天的なものだろうか、真っ白に輝いている。

「てふて〜」

「あはは、もう、ユーリってば動かないでよ〜」

その幼児を後ろから抱き締め、すべすべの頬《ほお》に頬ずりをする5歳ほどの少女。あどけない顔に紫の髪が揺れる。

2人の近くには山菜の入った籠《かご》。山菜採りの途中で休憩しているのだろう。

少女は幼児を腕に抱きながら、白くて丸い花をつけた野草で冠《かんむり》を編む。

「でーきたっ！　はい、ユーリにあげる！」

満面の笑みで、愛情いっぱいの不格好《ぶかっこう》な冠を幼児の頭にかぶせた。

「ユーリ、かわいいー！」

そしてまた抱き締める。ささやかで幸せな光景だ。

そんな光景の中、

「はっ!!」

ユーリは突然、幼児らしからぬ声を上げた。

「どうしたの、ユーリ？」

「あ、あ、お姉ちゃん、ぼく……ぼく……」

ユーリは震《ふる》える。

ユーリの頭に、自分のものではない記憶が決壊したダムのように流れ込む。

この世界ではないどこかの、科学の発達した世界で、数年間生きたこと。その記憶が、知識が流れ込む。

蝶を見る。分かる。これがモンシロチョウの仲間であることが。

不格好で愛情いっぱいの草冠を手に取る。分かる。これがシロツメクサの仲間であることが。

ユーリは分かった。理解した。

そう、これが。これこそが。

「お姉ちゃん、ぼく……ものごころついた！」

「へ？」

ユーリの物心《ものごころ》がついた瞬間だった。

結論から言うと、あれは物心がついたとかそういうものではなかったらしい。

ユーリはあの日からたくさん考えていた。

算数の勉強をし、言葉の勉強をし、山菜採りに着いて行き、考え続けた。

そして3歳になる日、ついに考えがまとまった。

ほぼ1年間考え続けて、ようやく結論が出たのだ。

「僕の記憶にある世界と、この世界は、違う……？」

その答えに、ついに辿《たど》り着いたのだ。

似ている世界、でも何かが違う世界。

空をいくら眺《なが》めても、飛行機は飛ばないし、人工衛星は回っていない。

染めてもいないのに、髪や目が赤色や水色の人がいる。

父は大岩を持ち上げるし、母は何もないところから火を起こす。

姉は弟であるユーリを溺愛《できあい》していつも抱き締めてくる。

あり得ないのだ。前世では。

あんな大岩を持ち上げるには重機が必要だし、火を起こすにはマッチやライターが必要だし、姉は弟を虐《いじ》めるはずなのだ。

そして前世では最もあり得ないもの、それは『鑑定式《かんていしき》』である。

その人の、魔力を調べるための儀式。それが鑑定式。

そう、この世界には魔力が、魔法があるのだ。

「シグルドとフリージアの子、フィオレ。こちらへ」

「はーい！」

厳《おごそ》かな女性の声に、ユーリの姉、フィオレが元気よく返事をして前に出る。

元気いっぱいの明るい美幼女、それがフィオレである。

父の青い髪と母の赤い髪を受け継いだ、紫色の長い髪が風でなびく。アーモンド型の大きな目に、髪と同じく紫の瞳《ひとみ》。大きくて血色の良い唇《くちびる》。興奮しているのか、頬が少し紅潮《こうちょう》している。

黒いローブのフードを深くかぶった司祭のような人の前にピシッと気をつけをして、ワクワクと目を開いている。そんなフィオレの様子に、今まで真一文字《まいちもんじ》に結ばれていた司祭の口が上弦《じょうげん》に弧《こ》を描いた。天真爛漫《てんしんらんまん》な様《さま》が微笑《ほほえ》ましいのだろう。

「ふふ……では、こちらに手を」

「はい！」

フィオレが水晶《すいしょう》に手を置き、何やら難しい顔で呻《うめ》き声を上げる。

「ぐぬぬぬぬぬ……」

「別に力を入れなくても大丈夫ですよ」

すると、水晶が紫色に輝いた。司祭の口が驚いたように開く。

「シグルドとフリージアの子、フィオレ。あなたには火と水の適性があるようです。お父さんとお母さんを受け継ぎましたね」

フィオレが勢いよくユーリたちの方に振り向いた。父と母、そして母に抱き抱えられているユーリを見て、パアッと花が咲いたかのような笑顔になる。

「パパ！　ママ！　私、火と水だって！　パパとママのどっちも引き継げた！　嬉《うれ》しいー！」

フィオレが駆け寄ってきて、ユーリを抱える母に抱きつく。そして父はそんな3人をまとめて抱きかかえた。

「すごいわフィオレ！　流石《さすが》私たちの自慢の子だわ！」

「ああ！　まさかパパとママを継いで二重属性だなんてな！　フィオレはすごい子だ！」

「あはは！　パパ、ママ、くるしいよー！　あははは！」

3人はキャッキャキャッキャと喜び合う。鑑定式に集まっている村の人たちからも温《あたた》かい拍手が送られた。

温かい祝福ムードの中、ユーリは冷や汗をかいていた。

え、父が青い髪で水属性、母が赤い髪で火属性でしょ？　火と水の二重属性で紫でしょ？　だったら、僕は？

白い髪の僕は、なんの属性なの？

白って、もしかしてなんの適性もないんじゃないの？

「うーん、どうしようかしら」

司祭の女性が手元の紙を見ながら考え込んでいる。

「あの、村長さん。来年5歳になる子は、この村にはいないんですよね？」

「ええ、4年前は子に恵まれなくて」

「そして、その次の年の子は1人だけ……」

「ええ、その通りです」

司祭と村長が何やら不吉な会話をしている。

「うーん、再来年にまた来るのも面倒ですし、ついでにやっちゃいましょうか、鑑定式」

ユーリは絶句した。自分の鑑定式まではまだ2年ある、それまでに心の準備をしておこうと思っていた矢先の断罪である。

『ついでにやっちゃいましょうか』の軽い一言で断頭台に上がることが決まってしまったのだ。

「シグルドとフリージアの子、ユーリ。こちらへ」

母はユーリを降ろすと、頑張れ！　とでも言うようにガッツポーズをした。

父に目を向けると、大丈夫だ！　とばかりにサムズアップをした。

姉は、思い切って行ってこいとばかりに、ユーリの背中を強く叩《たた》いた。

ユーリは歩く。とぼとぼと、絶望の表情で。

なぜならユーリは薄々《うすうす》勘づいているのだ。自分に魔法の適性がないことに。

「では、こちらに手を」

「……ふぁい」

ユーリは涙目《なみだめ》で水晶に手を乗せる。

しばらくすると……

一瞬、水晶が白く光った。ように見えた。燦々《さんさん》と太陽が照りつけているのだ。白い光などほとんど見えるはずもない。

しかしユーリには希望が見えた。

白く光ったのなら、聖魔法なんていう属性があるのではないかと！

「えーっと……、色の変化なし……適性なし、ですね。何も適性のない人は久しぶりですね」

そんな希望は、ほんの2秒で消え去った。適性なしである。

大抵の人に1つは適性があるのだ。稀《まれ》にフィオレのような二重属性や、さらに稀にだがそれ以上の多重属性の人もいるという。

しかし、ユーリは適性なしの無属性。

村人たちは憐憫《れんびん》の目をユーリに向け、ひそひそと話し出す。

『能無しですって。落ちこぼれ。可哀想《かわいそう》に。可哀想なのは家族よ』

そんな言葉がユーリの耳にも届いた。

「おっ……おふっ……おふっ……」

ユーリは目にいっぱいの涙を溜《た》め、悲しさに口を震わせながら家族の方へと振り向く。

無属性の落ちこぼれである。役立たずの要《い》らない子である。ユーリは温かい家庭が崩《くず》れ去る未来を想像し涙した。

滲《にじ》んだ視界で家族を見る。

表情は見えないが、こちらに駆け寄ってくるのが分かった。

ユーリの元まで来た母が、大きく手を振り上げた。

殴《なぐ》られる！

そう思ったユーリは、ギュッと目を瞑《つむ》り、体を縮《ちぢ》ませた。大粒《おおつぶ》の涙がこぼれる。

しかし、予想した衝撃は訪れない。気が付くと強く抱擁《ほうよう》されていた。

「あぁ、私の可愛いユーリ！　そんな顔をしないで！　魔法の適性なんてなくったって、私の大切なユーリには変わりないわ！」

「そうだぞユーリ！　魔法なんてなくったって、剣は振れる！　剣が振れなくったって、ユーリは頭がいい！　いや、頭が悪くてもいい！　ユーリは可愛い息子なんだ！」

「ママ……パパ……」

ユーリは泣いた。ああ、なんて馬鹿なことを考えていたのだろうと。あんなに優しい家族が、魔法が使えないなんてことだけでユーリを嫌うわけがないのだ。

抱き合うユーリたちの元に、フィオレがゆっくりと歩いてくる。

その目に、怒りの火を灯《とも》して。

「……のせいだ……」

「お姉ちゃん……？」

「私のせいだ！」

フィオレは叫《さけ》ぶ。怒りを込めて。

「私が、私がユーリの魔法を奪っちゃったんだ！」

フィオレは思ったのだ。自分が父と母の属性を両方引き継いだことで、ユーリの引き継ぐ属性がなくなったのではないかと。

ユーリが適性なしになってしまったのは、自分のせいだと。

「そんなことはないぞ、そんな話聞いたことがない！」

「そうよ、フィオレは悪くないわ！」

父と母の言葉に、しかしフィオレは首を振る。

「私が悪いんだ。可愛いユーリの属性を奪ったんだ。私がユーリの幸せを壊《こわ》したんだ。私がユーリを不幸にしたんだ」

フィオレは怒る。自分に。可愛い弟を不幸にした自分に。

怒りで髪の毛が逆立ち、魔力の渦《うず》が発生する。

無数の火の球《たま》と水の球が現れ、フィオレを取り巻いた。

そんな光景を見て、司祭が驚きの声を上げた。

「そ、そんな……訓練も詠唱《えいしょう》もなしに魔術が使えるなんて……あり得ない……」

「私のせいだ私のせいだ私のせいだ私のせいだ私のせいだ私のせいだ私のせいだ私のせいだ私のせいだ私のせいだ！」

フィオレは咆《ほ》えた。

「私が、ユーリを、守るんだあああああぁぁぁぁぁ！！！！」

無数の火と水が渦を巻き、轟音《ごうおん》を立てながら天高く登った。

超過保護な姉、モンスターペアレンツならぬモンスターシスター誕生の瞬間であった。

ユーラシア大陸ほどの大きさの、グロリオサ大陸。

その南部の3割ほどを領土とするエルドラード王国が、ユーリの生まれた国である。とはいっても、ユーリが住んでいるのは、大陸南部のエルドラード王国の、さらに南部のベルベット領の、さらに南部に位置している人口500人ほどの小さな村である。

名を、マヨラナ村という。特産はマヨラナと呼ばれるスパイス。村人はせっせとマヨラナを収穫し、ベルベット領に納めている。

鑑定式の日から1年経った。

ユーリの父と母はあれ以来いっそうユーリを愛《め》でるようになり、姉フィオレは魔力操作の訓練に勤《いそ》しんでいる。

フィオレ曰《いわ》く、どんな敵が来ようともユーリを守れるくらいの力が欲しい、少しでも強くなりベルベット領の魔法学園に入学し、さらに強くなりたいらしい。

そんな風に家族に過保護に愛されているユーリはというと、相《あい》も変わらず考えていた。

魔力とは何か。属性とは何か。

村の教会に納められている様々な本を読み漁《あさ》り、色々な人に色々なことを聞いて回り、知識を蓄《たくわ》えた。

曰く、魔力とは神からのお恵みである。

曰く、魔術とは神へ捧《ささ》げる儀式である。

曰く、魔法とは神授《しんじゅ》である。

つまり、神様からもらった魔力で儀式をして、魔術という捧げ物をしましょうね、ということらしい。そしてその副産物で火が出たり水が出たりするわけである。

「そういうおとぎ話的なものじゃなくて、もっと理論的なことを知りたいんだけどな」

そうユーリは独《ひと》りごちる。

そして魔力を操る訓練をしているフィオレを眺めながら考える。

ユーリは適性なしと判定された。それは火も水も、土も風も木も闇《やみ》も光も、何も扱えないということである。

では、この体中に蠢《うごめ》く何かは一体なんなのだろうか。自分の意思で動くこの得体《えたい》の知れない何かはなんなのだろうか。

ユーリは適性なしと判定された。しかし、魔力がないとは言われていない。

いや、あるのだ。魔力は。

コンコンと、何か内臓のような臓器から湧《わ》き出ている。試しに手のひらから外に放出してみる。が、途端に霧散《むさん》した。

練ってみたり、圧縮してみたり、回転させてみたり。この魔力のようなものを体内で操作する。

しかし、どうやっても体の外に出た瞬間に霧散するのだ。

分からない。分からないが、知りたい。

使えるのなら、使いたい。

今日もユーリは姉をぼんやり眺めながら考える。

体内の魔力を練って、圧縮して、放出して、様々な形に変えて遊びながら、ユーリは考えるのだ。

さらに1年が経った。

フィオレは7歳。ベルベット領都、ベルベット魔法学園への入学試験を受ける歳である。

両親とユーリに涙の別れを告げ、フィオレは受験へと向かった。不合格なら戻ってくるし、合格ならそのまま学園の寮《りょう》に住むらしい。

姉がいなくなって、両親はさらにユーリを愛でるようになった。愛情をぶつける相手が1人減ったのだ、仕方のないことかもしれない。

姉のいない家で、両親に挟《はさ》まれて眠りながら、やはりユーリは考えていた。姉に聞いた話では、魔法学園では魔法を学べるらしい。そう、魔法が学べるのだ。

しかし、魔法学園に入学するためには試験に合格する必要がある。国中の子供たちがこぞって受験をしに来る、超難関の試験に合格しなければならない。

入学試験は、魔法歴史学の点数100点、一般教養の点数100点、戦闘技術点100点、そして、魔法適性点100点、合計400点で合否《ごうひ》が決まる。

定員は200人で、300点未満は足切りで不合格だ。

300点未満は足切り。300点未満。300点、未満。未満……みまん……

「みまん!!」

ユーリは叫びながら飛び起きた。

「んー……ユーリー？　まだ朝じゃないわよ……？」

飛び起きたが、寝ぼけ眼《まなこ》の母に抱き締められ、ベッドに倒された。

天井を見ながら、ユーリは早鐘《はやがね》のように打つ心臓の音を聞きながら考えた。

ユーリが入学試験を受ける上でのネックは魔法適性点である。

魔法適性点は、魔力量を最高50点満点で評価し、そこに属性数を乗算《じょうさん》した値《あたい》で計算される。ただし、101点以上は切り捨て。

いや、切り捨てなどどうでもいい。問題は属性数を乗算するということだ。ユーリは適性なしである。いくら魔力量が多くても0を乗算して0点なのだ。なので魔法学園に行くことはほぼ諦《あきら》めていた。

しかし、足切りは300点『未満』。そう、『以下』ではなく『未満』である。

もし、もしもだ。魔法適性点が0点でも、他が満点なら300点。足切りには引っかからない。

もちろん、301点以上の人が200人いた時点で、不合格は確定である。

しかし、可能性はゼロではない。ゼロではないのだ。

魔法学園に行き魔法を学べば、この己《おのれ》の内側に渦巻くものが何なのかを知ることができるかもしれない。もしかしたら、魔法も使えるようになるかもしれない！

興奮した頭で考えて、考えて、……そしてユーリは寝た。

何せまだ5歳なのだ。睡魔《すいま》には勝てなかった。

「パパ、お願いー……けんじゅつ、おしえてぇ……」

翌朝、ユーリは早速《さっそく》父に頼み込んでいた。

土下座《どげざ》で頭を地面につけて……なんて頼み方はしない。父と母にお願いをする時には、低い身長と少女のように愛らしい顔を活かし、足にしがみついて涙目で見上げるのが一番効くのだ。

それをユーリは心得ている。

しばらく目を開けっ放しにすれば、目がしばしばしてきて涙を出せるのだ。

ユーリは自分の武器を使いこなしていた。

「うーむ、しかしだな。ユーリはまだ小さいし、体も出来上がっていない。10歳になってからでもいいんじゃないかな？　それまでは体力づくりだけにしておこう。うん、それがいい」

父は足にしがみつくユーリを見ないように視線を逸《そ》らし、しどろもどろに言う。

10歳じゃおそいの！　7歳までに必要なの！

そう叫びたい気持ちをぐっと押し殺し、ユーリは泣き落としを続行する。

父の太い足にしがみつき、太ももにおでこをくっつけ、ぐすん、と鼻を啜《すす》る。そのあとに『ふえぇ』と声を漏《も》らすのがコツだ。

「パパぁ……だめぇ……？」

「う、ぐぅ……しかし、どうしていきなり剣術なんだ？」

「お姉ちゃんと同じ、魔法学園に行きたいの……お姉ちゃんと同じとこがいい……」

「いや、だけど、ユーリは魔法の適性がないからなぁ……試験に合格するのは、その、言いにくいが、難しいと思うぞ……？」

「がんばるもん……」

「がんばるって言ったってなぁ……」

父は困惑し、ポリポリと頭をかく。

「1回受験してだめだったら諦めるから……おねがい……」

「うーん……でもなぁ……」

2年前の鑑定式以来、父も母もより過保護になった。それ故に、ユーリが少しでも怪我《けが》をしそうなことはさせたくないのだろう。

なかなか堕《お》ちない父に、ユーリは次の手を打つ。

「おねがい、ねぇ、おねがいー……」

足にしがみついたまま、体を左右に揺らすのだ。

かわいい、これはかわいい。

「く、くそう！　母さんどうしよう！　ユーリが可愛い！」

「あなた！　ユーリが可愛いのは当たり前よ！」

突き抜けた親バカである。

しばらくの問答《もんどう》のあと、ついに父は堕ちたのだった。

ユーリの父、シグルドは強い。

なぜこんな辺境の小さな村で自警団《じけいだん》の団長をしているのか理解できないほどに強い。

昔は冒険者をやっていて、たまたま立ち寄ったベルベット領都で、たまたま買い物に来ていたフリージアに出会い一目惚《ひとめぼ》れし、引き止めるパーティメンバーを振り払ってマヨラナ村に来たとかなんとか。

こんな村からベルベット領都に買い物に行くことなんて年に1回あるかないかだ。

父は母と目が合った瞬間に運命を感じたらしい。母の方は目が合ったことすら認識していなかったようだが。

「よし、じゃあ最初はかるーく体の動かし方からやろう。優しくするから大丈夫だぞ」

「やさしくしないで、きびしくして」

さっきまでの涙目はどこへやら。ユーリはスンとした表情で言う。

「いや、しかしだな……」

「やさしくしたら、パパのことキライになる」

「それはこまる！」

シグルドはしばらく腕を組んで考え込んだ。

ユーリはその間にストレッチをする。無理して体を壊したら何日も無駄にしてしまう。それは合格から遠ざかるということだ。全てを万全にする必要がある。

「よし、そうだな。うん、まずは眼《め》から行こう」

「め？」

体を鍛《きた》えるのに、眼からとはどういうことだろうか。

「よし、ユーリ。パパの方をしっかり見てるんだぞ」

「うん」

ユーリは5メートルほど離れたところにいる父を見る。脱力して手をプラプラしている父を。

いつ見てもマッチョだなー。

なんて、ユーリは呑気《のんき》なことを考え……

「フンッ!!」

「へっ？」

拳《こぶし》がユーリの目の前にあった。

瞬《まばた》きはしていない。なのに、一瞬で目の前に父がいて、拳を突き出している。ユーリがそれを認識する前に、拳の風圧がゴウと吹き、ユーリの白い髪を激しくなびかせた。

思わずペタンと尻《しり》もちをつく。

「とまあ、見えないことには何もできない。まずは眼を鍛える訓練をしよう」

そういう父の言葉も耳に入らず、

「ふ、ふぇぇぇぇぇん！」

「ゆ、ユーリ!?」

ユーリは泣いた。ビックリしたのだ。5歳の子供にやっていいことではない。

「ぐすっ、もう大丈夫」

目と鼻を赤くしたユーリが泣くのをやめて立ち上がる。ユーリが泣いている間、シグルドはとい
うとずっとオロオロしていた。

「大丈夫か？　今日はもうやめとくか？」

「ううん、大丈夫。やる」

「そ、そうか……」

ユーリの目標は、魔法適性点が0点でも合格すること。つまり魔法適性点以外は満点を取ること
である。最高得点が、最低条件だ。こんなことでへこたれている場合ではない。

「それじゃ、パパの姿を目で追えるようになったら合格だ。行くぞ」

シグルドは高速で移動し、ユーリに突きを放つ。また移動し、放つ。

寸止《すんど》めしてくれると信用はしているが、怖いものは怖い。

ユーリはものすごい恐怖と風圧に耐えながら必死で目を開いていた。集中し、父を見る。

ただそれだけの訓練だが、背中にはびっしょりと汗をかく。

そんな訓練が始まって、2時間ほど経っただろうか。見ているだけのユーリは汗びっしょりだが、
父は息一つ切らしていない。

そしてついに……

「！」

ユーリの瞳が、シグルドを捉《とら》えた。

シグルドが動いた瞬間に、動いた方向にただ視線を移動しただけ。

たったそれだけだが、ついに『視《み》えた』。

何回も何回も眼前に迫った拳が、今回は開かれてユーリの頭にポンと載《の》せられた。

「すごいぞ！　よく見えたな！」

シグルドは歯を見せながら笑い、ユーリの白い髪を乱暴にくしゃくしゃとかき回す。

ヘトヘトになったユーリは、ぺたんと地面に座り込んだ。

ユーリは思った。父は半端《はんぱ》じゃなく強い。２年間しっかり訓練すれば、戦闘技術１００点だって、夢じゃないかもしれないと。


カコ、カコン！

硬い木材がぶつかり合う音が響《ひび》く。

フィオレが魔法学園の試験に出発した日から1年が経った。結局あれからフィオレは帰ってきていない。無事に魔法学園に合格したのだ。

定期的に届く手紙によれば、学園で揉《も》まれながらも楽しくやっているらしい。

友達もできたとのこと。

その手紙を読んだシグルドが、

『変な男じゃないだろうな!?　冒険者になるくらいしか能がない奴だったらどうしよう！』

と狼狽《うろた》えていた。

ユーリは思った。自分だって冒険者やってたじゃんと。

ユーリの訓練は順調に進んでいた。

動体視力を鍛える訓練のあとは、自分の思うように体を動かす訓練をした。最初は地味な訓練だった。

地面のある一点を人差し指で突くだけなのだ。ゆっくりと、全く同じ点を。

ユーリは最初、こんなの意味がないじゃん、と思っていた。簡単すぎてやる意味などないと。しかし、これを少しずつ早くしていくと、突く点がぶれるのだ。

寸分《すんぶん》の狂いもなく高速で突けるようになるまでこの訓練は続いた。この訓練、ユーリは合格点がもらえるまでに結構な時間がかかってしまった。

というのも、ユーリはこの訓練が退屈すぎて、魔力をこねこねし始めてしまうのだ。

地面を突きながら、魔力をこねこね。

同じ的《まと》を殴りながら、魔力をうねうね。

回し蹴《け》りをしながら、魔力をもみもみ。

さながら、授業を受ける子供が手遊びをするように。

そのうちにユーリは魔力を操作するのが癖《くせ》になった。

日常生活を送りながらはもちろんのこと。父との訓練中も、魔法歴史学の勉強中も、お風呂の時も、トイレの時も。

細かい操作は無理だが、眠りながらでもある程度操作できるようになっていた。

しかし、それだけだ。この魔力と思わしきものを何かに使えたことは一度もない。

「よし、ここまで。かなり的確に動けるようになったな。すごいぞユーリ！」

「はぁ……はぁ……」

ユーリは地面にペタリと座り込み、シグルドに問う。

「パパ、僕、強くなれてる？」

「ああ、もちろんだ！」

「パパと比べてどのくらい？」

「え……っと、うーんそうだな……」

シグルドは答えにくそうに頬をかく。

「大丈夫。本当のこと教えて。パパいつも言ってるでしょ、『自分の力を正しく把握《はあく》しろ』って」

「そうか、うん。そうだな」

ユーリの言葉に、シグルドは少し考えて答えた。

「パパの100分の1くらいには、強くなれてると思うぞ、うん」

ユーリはゴロンと仰向《あおむ》けに転がり、青い空を眺めた。

遠すぎる。父の1％にしかなれていない。

こんな調子で魔法学園の試験に合格できるのだろうか。

シグルドも考える。この調子でいいんだろうか。ユーリを合格に導けるのだろうかと。

しかしこの2人、大きすぎる勘違いをしていた。

父、シグルドは確かに強い。

強いが、強すぎるのだ。

目の訓練と、体を動かす訓練を完璧にこなせるようになったユーリは、それだけで同年代に負けることなどないだろう。

父より遅い拳を見て、避《よ》けるだけでいいのだ。そこらへんの冒険者ではユーリに攻撃を当てることは難しい。

なぜ2人がこんな勘違いをしているのかというと、まず父シグルドだが、強すぎて他人の強さを測《はか》れないのだ。

例えるなら、世界一高い山の上から、地上の建物の高さを見比べているようなものだ。父からすれば、犬小屋も貴族の屋敷も、どちらも『小さな建物』にしか見えない。分かるのはどちらも圧倒的に自分より低いということだけだ。

そしてユーリだが、友達がいない。

適性なしの落ちこぼれと鑑定されたことも理由の一つではあるが、それよりも大きな理由がその容姿である。

可愛い。可愛すぎた。なので、村の男の子は仲間に入れてくれない。

『お、お前見てるとなんか、変な気持ちになるんだよ！　こっちくんな！』

といった具合である。

小さな村の幼気《いたいけ》な少年たちの性癖《せいへき》に、新しい扉《とびら》を開きまくっているユーリである。

そして女子も近くに来るのを嫌がる。

『男の子のくせに私より可愛いとか生意気《なまいき》』

との理由だ。当たり前である。自分より可愛い子が隣に来てしまえば、比較して自分が醜《みにく》く見られるのだ。しかも対戦相手は男の子。プライドが許さない。

といったわけで、ユーリには友達がいなかった。友達がいないので、同年代と比べた自分の強さなど分かりようがないのだ。

勘違いした2人の訓練は、どんどん激しい方向に加速していくことになる。


そんな訓練と勉強漬《づ》けの日々を過ごしていたユーリだが、訓練前の準備運動で軽く走っている時、いきなり顔面からコケた。

「ぐえっ！」

ユーリは混乱する。自分はただ軽く走っていただけである。なのに、急激に加速したのだ。

「え？　え？　今の、なに？」

鼻血を出しながら、軽く走ってみる。こけない。思いっきり走ってみる。こけない。

さっきの急激な加速はなんだったのだろう。

もちろん、突然筋肉がついたわけではない。

そうなると、理由は……

「もしかして……魔力？」

確かにさっき、無意識に足の方に魔力を集中させていた。

いつものように、こねたり、形を変えたりしながら、何をした？

自分は一体、何をした？

興奮で手を震わせながらユーリは考える。

今まではただ、体内に流れる魔力をこねて動かしていただけだ。さっきは、足に、足の筋肉に、練った魔力を『染み込ませた』。

いや、そんなことは前から試していたはずだ。ただ、いつも魔力は素通りしていた。体内を蠢いていただけだ。いつもと何が違う？　どう変わった？

変わったのは、多分、体の構造への理解と、意志？

いつものようにジャンプする。いつものように少しだけ跳《と》べる。

魔力を太もも、ふくらはぎの筋肉に浸透《しんとう》させ、筋肉を強化するようにイメージ、そして……

「跳ぶっ!!」

跳んだ。

ユーリは跳んだ。高く。

……10メートルほども。

「できたあああぁぁぁ!!」

「ユウウウゥウリイイイィイ!!」

玄関から出てきた父が見たのは、高所から落下している最愛の息子であった。

鬼の形相《ぎょうそう》で踏み込み、ユーリが地面に落ちる前になんとかキャッチ。

紙一重《かみひとえ》であった。

「ユーリ！　どうした⁉　大丈夫か⁉　何があった⁉」

「あは！　あははは！　あははははは！　できた！　パパ！　できたよ！」

ユーリが魔力による身体強化《しんたいきょうか》を覚えた瞬間であった。


ユーリは自分が魔力によって高く跳んだことを父に説明した。

筋力を強くすることで、強い力を得たことを。

「ふむ、体内の魔力を筋肉に通して強化する、か。確かに魔力による身体強化の部類だが……パパの使っている身体強化とはちょっと違うかもしれないな」

「そうなの？」

「パパは別に、早く走ろうと思って足を強化したり、強く殴ろうと思って腕を強化してるわけじゃないんだ」

「じゃあ、どうやってるの？」

「簡単だ。全身を強くするんだ。というか、ユーリは器用だな。足だけを強化するなんて。そんな話聞いたことがない！　すごいぞユーリ！」

父はユーリを高い高いして褒《ほ》める。そして、今度は真剣な顔でユーリを見て言う。

「だけどなユーリ、多分そのやり方は危険だ」

「え、そうなの？」

「ああ。なぜなら強化しているのが足『だけ』だからだ。例えば、全力で走ってコケた時のことを考えてみろ。全身を強化していれば、当然頭も胸も腕も強化されている。多少の衝撃には耐えられるだろう。でも、足だけだったら？」

「強化してないところは弱いままだから、大怪我する……」

「そうだ。さっきも危なかったぞ？　頭から落ちてたら大怪我をするところだった」

ユーリはぞっとした。

無邪気に笑っていたが、確かに、落ちたら良くて骨折、運悪く頭から落ちれば最悪死亡だ。

「き、きをつける……」

「ああ、そうしてくれ。父さん肝《きも》が冷えて凍《こお》っちゃったぞ！　ハハハハ！」

父はユーリを降ろすと、頭にポンと手を置いた。

「しかし、それができることはすごいし、これなら普通の身体強化はすぐ覚えられるだろう。パパてっきりユーリには魔力がないと思っていたから、教えるつもりはなかったんだがな」

「ほんと!?」

ユーリは大いに喜んだ。これで戦闘技術点を上げられるかもしれないからだ。父からいわゆる『普通の』身体強化を教えてもらえればその可能性はぐっと上がる。

「身体強化はな、魔力をこう、グワーっ！　てやるんだ！　グワーッてな！　よし、やってみろ！」

「……へ？」

「どうした、ほら。体の中から、グワーっとしてみろ！」

あまりに抽象的すぎる説明に、ユーリはぽかんと口を開けた。

「む、パパを疑っているな？　大丈夫だ。足だけを強化なんて器用なことができるユーリならこれでできる！」

「う、うん……」

ユーリはやってみた。

体の中から魔力をグワーっと。そんな簡単な方法でできるはずが……

「……う、うそ」

できた。

いとも簡単にユーリは身体強化を覚えたのだ。

「なんで……こんなに簡単に……」

「いや、簡単なことではないぞ。普通は、魔力をグワーっとして、それで強化できるまでにかなりの時間がかかるんだ。でもユーリは足の強化でそもそものコツを掴《つか》んでいたから、すぐできたんだと思うぞ」

「そっか……そっか！　できたんだ！」

強化した体でユーリは喜ぶ。ピョンピョンと1メートルほど飛び跳ねながら喜んだ。

しばらく喜んだあと。ユーリは思った。父、ずるくない？　と。

なぜなら、今までの訓練でも身体強化を使っていたはずだからである。この前の手合わせの時も、あり得ないくらいの速さで動いてたし。

「ずるい」

「ん？　どうしたユーリ？」

「パパ、ずるいよ。稽古《けいこ》の時に身体強化してたでしょ。勝てないに決まってるよ」

口を尖《とが》らせてユーリは拗《す》ねる。しかし、そんなユーリに父は首を傾《かし》げた。

「いや、ユーリとの訓練で使ったことはないぞ？」

「へ？」

「うん？」

しばしの沈黙のあと。

「うん、そうだな。せっかく身体強化が使えたんだ。今度は身体強化ありで今までの訓練をしよう！

ユーリ、パパの動きをよーく見ておくんだぞ」

ユーリは見る。父を。

どこか、体から闘志を漲《みなぎ》らせているように見える父を凝視する。

ボッ！

「ふぇ？」

見ていたはずだった。見えるようになったはずだった。

しかし、何も見えなかった。

気がつくと目の前には父の拳、そして、目の前で爆発が起きたかのような風圧。

ユーリはペタリと地面にお尻をついた。腰が抜けたのだ。

そして……

「ふ、ふええぇぇぇぇ!!」

ユーリは泣いた。１年半前と同じように。

そしてまた始まるのだった。動体視力の訓練が。

◆◇◆◇◆

「よし、行ってきます！」

７歳になったユーリは、ベルベット領都へ向けて出発する。

これから試験を受けに行くのだ。魔法学園の試験を。

ユーリを抱き締めて離さない母の肩を叩き、名残惜《なごりお》しくも母の胸から離れ……離れ……

「あの、ママ？　僕、そろそろ行かないと」

「やだ」

グスンと鼻をすすりながら、母フリージアはユーリをキツく抱き締める。

「ママ、僕ね、目標があるんだ。僕、魔力について、魔法について勉強したいんだ。だから、魔法学園に行く。がんばりたいんだ」

「うん、ママ、ユーリのこと、応援してる」

「だから、行ってきます」

「やだ」

「えぇー……」

さっきからこの繰り返しである。

フリージアは、まだ子離れできていなかった。

「ねぇママ。ママは僕のこと好き？」

「愛してる」

「ママはお姉ちゃんのことも、僕のことも好きだもんね」

「うん」

「ママは、家族が大好きだもんね」

「うん」

「じゃあさ、僕、弟が欲しいな」

「……ふぇ？」

思いがけないユーリの言葉にフリージアと、そしてシグルドも固まった。

「僕、大好きな家族が増えると嬉しいな。だから、ね。僕もお姉ちゃんもいない時に。ね？」

なんという7歳児であろう。

2人きりになった家で、遠慮しなくていい空間で、励《はげ》めと言うのだ。ナニをとは言わないが。

父と母は顔を見合わせ、そして目線を逸らした。顔を真《ま》っ赤《か》にして。どこかムンムンと色気が漂い出した気がする。久しぶりに、今夜はお楽しみなことだろう。

「だから、僕は行ってきます！　たくさんお手紙書くからね！」

「え、ええ、気をつけてね、ユーリ」

「う、うむ、あまり無茶はするなよ」

これでしばらくはユーリのいなくなった寂しさを紛《まぎ》らわせることができるだろう。湿《しめ》っぽい空気を回避できたユーリは、ベルベット領都まで行く行商人の馬車へと駆け出した。

その目に、寂しさの涙を滲ませながら。


「そうかいそうかい。嬢ちゃんはフィオレちゃんの妹なのかい」

「だから妹じゃなくて弟！　いい加減に覚えてよ！」

ユーリはシグルドの知り合いだという行商人のおじいさんの膝《ひざ》の上に座っていた。馬車は揺れてお尻が痛いだろうと、御者台《ぎょしゃだい》に座る自分の膝の上に乗せてくれたのだ。

「よく覚えているよ。紫色の髪をした可愛いお嬢ちゃんだろう？　お嬢ちゃんが魔法で水を出してくれたお陰で助かったよ」

「ごめんなさい、僕は魔法の適性がないから、水とか出せないの」

しょんぼりするユーリの頭をおじいさんが撫《な》でる。

「よいよい。たくさん積んできとるんでな。喉《のど》が乾《かわ》いたら好きなだけお飲みなさい」

「ありがとう！」

「それと、寒いなら毛布を使うといい。女の子はお腹を冷やしちゃいかんでなぁ」

「だから女の子じゃなくて男の子！」

「おお、そうだったけのぉ」

「もー、ほんとに分かってるのかなー？」

そんなのんびりした雰囲気の旅が続く。

ベルベット領都までは馬車で数日ほどもかかるのだ。気を張っていては心が保《も》たない。

「ねぇおじいさん。おじいさんは護衛とかつけないの？」

ユーリは聞いたことがある。魔物が村に来ることはほとんどないが、村から村への街道は魔物や獣《けもの》のテリトリーであると。行商人は護衛をつけるのが普通だと。

「まぁ大丈夫じゃろ。襲われたことは何度かあるが、大したことはなかったからのぉ」

「もー、大丈夫かなぁ」

少しだけ不安に思うユーリであった。そして、そういう不安な予感はよく当たるものである。

街道の横の森から、森狼《もりおおかみ》が３匹飛び出してきた。魔物ではなく獣ではあるが、初老の男性と７歳児では勝ち目がない。普通であれば。

「おじいさん！　おじいさんどうしよう！　狼が３匹も来たよ！」

ユーリは初めて見る森狼に震え上がる。７歳児にしては背の低いユーリと同じほどの体高がある巨大な狼だ。怯《おび》えるのも当然である。

まぁしかし、実のところシグルドにみっちりと稽古をつけてもらい、身体強化まで習得したユーリが負けるはずはない。ないのだが、ユーリはそんなことは知らない。

狼イコール強くて怖いのだ。だって前世でもそうだったもの。

グルグルと獲物《えもの》を品定めするかのように、馬車の周りを回る狼たち。そのうち、馬車を引く馬を獲物に決めたようで、ジリジリと近寄っていく。

そしてついに飛びかかろうとした、瞬間。

「儂《わし》の大切な相棒を食べるのは堪忍《かんにん》しておくれ」

行商人のおじいさんは目にも止まらぬ速さで何かを投げた。

『ギャウウゥン!!　ギャンギャンギャウ、ギャウウゥゥ!!』

途端、1匹の狼が暴れ出した。首からナイフの柄《え》を生やして。他の2匹は驚いたのか、すぐさま逃げ出した。首にナイフの刺さった1匹はしばらく跳ね回り、やがて静かに絶命した。

「え……？　今、何したの？」

「ほっほっほ、ただナイフを投げただけじゃよ」

身体強化をした父の動きが見えるようになったユーリでさえ、今のおじいさんの行動は見えなかった。

このおじいさん、冒険者をやめて国中を旅するようになった、シグルドの元師匠《ししょう》である。

ユーリがベルベット領都まで安全に行けるようにと、シグルドが手紙を飛ばしておいたのである。

そういうわけで、とても安全な長旅が始まった。

「お嬢ちゃん、お嬢ちゃん。もうすぐベルベット領都に到着じゃぞ」

「ん……んーー！　よく寝たぁ。体がバキバキになっちゃったよ」

おじいさんに起こされて、ユーリは大きく伸びをする。おじいさんの膝の上で。

この旅の途中、移動中はほとんど膝に座っていたユーリであった。おじいさんもまるで孫を見るかのように優しい目でユーリを見ている。

「ほら、あそこが入り口じゃ」

そこには街を守る巨大な城壁《じょうへき》が……なかった。

何せベルベット領都はエルドラード王国の南端に位置している。北以外の3方は海に面しているし、すぐ北は王都エルドラードである。どこからも攻め込まれる心配がないのだ。

なので、領都に入らなくてもよく見えた。たくさんの建物が。よく分からないけど高い建造物が。

そして遠目にしか見えないが、大きなお城も見える。

「うっわぁーー！　すごい！　ここがベルベット領都なんだ！　大きいーー！」

「ほっほ、王都はもっともっと大きいぞい」

「えー⁉　こんなに大きいのに、もっと大きいところがあるの⁉　ほぇ〜、世界は広いなー……」

ユーリには前世の記憶があるが、あくまでも記憶でしかない。

実際に目にする大きな街は初めてなのだ。ワクワクと胸が躍《おど》る。

大して並んでもいない、ゆるーい検問を終え、馬車は領都をのんびりと進む。

「あ！　あそこの建物はご飯屋《はんや》さんかな⁉　あ、あっちには剣の看板がある！　武器屋さんかな⁉　あれは……何？　ねぇおじいさん、煙《けむり》の看板って何？　あ、あれは冒険者ギルドだ！　お父さんが言ってた看板と同じだ！　わぁ！　ローブを着た女の人がいるよ！　魔法使いかな⁉　あーー！　こっちに手を振ってくれた！　わーい！」

ユーリが御者台で立ち上がり、はしゃぎにはしゃぐ。あまりに楽しそうに騒いでいる見た目は白髪の美幼女に、街の人たちがクスクス笑いながら手を振ってくれる。

「そんなにいっぺんに聞かれても答えられんわい。嬢ちゃんも試験に受かればこの街に住むんじゃ。ゆーっくり色々なところを見て回るとよいぞ」

「分かった！　試験頑張る！」

「試験はたしか明日じゃったの。今日は宿でゆーっくりして体を休めなさい。明日の試験が終わるまでは一緒にいてあげよう」

「ありがとう！」

「ほっほ、もし落ちたらしばらく商《あきな》いをしたあとに、またマヨラナ村まで送ってやるわい」

「合格できるように頑張るもん！」

明日受験とは思えないほど、緊張感のない様子でユーリは言う。やることはやったし、どうあがいても最高得点が３００点なのだ。

気持ちはもう吹っ切れていた。

2章　入学試験に挑戦！

「よーし、行ってくる！」

「はいよ。今日と同じ宿で待ってるでな」

　ベルベット魔法学園の入り口で、ユーリはパンと両頬を叩いて気合を入れた。周りはユーリと同じ受験生でごった返している。

　前世の記憶の中の受験とは異なり、試験は当日申し込んでの当日受験である。学園に着いた順に試験を受け、終わった人は定刻になるまで待つことになる。

　受験者数は毎年およそ千人強。つまり倍率は5倍を超えている。

　ユーリは意気揚々《いきようよう》と受付へと向かった。

「受験の申し込みはここ？」

「うん。こっちの紙に必要事項を書いてね。どこから来たのかと、誰の子供かと、自分の名前、年齢、性別ね」

　受付を手伝っているのであろう学園の女生徒がペンを渡してくれる。

　マヨラナ村、シグルドとフリージアの子、ユーリ、7歳、男。

　性別を書いた時に受付の女生徒が驚いた顔になる。

「えっと、男の子……で間違いない？」

「間違いないよっ！」

「あ、そうなんだ。ごめんごめん。はい、これが受験番号ね。なくさないように気をつけてね」

ユーリは４桁《けた》の番号が書かれた割符《わりふ》を受け取る。

０４０７
大切にポシェットに仕舞《しま》う。

「試験は一般教養、魔法歴史学、戦闘技術、魔法適性の４科目だけど、どれから受験しても大丈夫だよ。ただ、他の人との会話は禁止で、学校の敷地から出るのも禁止。破ったら不合格だから気をつけてね」

「あの、トイレの場所とか、道に迷った時はどうすればいいの？」

「私と同じ服の人がたくさんいるから、そういう人に手を上げて知らせてくれればいいよ。試験頑張ってね」

「ありがとっ！」

ユーリは大きく息を吸い込み、呼吸を止めて歩き出す。そんな様子を見て女生徒がクスクスと笑った。

「喋《しゃべ》っちゃダメだけど、息はちゃんとしないとダメだよー」

「あ、そっか！　あ、しゃべっちゃった！」

「ふふ、大丈夫大丈夫。さ、行っておいで」

「うん、行ってきます！」

ユーリの挑戦が始まった。

試験は4科目。どこから受験しても良い。ということで、ユーリは一般教養、魔法歴史学、戦闘技術、魔法適性の順番で受けることにした。

試験は長丁場《ながちょうば》だ。脳に糖分が余っているうちに座学を、胃の中のものを消化して体が軽くなってから、体を動かす試験を受けることにしたのだ。魔法適性はどうでもいいので後回しである。

「失礼しま……あっ！」

試験会場の部屋に入る時に思わず声を出してしまい、すぐに口を閉じる。

ちらりと一般教養試験担当の教官らしき人を見る。優しそうな初老の男だ。

整えられた緑髪には多く白髪が混じり、モノクルをかけた瞳を細め、微笑ましそうにユーリを見る。彼の名は、ディーター・クラウゼ。

「何か聞こえたような気がしましたが、鳥のさえずりですかね」

ディーターはわざとらしく、そう呟《つぶや》いてくれた。ユーリはホッと胸を撫で下ろす。

「おっと、受験生ですか。こちらから受験する子は珍しいですね。若い子はこぞって魔法適性に行きたがるものなのですが。では、受験番号を見せてくれますか」

ユーリはむん！　と口を結んで割符を見せる。

「はい、確かに。では、テスト用紙の置いてある机に座って問題を解いてください。時間制限などはありませんが、かけすぎると他の試験の時間がなくなっちゃうので気をつけてくださいね」

割符を返してもらい、コクコクと頷《うなず》き、ユーリは席についた。深呼吸をひとつして、伏せてあるテスト用紙をめくる。

ざっと目を通してみる。簡単だ。

ユーリは確信する。一般教養は１００点が取れると。


あっという間に問題を解いたユーリは、驚くディーターに解答を手渡して次の会場へ向かう。次は魔法歴史学である。

一般教養試験と同じように、席について問題を解く。スラスラと解いていく中で、ピタリとユーリの手が止まった。

『問17　魔法を発明したとされる人物の名前を答えよ』

簡単だ。簡単な問題だ。しかし、難しい。

なぜなら、候補が2人いるからだ。なのに解答欄はひとつだけ。

普通に答えるなら、この国の唯一神教である聖光教会の創設者、『アルマーニ・アウグスト』である。しかし、マヨラナ村の教会の分厚《ぶあつ》い教典の中に、1行だけ次のような記載があるのだ。

『アルマーニ・アウグストは、祖父《そふ》であるパーシヴァル・アウグストに魔法を師事《しじ》した』と。

ユーリは悩んだ。

もし間違えれば不合格確定である。ユーリには1問のミスも許されないのだ。

悩んで、悩んで、そしてユーリは解答を記入した。

『アルマーニ・アウグストの祖父、パーシヴァル・アウグスト　教典4巻3章2項より』

教会で本を読み漁っている時、疑問に思ったのだ。ほとんどの教材でアルマーニと書いてあるが、教典にはアルマーニは祖父に師事したとある。

そして4巻3章2項と、記述してある場所が覚えやすいのも運が良かった。

これで問題ないだろうと満足し、ユーリは解答を続けた。


2つの試験を終え、次はユーリにとっては最後となる試験、戦闘技術の試験である。

ユーリはパンと強く頬を叩き、気合を入れて会場へと向かった。

「よお。私は戦闘技術採点担当のレベッカだ。戦闘技術の試験にようこそ。そして残念だったな。ここは外《はず》れだ」

ユーリが戦闘技術の試験場に入ると、不遜《ふそん》な態度で椅子《いす》に座っている、気の強そうな茶髪ポニーテールの女性に話しかけられた。

戦闘技術の試験はグラウンドで行われる。

グラウンドはいくつもの幕で10平米ほどの広さに区切られており、他の部屋は見えない。どの区画も受験生たちが行列を作っていたが、なぜかこの部屋だけ誰も並んでいなかった。理由はこの女性、レベッカにあるようだ。

「試験はカンニング禁止だが、事前の情報収集は禁止じゃない。むしろ推奨《すいしょう》されている。事前に在校生に話でも聞いてればよかったのになぁ。グラウンド左端の部屋は鬼教官がいるからやめとけって分かったのにな。それとも昨日今日着いたばかりの田舎者《いなかもの》か？」

ユーリは頷き、割符を手渡す。

「あ、そうそう。戦闘技術の試験は喋ってもいいぞ。監督員と2人きりだからな」

「僕はマヨラナ村から来たユーリ、よろしく！」

「元気はいいみたいだな。何か聞きたいことはあるか？」

「どうやったら戦闘技術で１００点を取れる？」

「はぁ？」

レベッカは訳が分からないとばかりに首をひねる。

「１００点なんてつけたことないな。少なくとも私はな」

「でも、僕は１００点を取らないと駄目なの」

「首席でも目指してるのか？　クソ真面目《まじめ》な奴だな」

「ううん。僕には魔法適性がないから。１００点を取らないと絶対に不合格になっちゃうの」

「は？」

今度はポカンと口を開ける。

「え？　お前適性なしなのか？　なんで試験受けに来たんだよ。受かるわけないだろう」

「可能性はあるよ。魔法適性以外で満点取れれば、３００点だもん。足切りには引っかからないよ」

「え？　……あ、そうか。確かに、足切りは３００点未満だったたか。しかし、そうか……くく、そうか！　あーっはっは！　分かった、お前、馬鹿だろ⁉　可愛い顔して、相当なイカれ馬鹿だ！」

何がツボに入ったのか、レベッカは腹を抱え、膝を叩きながら爆笑する。

「あー、笑った笑った。キライじゃないぜ、お前みたいな奴は。で、どうして適性もないくせに学園に入りたいんだ？」

「適性はないけど、魔力はあるよ。だから、使えないかなって思って。研究したいんだ、魔法のこと」

「へぇ、適性がない奴にも魔力はあるのか。それは知らなかったな。何せ適性がない奴が学園に来ることなんてないしな。そうか。そりゃ１００点取らねぇとどうしようもねぇなぁ。しかしな、だからといって採点を甘くするわけにはいかねぇ。ここでお前の無謀な夢を断ち切った方が、お前のためかもしれないしな。それで、１００点を取る方法だったか。そうだな」

レベッカは少し悩んだあとに口を開く。

「色々と基準はあるが、明確なのがひとつ。私に勝てば１００点だ」

にやりと笑い、レベッカは立ち上がって身体強化を発動した。

「どんな方法でもいい。私に攻撃を当てられたら１００点にしてやる。武器はそこにあるのをなんでも使え」

レベッカが顎《あご》でしゃくった方には、ボロボロの武器が乱雑《らんざつ》に置いてあった。

「お前が私に一撃でも入れられたら合格だ。足でも腕でもどこでもいい。あぁ、刃は潰《つぶ》してあるから変な心配はしなくていいぞ」

ユーリは頷くと、短いナイフを手に取る。刃渡り20センチくらいだろうか。

震える手で握《にぎ》り締め、キッとレベッカを見据える。

「そんなに緊張しなくていいぞ。どうせ私のところになんて誰も来ないんだ。何回でも付き合ってやろう」

レベッカはそう言うが、ユーリは一撃で決めるつもりだ。

相手が一番油断している時に、1回だけの必殺を叩き込む。勝機はそれしかないと考える。

魔力を練る、練る、練り込む。それを足の筋肉に浸透。

父から危険だからやめておけと言われた方法。捨て身の部分強化である。

初めての時のように、高くジャンプした時のように。あの時のように魔力を込めて。いや、あの時よりもっと、全力で魔力を込めて。

これでダメなら諦めもつく。だから、変な小手《こ て》調べなんてせず、最初から正真正銘《しょうしんしょうめい》の全力攻撃。

「……行くよ」

ユーリの声を聞いて、レベッカがにやりと笑う。

『どこからでもかかってこい』

そのセリフを言おうと口を開けた瞬間。

ユーリが消えた。爆音《ばくおん》を立てて。

足からの激痛など無視し、たった2歩の踏み込みだけでレベッカの元に迫る。

全く想定外のユーリの動きに、しかし、レベッカは反応した。身体強化を最大出力まで上げ、殺《さっ》気《き》を振りまく。

自分が試験の教官をやっていることなど、一瞬で頭から吹き飛んだ。

自分に向かってくる脅威《きょうい》を排除しなければならない。大きく右腕を振り上げ、拳を固く握り締め、そして刹那《せつな》に考える。

『これ、殴ったらこいつ死ぬな』

紙一重であった。

ユーリにもし一欠片《ひとかけら》でも殺気があれば、短い人生はここで終わっていただろう。

ただ勝ちたいという純粋な気持ちだけだったから、ユーリに殺気が全くなかったから、レベッカは正気に戻れたのだ。

もはやレベッカの頭に勝敗のことなどなかった。

避ければユーリは大怪我をするだろう。この子を、ユーリを受け止める。それだけであった。

再度の轟音。土煙《つちけむり》が舞う。そして響く叫喚《きょうかん》。

「ぐ、ああああぁぁぁぁぁぁぁ!!」

強く強く踏み込んだユーリの足の骨は折れ、筋肉は断裂。レベッカにぶつかった左腕もあらぬ方向に曲がっている。

しかし。

しかし右手のナイフは、しっかりとレベッカの首に添えられていた。

痛みに呻き、大量の涙を流しながらも、ユーリは右手のナイフを離さない。

ボロボロのユーリ、無傷のレベッカ。

しかし、勝ったのはユーリである。

「こ、これで、１００点……だよね……」

かろうじてそれだけ言ってユーリは倒れ込んだ。そして、這《は》うように進む。

次は魔法適性試験なのだ。

０点なのは分かりきっているが、未受験だと不合格になるかもしれない。ユーリは０点を取りに行かなければならないのだ。

しばし呆然《ぼうぜん》としていたレベッカだったが、ハッとして正気に戻る。

「ま、待て待て！　今医療係を呼ぶ！　ちょっと待ってろ！」

レベッカは慌《あわ》てて走って出ていき、おっとりした女性を連れて戻ってきた。

「あら～、あらあらあら～。ひどい怪我ね～。筋肉がボロボロ、骨もボキボキ。痛そうね～」

金髪ゆるふわロングで糸目巨乳の彼女の名はエマ。この学園の光魔法教師兼保健医である。

エマは倒れているユーリをしばらく診察《しんさつ》したあと、なぜか赤く染まった頬に手を当ててうっとりと言う。

「はぁ～～、小さくて可愛い子が大怪我して痛みに呻く様、本当に興奮するわ～～。保健医になった甲斐《かい》があるわね～～」

おっとり美人巨乳保健医は、ド変態であった。

「ねぇ君、ここの筋肉ぶっちぶちになっているのだけど、どう？　痛むかしら？」

そんなことを言いながら、

グイッ

「あああああああああああああぁぁぁぁぁぁ！！！！」

ユーリのふくらはぎを親指で強く押す。悪魔の所業《しょぎょう》である。

痛みに叫ぶユーリを眺め、親指をさらに強く押し込む。

「ぁ……んぅ……もぅ、そんな声出さないでよぉ。はぁ、はぁ、もっと、したくなっちゃう……」

ぺろりと舌《した》なめずりをし、うるんだ瞳でユーリの反対のふくらはぎに手を添えて……

「はよ治療せんかこの色ボケ保健医！」

ゴイーン

レベッカの鞘《さや》付きの剣がエマの頭に落ちた。

「ふぎゃっ！　いったーい！　何するのよぉ！　レベッカは昔っから凶暴なんだからぁ！」

そんなことを言いながらエマは治癒《ちゆ》魔法をかける。自分の頭に。

「自分より先にこの子の治療をしろ！　変態保健医が！」

「はぁー。せっかくいい感じに仕上がってるのにぃ。こんなシチュエーションなかなかないのよぉ？こんな可愛い子が痛みにのたうち回ってるところなんてぇ。もうちょっと、もうちょっとだけお楽しみさせて、ねぇ？」

「……」

レベッカは無言で剣を振り上げる。今度は鞘から抜いて。

「分かったぁ！　分かったからぁ！　もー、レベッカのケチンボ！」

エマはようやくユーリの治療を始めた。

ユーリにかざしたエマの手から、柔らかな金色の光が生まれ、ユーリの体を包む。痛みはだんだん収まっていき、気がついた時にはユーリの怪我はなくなっていた。

「あーあ、治っちゃった。はい、これで大丈夫よ～」

怪我が治ったユーリは勢いよく立ち上がり、レベッカの後ろに隠れた。レベッカの足にしがみついておびえた表情でエマを見る。

「もぉ～、ひどーい。私が治したのにぃ」

「あ、ありが、とう……」

「よし、もう大丈夫だな。それじゃ、一応魔法適性試験に行ってこい。戦闘技術は合格、100点だ」

レベッカはぐしゃぐしゃとユーリの頭を撫でたあと、背中を優しくポンと押した。見かけによらず優しい人だ。

「また怪我したら治してあげるからねぇ～」

出ていくユーリにエマも声をかける。こちらは見かけによらず恐ろしい人であった。

ユーリが出ていったあとに、エマがレベッカに問う。

「レベッカにしては手加減が下手くそねぇ。なんであんなに大怪我させちゃったのぉ？　あ、もしかして、レベッカも目覚めちゃったぁ？　いいわよね～可愛い子の悲鳴！　嗚咽《おえつ》！　絶望の顔！　さっきのあの子の顔と声、思い出しただけでもう私……はぁ、はぁ」

「お前と一緒にするな変態。あれは私じゃない、自分でやったんだよ」

「自分で……？」

思いがけないレベッカの言葉に、エマは首を傾げた。

「身体強化だ。通常のものとは違った。足だけが異常に強化されていた。強化した足が耐えられないほどに。あいつは、異常だ」

「……珍しいわね、あなたにそんな顔させるなんて」

言われてからレベッカは気がつく。自分が好敵手《こうてきしゅ》に出会った時のような、不敵な笑みを浮かべていることに。

「あいつ、分かっててやったんだ。無事じゃ済まないことをな。何も分からず突っ込んで大怪我する馬鹿はまぁまぁいるが、大怪我すると分かっていて突っ込んでいける大馬鹿はそうそういない。目的のためなら命だって捨てるやべぇ奴だ」

「ふーん。面白そうな子ねぇ。また大怪我してくれるかしら～」

どこまでも自分の欲求に素直なエマの頭に、レベッカは再び剣の鞘を落とした。


いったーい！　というエマの叫び声を背に、ユーリは魔法適性試験へと向かう。気楽なものだ。なぜなら0点が確定しているのだから。

グラウンドの、戦闘技術試験とは反対側の一角に、魔法適性試験の会場はあった。

入ると鑑定式の時に使ったものと同じ水晶と、メモリのついた魔導具が並べられている。

その横に、不機嫌《ふきげん》そうな痩せ型の初老の男性が佇《たたず》む。紫の髪に白髪が混ざっている。どこか疲れきって窶《やつ》れたような様子の彼の名はオレグ・ヴォルコフ。厳《きび》しく厭味《いやみ》ったらしい性格で、生徒から人気のない教官だ。

ユーリを見ると、何も言わずに手を差し出してきた。ユーリは割符を出す。

「こっちの棒を握れ。強くな」

ユーリは言われた通りに、メモリの書かれた魔導具についている棒を握る。

メモリはグンと動き、最大値を振りきった。オレグは少し驚いたように目を開く。

「ほう……入学試験用の測定器では測れんか。なかなかの魔力量だ。では次、隣の水晶に手を乗せろ」

ユーリはひとつ深呼吸をして水晶に手を乗せる。鑑定式の時と同じように、白く淡《あわ》く光っただけだった。

「……ん？　お前、能無しか？」

能無し。魔法適性がない者を揶揄《やゆ》した言い方だ。ユーリは黙ったままだ。

「ふん。期待させるだけさせて能無しとは、お前は0点だ無能め。なんでわざわざ試験など受けに来た。時間の無駄だ。さっさと出ていけ無能が」

ユーリはペコリと頭を下げ、魔法適性の試験会場を出ていく。分かりきっていたことだ。分かりきっていたことだが、あそこまで言われるとは思わなかった。ユーリの目に涙が浮かぶ。

前世の記憶があるとはいえ、人格は甘やかされて育った7歳の子供なのだ。

「ふぇ……」

思わず泣き声を漏らしそうになり、慌てて口を噤《つぐ》む。私語は厳禁だ。涙を落としながら、ユーリは結果発表までの待機所へと向かう。

全力は、出しきった。

ベルベット魔法学園の大きな建物に、試験を終えた子供たちが集まっている。その数、千人強だ。

試験自体は終わっているので、私語は解禁されている。

がやがやとうるさい中、ユーリは1人膝を抱えて座っていた。

能無し。

その言葉がユーリの頭の中にぐるぐると回っていた。

自分が貶《けな》されたこと自体が悲しいわけではない。父と母、そして姉が愛してくれている自分が貶された、そのことで家族に申し訳なく思ってしまったのだ。

せっかくたくさん愛してくれたのに、能無しでごめんなさい。

そんな気持ちで胸が締めつけられる。

もう帰りたい。魔法の研究なんてもういい。

ただ自分を愛してくれる家族に抱き締められたい。ユーリはそんなふうに思って泣いていた。

さめざめと泣いていると、周りの子供たちが静かになった。ユーリが顔を上げると、壇上《だんじょう》に髪も髭《ひげ》も真っ白な老人が立っている。

名を、ヨーゼフ・ホフマン。この学園の学長である。

「コホン。うむ、未来の魔法師たちよ。試験お疲れ様じゃ。実力を出しきれた子も、上手くいかなかった子もおるじゃろう。しかし、運も実力じゃ。素直に結果を受け止めるとよい」

合否の発表をそわそわと待つ子供たちを眺めながら、ヨーゼフは続ける。

「合否の発表じゃが、学園の入り口の掲示板に張り出しておる。このあと見に行くがいい。ただし、絶対に走らないこと、他の子を押しのけないこと。もしそんなことをする子がいたら、その子は不合格じゃ。なに、急いでも結果は変わらん。のんびり行くとよい。合格者は明日の昼の一の刻にここに集合じゃ。それでは、お疲れじゃった」

ヨーゼフの短い話が終わると、入り口に近い子から早歩きで結果を見に行く。

みんなが駆け出しそうになるのを必死にこらえて早く歩いている中、ユーリは頭を垂れてとぼとぼと掲示板に向かった。

掲示板は左上から点数が高い順に並んでいる。

ユーリは迷わず右下、一番点数の低い合格者の番号を見に行く。自分の番号があるとしたら、一番右下に決まっているのだ。

一番右下は……

『受験番号：１５２１番　点数：３００点
以上の１９９名を合格者とする』

ユーリの番号は、なかった。ユーリは呆然と立ち尽くす。

２年間必死に頑張った。試験の手応えもあった。だけど結果は、不合格。

定員数に届いていないところから、ユーリが300点に満たなかったことが分かる。

チャンスだったのだ、今年が。

合格者が200名を割ることは数年に一度しかない。

そのチャンスを、ユーリは逃してしまった。

滲む視界でぼーっと、『199名』のところを見ていると、さらに右下に文字があることに気がついた。

『受験番号：0407番は、教官室へ来ること』

0407番。ユーリの番号である。

何があったのだろうか。ネガティブな思考でユーリは考える。

思い出すのは、魔法適性試験の教官である。

能無し、時間の無駄。

魔法適性がない者が試験を受けに来てはいけなかったのだろうか。またあの冷めた目で怒られるのだろうか。

ユーリはこのままマヨラナ村へ帰ってしまおうかとも考えた。

しかし、足は教官室へ向かう。

怒られるなら、ちゃんと怒られてから、マヨラナ村へ帰ろう。そして幸せに過ごすのだ。

父と母と、いつか帰ってくる姉と。大好きな家族を思い出し、なんとか教官室へと歩いていくユーリであった。

「……お邪魔します。受験番号０４０７のユーリです」

ノックをして、扉を開ける。

10名ほどの学園の教官らしき人が会議スペースに集まり、話をしている。その中にはレベッカやエマ、一般教養試験の教官ディーターと学長のヨーゼフもいる。魔法適性試験の教官オレグと目が合い、ユーリはビクリとして目を逸らした。

「おお、来たか。遅かったの。ほれ、こっちに来なさい」

ヨーゼフが手招きをするのでそちらに歩き、促《うなが》されて椅子にちょこんと座る。

大人たちの目線が集中し、ユーリは身を縮ませた。

「おいおい、こんな細せぇ子が戦闘技術１００点だぁ？　採点した奴、誰だよ」

赤髪短髪で浅黒い肌《はだ》の、筋肉質の男が言う。名をアルゴ。戦闘技術担当の教官である。

「私だが、文句あるのか？」

それにレベッカが鋭《するど》く返す。

「おいおい、冗談だろ。可愛いからって母性でもくすぐられたか？　そんななりでも一応女なんだな」

「あぁ？　ピースカ喚《わめ》くな殺すぞ。ゴロツキ上がりの半端モンが」

「上等だゴラァ！　てめぇぶっ殺して戦技主任の席明け渡してもらおうじゃねぇか！」

いきなりメンチを切り合う２人の大人。柄《がら》が悪い。とても教官とは思えない。

「はいはい、そこまでぇ〜。喧嘩《けんか》してる場合じゃないでしょ〜。話し合いしましょ、話し合い〜」

そんな2人にエマが割って入った。

「うむ、エマの言う通りじゃ。喧嘩しても何も始まらん。レベッカよ、ユーリ君の戦闘技術点は100点。これは確定でいいんじゃな？」

「もちろんです、学長」

レベッカは迷いなく頷く。

「次は一般教養じゃが、これも満点でよいのじゃろう？」

ヨーゼフの問いに、ディーターが答える。

「ええ、なんの問題もありません。文字も綺麗《きれい》で誤字脱字もない。特に迷うこともなく全ての問題を解いておりました。文句なしの百点満点でしたよ。よく頑張りましたね」

ディーターはユーリに優しく微笑みかける。

「魔法歴史学はどうじゃったか？」

ヨーゼフの問いに、濃紺《のうこん》の髪を腰まで伸ばしたおしとやかそうな、線の細い女性が答える。魔法歴史学担当、アンナ・ミュラー。

「そうですね。一問、審議《しんぎ》の必要な解答がありました。しかし、結果としては100点という結論に至りました」

アンナの発言を聞き、ふくよかな高齢の女性が問う。ペネロープ・ベーアー。薬学の教官だ。

「その審議が必要な回答っていうのは、なんだったんだい？」

「魔法の発明者名を答える問題です。本来なら名前で答えるべきところに、文章形式で解答してありました」

アルゴはその発言を聞きニヤリと笑った。

「っは！　だったらそれが不正解だな！　２９９点で不合格！　もうめんどくせぇしそれでいいじゃねーか！」

アルゴの言葉に、

「は？」

やたらドスの聞いた声。誰の声だろうとユーリはキョロキョロする。

「てめぇ、学問を馬鹿にしてんですか？　あ？」

声の主は……アンナ・ミュラー。濃紺の髪の、線の細い、おしとやかそうな？　女性教官である。

先程までの儚《はかな》い雰囲気から一転、猛禽類《もうきんるい》のようなオーラを放っている。

「たった一問落とすだけで不合格になる極限の状態で、悩みに悩んで出した解答を、めんどくせぇの一言で不正解にする？　その頭に詰まってんのは豚《ぶた》の糞《くそ》か？　簡単な答えに飛びつかず、疑い、考え抜いた末に至宝の答えに辿り着いた敬虔《けいけん》なる学徒を、類人猿のてめぇが否定する？　殺されてぇのか？　学問舐《な》めてんのか？」

アンナの豹変《ひょうへん》ぶりに、アルゴが怒ることもできずに目を逸らして引いていた。

「あ……すんませ……」

「目ぇ見ろカス。目ぇ合わせろおい。こっち見ろ殺すぞ。てめぇが解けよ。試験問題。一問でも間違えたら晒《さら》し首にすっぞ。てめぇが否定した相手がどれほど学を積んできたか身をもって知れ、おい、ツラ上げろ、目ぇ逸らすな腐《くさ》れボケ」

「は、はーいそこまでぇ～、そこまでぇ～。アンナちゃん、アンナちゃん戻ってきてぇ～」

処刑でも始まりそうな雰囲気を、またもやエマが間に入って止める。エマはド変態な性癖以外は、人格者で常識人であった。

「ヂィッ！」

アンナは激しく舌打ちし、アルゴにガンを飛ばしたあとに自分の席へと戻り、

「コホンッ。申し訳ありません、取り乱してしまいました」

おしとやかな女性へと戻った。

「うむ、では魔法歴史学も１００点で異論ないな？」

ヨーゼフの言葉にアンナが頷く。

「では、この時点で３００点。魔法適性点の如何《いかん》にかかわらず合格になるのぉ」

「認められません」

それに異議を唱《とな》えるのは、魔法適性試験の教官、オレグ。担当科目は魔法技術だ。

「魔法適性なしと判断された生徒を入学させるのは前代未聞です。ここは魔法学園なのです。魔法適性がない生徒がここで学ぶことに意味はなく、教える価値もない。無駄は省くべきです」

オレグに反論するのはディーター。

「何も魔法を使うことだけが学園の目的ではないですよ。魔法の歴史を学ぶ、魔法の理論を学ぶ。

適性がない子だって、いえ、ない子だからこそ、思いつく発想や発見があるかもしれません」

「詭弁《きべん》だな。舌のない料理人に旨《うま》い料理は作れん。当たり前のことだ」

「そんなことどうだっていい。合格者の条件は2つ。300点以上であることと、受験者の上位200名以内に入ること。それだけだ。ならユーリは合格だ。それだけの単純なことだ」

レベッカが言うことはもっともである。しかしオレグは譲《ゆず》らない。

「300点未満を足切りにしているのは、魔法適性がない受験者を落とすためだ。ここは魔法学園なのだから当たり前だろう」

「そんなことどこにも明文化されていないだろうが」

「されなくても分かることだろう。少し考えればな」

「はっ、分からないな。だったら『300点以下』を足切りにするべきだろうが」

「では今からそうすればいい。300点以下は足切りだ」

「それは困るわぁ～。300点ピッタリの子に合格出しちゃったもの～」

「ふん、300点なんて低い点数、どうせどこかの村から来た田舎者だろう。今から不合格と伝えればいい」

「領主様のご息女《そくじょ》なのよ～。不合格を伝えるならオレグ教官が行ってきてくださいね～」

「……」

エマの言葉にオレグが黙《だま》った。流石に領主の娘に『やっぱり不合格でした』などと言いに行く勇気はない。

「そうじゃのぉ。オレグの言うことも分からんではない。魔法に興味がないのに魔法学園に来るべきではないからの。しかし、試験が終わったあとに公表していないルールがあるからと、結果を覆《くつがえ》すのはよくないのぉ。この学園の信用を損ねることに繋《つな》がってしまう。そこで、じゃ。ユーリ君になぜ魔法学園の試験を受けに来たのかを聞いて、納得できれば入学ということでいいじゃろ。答えられなければ、入学する意思がなかったから合格を辞退したものとして扱う。それでよいじゃろ？」

ユーリの合格に賛成の教官も反対の教官も、微妙な顔で黙る。なんだかんだ議論をしていたが、結局学長の意見に従うしかないのだ。

「というわけでユーリ君。君はなぜこの学園に来たいと思ったのじゃ？　自分が適性なしということを知らなかったわけではなかろうしの」

その場にいる全ての教官がユーリに注目する。

「ぼく……ぼくは……」

ユーリは思い出す。なぜ魔法学園に入学したかったのか。なぜ必死に2年間頑張ってまでここに来たかったのか。

「最初は、家族に認められたいって、安心させてあげたいって気持ち、それだけだった。適性なしって判定されたけど、心配しなくて大丈夫だよって」

鑑定式からより過保護になった両親、そしてユーリのために魔法の訓練に打ち込む姉。ユーリは大切な家族に『僕は大丈夫だよ』と言いたかった。

「いつも魔法の訓練に打ち込んでいるお姉ちゃんを見ている時、気がついたの。自分の中にある

『得体の知れない何か』に。僕は仮にそれを『魔力』であると考えた」

ユーリの言葉に、アンナとオレグがピクリと反応する。入学前の、魔法を学ぶ前の段階で魔力を操作できる子は少ない。さらにユーリは適性なしと判定された子供だ。そんな子が魔力を操作できるということは、魔法理論から考えても魔法史から考えてもかなり稀有《けう》な例であろう。

「適性はなくても、魔力はある。そのことに気がついた。そして、僕は知りたくなった。魔力とは何なのか。その疑問から始まって、魔法の適性とは何なのか。なぜ鑑定式の水晶で適性が判定できるのか。適性のない魔法は本当に使うことができないのか。知りたいことがいっぱいなの。だから可能性は低くても、魔法学園の試験を受けに来た。僕は、魔法とは何かを、知りたい」

ユーリは言い切ると、真っ直《す》ぐにヨーゼフの目を見た。

ヨーゼフはうむと頷き言う。

「魔法とは何か、か。うむ、全ての魔法学の原点じゃ。今の研究者は魔法の使い方や発展の研究ばかりで、魔法の基礎研究を行う者はもはや皆無《かいむ》。面白いではないか。適性がないからこそ、魔法の原点の研究をする。儂は理にかなっておると思うんじゃが、オレグはどうじゃ？」

「……それでも、私は反対です。魔法学は簡単ではない。ただ好奇心があるという理由だけで、適性のない者を入学させるべきではないと判断します。興味半分で中途半端にかき乱して、すぐに中退することが目に見えています」

オレグの言葉に、ヨーゼフが大きくため息を吐《つ》いた。

「オレグよ。お前の前にちょこんと座っているのは何者じゃ？」

「魔法適性のない、入学に値しない人間です」

「違うわいバカタレ。魔法を学びたい、7歳の子供じゃ。お前はユーリのことを興味半分と言ったがの、興味半分程度の意志で、一問でも間違えたら不合格になる試験に挑《いど》むわけがなかろう。しかも成し遂《と》げておるのじゃ。大人でも難しかろうに。オレグよ、お主は学ぶということの本質が何か、一度考え直した方がよさそうじゃ」

ヨーゼフの言葉にオレグは顔を顰《しか》める。

「……ご鞭撻《べんたつ》、感謝いたします」

ヨーゼフが大仰《おおぎょう》に頷き、他の教官たちを見回す。

「他に異論はなさそうじゃな。ユーリ君を加えた200名を今年の合格者とする。以上。ではユーリ君、明日忘れずに来るように、それでは、解散じゃ」

どこか消化不良な表情の教官たちのことは意にも介さず、

「今日はどこに呑《の》みに行くかのぉ～」

と、陽気な足取りでヨーゼフは出ていった。

涙の不合格から一転、ユーリは合格となった。

本来なら跳んで喜ぶところだが、色々な感情が混ざったユーリはしばらく呆然としていた。

そしてハタと思う。

姉に会いに行こうと。

「し、失礼しますっ」

ぺこりと頭を下げ、教官室を出る。姉に会いに行こうとは思ったが、当然ユーリには姉がどこにいるかなど分からない。しかし、魔法学園のどこかにはいるはずだ。

街に買い物に行っているという選択肢など思いもせず、いつも何かを考えているユーリにしては珍しく、何も考えずに姉を探し回った。

「お姉ちゃん……お姉ちゃん……どこにいるのー……？」

理由も分からず涙を流しながら探し回り、適当な部屋の扉を開ける。

「おや、どなたですかな？」

「お姉ちゃん……いない……」

教官らしき人のいる部屋や、

「君、どこの子？　ここにいたら危ないよ？」

「お姉ちゃんいない……」

魔法訓練場らしき部屋や、

「あら、可愛いお客さんだ。どしたのー？」

「お姉ちゃん……」

上級生の教室などなど。迷いながら探し回るも、見つからず。散々探し回ったあとに、姉が学園の外に行っている可能性に思い当たった。

今日は入学試験のため、学園は休みなのだ。学園の外にいてもおかしくない。いや、むしろどこかに出かけていると考えるのが普通であろう。

姉に会えなかった寂しさでユーリは下を向き、涙をこぼしながらトボトボと学園を出ていく。

校門を出る時、数名の女子生徒のグループとすれ違った。

俯《うつむ》いていたユーリは最初気がつかなかった。しかし、

「もー、今日だけだからね？　私、もっと強くなるために頑張らなきゃなんだから」

「えー、もっと私たちにも構ってよー！」

「そうだそうだ！　フィオレは頑張り屋さんすぎるぞー！」

聞こえてきたフィオレという名前にユーリが振り向く。紫の髪の少女が目に入る。2年前と比べるとスラリとした体格、高い身長。がむしゃらで天真爛漫な雰囲気は控えめになり、どこか知的な雰囲気が漂う。少し違う、だけどあの姿は、紛《まぎ》れもなくユーリの姉、フィオレであった。

「お姉ちゃん!!」

気がつくとユーリは駆け出して、姉の腰に抱きついていた。

「うわっ！　びっくりしたー！　え、え？　誰……？」

フィオレが下を見ると、珍しい白髪の小さい子。

しかし、フィオレの記憶にある白髪の子供はユーリだけだ。

しかし、ユーリがこんなところに1人でいるわけがない。

わけがないのだが……

「お姉ちゃん、ふえぇ、お姉ちゃん、お姉ちゃん……」

自分に必死にしがみついて涙目で見上げてくるこの子は、紛れもなく弟のユーリであった。

「はー、落ち着いた。突然ごめんね」

ユーリは麦ストローでミルクをズズっと飲み、ホッと一息ついた。先程までの悲壮感たっぷりな顔はどこへやら、ケロッとして今夜泊まる宿のご飯処でフィオレと2人でお茶をしている。

「大丈夫だけど……ええと、なんでユーリがいるの？」

フィオレはあのあと、泣きじゃくるユーリを宥《なだ》め、この可愛い子は誰だと詰め寄ってくる同級生に弟であることを説明し、弟と聞いてなおさら食いついてきた同級生をしばき倒し、ぐずるユーリと共に今日の宿屋であるこの店に来た次第である。

ユーリは落ち着いてケロッとしているが、反対にフィオレが混乱していた。

確かに目の前にいるのは最愛の弟ユーリである。2年前より少しだけ背が伸び、丸みを帯びた美幼女がスラリとした美少女に寄りつつあるが、確かにユーリである。実姉のフィオレでさえ、時々弟の性別に疑いを持っていた。

「僕、晩ご飯まだなんだー。お姉ちゃんと違うの頼んではんぶんこしたいー」

「えっと、それは構わないけど……え？」

9歳になったフィオレはそこそこしっかりとした大人になりつつあった。

しかしユーリはどうか。まるで5歳の時と同じように見える。

「肉団子《にくだんご》定食食べたい！　お姉ちゃんのは角煮《かくに》定食でいいー？　一緒に食べよー？」

「え、あ、うん、あれ？　あ、あの、すみません、肉団子定食と角煮定食ひとつずつお願いします」

混乱しつつも店員に注文するフィオレであった。

「えーっと、とりあえずひとつ聞いていい？」

ようやく落ち着いてきたのか、フィオレはユーリに問う。

「いいよ？」

「ユーリはここに何をしに来たの？　お母さんとお父さんは？　どうして泣いていたの？」

ひとつと言いながら、口から出てきた質問はみっつであった。まだ混乱しているようだ。

「えっと、魔法学園の受験をしに来たの。パパとママはマヨラナ村だよ。泣いてたのは、なんでだろ？　僕も分かんないや」

ほとんど空《から》になったミルクのコップを名残惜しそうにストローで啜りながら、ユーリは答える。

ちゃんとみっつの質問に答えたが、フィオレはひとつ目の答えしか耳に入ってなかった。

「え、魔法学園？　だって、ユーリは適性が、その、なかったよね？」

私のせいで、とフィオレは心の中で呟く。

「うん、でも合格できるかなーって」

鑑定式で出た結果が、その後覆ったという事例は今のところない。あったのは替え玉受験が行われた時くらいである。

適性なしと判断された者が、事実を受け入れられずに何度も鑑定に来るのは皆無ではないが。

「それで、その、魔法適性の結果はどうだったの？」

フィオレも少ない可能性に少しだけ希望を抱き、

「適性はなかった。０点だったー」

結果は、適性なし。

フィオレは納得した。なぜユーリがベルベット領都にいて、なぜ泣きじゃくっていたのか。

ユーリはおそらく、一縷《いちる》の望みにかけて受験しに来たのだ。もしかしたら自分にも適性があるかもしれないと、そんな淡い期待を抱いて。

しかし、現実は残酷だった。

無慈悲《むじひ》な０点という現実がユーリの心を引き裂いたのだ。だから、泣きじゃくっていた。

フィオレはユーリの心情を察し、そしてユーリから適性を奪った自分に無性に怒りが湧いてくる。

激昂《げっこう》しそうな気持ちを抑えつけ、フィオレは言う。

「ユーリは私が守るから適性なんてなくても大丈夫だよ。だから、マヨラナ村に帰ってのんびりしておけばいいよ。明日、一緒に馬車を探してあげる」

「え？　僕合格したから、明日からお姉ちゃんと一緒の学園に行くよ？」

言ってなかったたっけー？　と言いながら、ユーリは届いた肉団子定食に箸《はし》をつける。

「おいひー。あ、肉団子半分どーぞ。角煮も半分いただきまーす」

「あ、うん。え？　どうして？」

またも理解が及ばないフィオレ。

「え！　はんぶんこにしてくれるって言ったじゃん！　やっぱりダメ!?　僕どっちも食べたいの

に！」

「え、いや、それはいいけど、いやよくなくて……」

「どっちー？　僕もうお腹すいちゃったー……」

「あ、えっと。ご飯はいいよ、たくさん食べてね」

「やったー！」

ユーリはほっぺたいっぱいに頬張《ほおば》り、美味《おい》しそうに食べる。

あー、やっぱりかわいいなー。

なんてことを考えながら、フィオレはハムスターのようにご飯を食べるユーリを眺める。

この子が幸せそうならなんだっていいじゃないか。

「って、そうじゃなくて。ねぇユーリ、合格したってどういうこと？」

ようやく我に返り本題に戻る。

「そのままの意味だよ？　ちゃんと試験に合格したってこと」

「でも適性なしだったんだよね？」

「うん。だけど他のテストが満点だったから。危なかったー、３００点以上の人がもう１人いたら駄目だったかも」

「え、満点って……」

「お姉ちゃんが教えてくれたでしょ、３００点未満は足切りだって。だから３００点取ればなんとかなるのかなーって思って。ユーリくんは頑張ったのです！」

口に角煮のソースをつけたまま、ユーリはえっへんと、得意げに胸を張る。

まるで大したことがないかのような、子供が親にお手伝いしたことを自慢するかのような言い方だが、難易度はそんなものではない。

フィオレの合格点は370点。そのうち魔法適性点は100点だった。それでその年の受験生の上位5人に入ったのだ。

自分だって散々頑張った。泣いて辞めようかと思った時もあった。それでも自分に活を入れて必死に頑張って、その結果が370点である。

フィオレがマヨラナ村を出てからの2年間、ユーリはどれほどの勉強をしたのだろうか。この小さな体で一体どれほどの鍛錬を積んだのだろうか。

魔法適性点が0点と確定しているのに、1点でも失えば不合格になるというのに、一体どれほどの思いで努力を続けてきたのだろうか。どんな気持ちで試験を受けたのだろうか。

自分のいないユーリの2年間を思い浮かべて、フィオレは泣きそうになった。

この子は本当に、本当の本当に頑張ってきたのだろう。

「色々あったけど、ちゃんと合格したから明日からはわぷ……ほねーはん？」

フィオレはユーリの頭を胸に抱いた。

愛おしくてたまらなかったのだ。

「ユーリ、頑張ったね、本当に頑張ったね。お姉ちゃん嬉しい、すっごくうれしいよ。ユーリは自慢の弟だよ」

「お、お姉ちゃん、はずかしいよぉ……」

周りの人が、抱き合う姉弟に（姉妹に見えているだろうが）目線を向けて目を細める。何人かはもらい泣きまでしていた。

フィオレはユーリを抱く腕を緩《ゆる》め、頬に手を添える。

「ようこそ魔法学園へ。明日からは同じ学校の生徒だね」

「うん！　お姉ちゃんに追いつけるようにがんばる！」

「ふふ、私は優秀だよー？　ついてこられるかな？」

「がんばるもん！」

ユーリの楽しい学園生活が始まろうとしていた。

3章　ボーダーラインの新入生

「ここがこれから通う学園かー」

翌日、ユーリは1人で魔法学園に来ていた。

ここまで連れてきてくれた行商人のおじいさんとは朝別れ、フィオレは寮に戻らなければならないため、昨日ご飯を食べたあとに別れた。

「これから9年間、お世話になります」

重厚感のある巨大な校門にペコリと頭を下げる。

ここベルベット魔法学園の修学期間は9年間。7歳から入学でき、初等部3年、中等部3年、高等部3年である。高等部のさらに上には研究院があり、4年間の履修《りしゅう》期間という一応の定めはあるが、卒院しなければならないという定めはない。過去には貴族の三男坊が、老衰《ろうすい》で死ぬまで院で研究し続けたという記録もある。

集合の時間は昼の一の刻。まだ時間はあるので、ユーリは学園を見て回ることにした。

ベルベット魔法学園はベルベット領都の中の、貴族の多く住む第一区画と平民街である第二区画の間に位置する。

南向きに大きく扉を開く校門をくぐると、真っ直ぐに大きな道が伸びており、右手に女子寮、左手に男子寮が構える。男子寮、女子寮は3棟ずつあり、手前から高等部、中等部、初等部だ。

その奥に大きくそびえるのがベルベット魔法学園の校舎であり、校門から続く太い通路をアーチ状に跨《また》ぐように建っている。

まるでトンネルのようなアーチを抜けると、広いグラウンドに出る。グラウンドの右側に研究棟と菜園場《さいえんじょう》、左側に体育館と訓練場。グラウンドの奥には大きな湖がある。

広い。ユーリはただただその圧倒的な佇まいに気圧《けお》されていた。

昨日は余裕がなくてまともに見て回ることはできなかったが、こうやって見回すと、ここがベルベット領で一番大きい学園であることに納得できる。

マヨラナ村の住人全員がここに来ても、まだまだスカスカなのだ。

しばし圧倒されていると、研究棟から人影が現れた。黒いローブを着たその人はフラフラと歩くと、突然パタリと倒れた。

「…………えっ⁉」

学園の大きさに圧倒されて呆《ほう》けていたユーリだったが、ようやく現実に戻り、その人影の方に走り出す。倒れていたのはボサボサの緑髪の女性であった。

丸顔童顔で目は大きく垂れ目、身長低めの可愛らしい女性だが、出るとこが大きく出ている。さぞかし男性に人気が出そうではあるが、その顔は窶れており、所々が黒く汚れている上に目のくまがひどい。薄く開いた唇もカサカサである。

「あ、あの！　大丈夫⁉」

「……あ、み、水を……」

「水⁉　え、えっと、どこにあるんだろう……」

今日入学したばかりのユーリである。水場がどこにあるかなど分かろうはずもない。

「うぅ……水……」

「えっと……ちょっと分かんないから、人がいるところに連れていくね！」

人を呼んでくるにしても、この人をこのままにしておくのはまずいと思い、ユーリは学園の医療室的なところに連れていくことにした。

身体強化をかなりの出力で発動し、おんぶ……しようとしたが、ユーリの身長が低すぎてローブの人を引きずってしまうのに気がつき、お姫様抱っこの形で連れていくことにする。

「舌嚙《か》まないように気をつけてね！」

「み、水……ってキャアアアアァァァァ！」

女性は叫んだ。喉が渇いていることなど忘れて、小さな子供であるユーリの細腕に抱えられて、スポーツカーのような加速度で走られたら怖いに決まっている。

女性はユーリにしがみつき、絶叫《ぜっきょう》し、そして失神《しっしん》した。

「多分ここだ！　医療室！」

しばらく学園内を走り回り、ユーリはようやく医療室らしき部屋に辿り着く。

「お邪魔しますっ‼」

ノックもせずに扉を開けると、窓を開け春の陽気にボケーっとしていた保健医のエマの肩が跳ねた。

「っっっくりしたぁ～～！　もぉー、ちゃんとノックしないと駄目よぉ。ってあら、昨日のいい声で鳴く子じゃない、入学おめでとぉ～」

ユーリはエマの顔を見て、昨日の激痛が脳裏《のうり》をよぎり身震いした。しかし今は腕の中の患者である。自分の過去の怪我より、今病気になっている人が優先だ。

「さっき研究棟から人が出てきて！ ふらふらーってして倒れて！ なので連れてきたの！」

「あら～、急患～？ って、エレノアじゃない。また倒れたの～？」

ユーリが運んできた緑髪の女性の名は、エレノア・ハフスタッター。去年高等部を卒業し、そのまま院に進学した研究大好き人間だ。

今までも寝食《しんしょく》を忘れて研究に打ち込みすぎて、過度の睡眠不足、脱水症状、低血糖など、不摂生《ふせっせい》が原因で幾度となく医療室に運ばれてきた不健康優良児である。

もう院生になったのだから、『児』とは言わないかもしれないが。

「って、失神までしてるのは珍しいわね～」

「最初は『み、水……』って呻いてたんだけど、連れてきてる途中で悲鳴を上げて意識をなくして！ だ、大丈夫かな……」

「悲鳴を上げて失神……変な薬物《やくぶつ》でも作って飲んじゃったのかしら～」

失神の原因はただの恐怖である。

エマはエレノアの呼吸を確認したり、瞳孔《どうこう》を確かめたりしたあと、

「うん、大丈夫大丈夫、ちょっと刺激すればすぐ起きるわ～。脱水と栄養失調もあるから、エマちゃん特製激ニガ健康薬を飲めば、意識を戻して栄養も水分も補給できて一石三鳥《いっせきさんちょう》ねぇ～」

ふんふーんと鼻息混じりに取り出したのは、紫と緑が混ざった得体の知れない液体である。ゴポリゴポリと音を立てているのが不気味《ぶきみ》だ。

「ふふふ、この健康薬、劇薬すらしのぐほど苦くてまずいのよね～。エレノアちゃんはどんな顔を見せてくれるのかしら～。あ、ユーリ君も見てく～？」

「あ、い、いえ。結構です……」

「あらそう～？　もったいないわね～」

ユーリは離れていても鼻をつく劇臭《げきしゅう》に後ずさり、そのまま医療室を出ていく。

エレノアという女性だって、年下とはいえ異性にあられもない姿を見せたくはないだろう。

「お邪魔しましたー……」

ユーリが医療室の扉を閉めるとすぐに、

「んがっ!!　んぐぅぅぅ!!　くぶふ！　んーーーー!!　んーーーーーーー!!」

激しい嗚咽の音と、ベッドの上でバタバタと激しく暴れるような音が響いてきた。

「もー、最後まで飲まないとダメよー？」

おそらく、押さえつけられているのであろう。あの白衣の悪魔に。苦しみにあえぐ患者を押さえつけて、得体の知れないものを無理矢理《むりやり》……

ユーリはそれ以上考えるのをやめた。そして誓《ちか》った。

健康には絶対に気をつけようと。

入学式の前からちょっとしたトラブルがあったが、ユーリは気を取り直して体育館へと向かう。

体育館の入り口には既にクラス割りのようなものが張り出されており、ほとんどの生徒はその張り紙に従って整列しているようだ。

魔法学園のクラスは1クラス40人の5クラス。

成績の良い順に金、銀、銅、鉄、鉛《なまり》クラス。分かりやすい分け方である。

さらにその中でも成績順に並ぶらしく、ユーリは一番左の一番後ろであった。

ちなみに学年が上がるごとにクラス替えがあり、当然その際も成績順でクラスが決まる。

ユーリが左の列の一番後ろに並ぶと、周りからジロジロと視線を向けられた。

『こいつが最下位の奴か』といったところであろう。

ユーリは気にしない。成績が最下位であることなど、2年前から分かっていたことだ。それよりもこの場に立てたことが嬉しくてたまらなかった。

「随分《ずいぶん》嬉しそうなのね。最下位だというのに」

ツンとした声。話しかけてきたのはユーリのひとつ前に並んでいる少女である。

身長はユーリと同じか、少し高いくらいか。

細く輝く金の髪は癖っ毛なのか、肩口までくねくねと伸びている。病的なまでに真っ白な肌に大きな翠《みどり》と紫のオッドアイ。健康的であればさぞかし可愛かろうに、頬はこけ、くまは濃く染みついている。

エレノアの不摂生な不健康さとは異なり、病弱であることが見て取れる肉のない体。コホコホと空咳《からせき》をする彼女は、ナターシャ・ベルベット。紛れもなくベルベット辺境伯の娘である。

「ギリギリ滑《すべ》り込んだ程度で満足してるなんて、向上心がないのね。高々《たかだか》３００点しか取れなかったことをもっと後悔するべきよ」

「３００点でも合格は合格だよ。僕は嬉しいな」

言ったあとにユーリはハタと気がつく。掲示板に張り出された合格者の一覧、その右下を。

最後にあった点数は、３００点。ユーリと同じである。

「君も３００点なんだよね？　後悔してるの？」

「ふん、後悔なんてしてないわ。私はね、ほとんど運動ができないのよ。病弱なこの体のせいで……」

ナターシャは自信の腕をキツく抱く。まるで壊そうとしているかのように、強く、強く。

「私は必死に頑張ったわ。戦闘技術点が絶望的なのは分かっていたから。だからそれを補《おぎな》えるように必死に頑張った。その結果が３００点。この３００点は値千金なの。あなたなんかの３００点と一緒にしないで」

ユーリは首をひねる。

自分の３００点とナターシャの３００点の違いが分からないのだ。

そんなユーリの様子に、ナターシャはカチンときたように、血の気のない顔を少しだけ上気させて言う。

「分からないの？　私は戦闘技術点がほとんどもらえないの。今回の試験だって、たったの12点だった……でもそんなの分かっていたから、他の科目で点数が取れるように必死に頑張って勉強したの。あなたに分かる？　数問間違えただけで不合格になる恐怖が……」

ユーリは考える。確かにそんな恐怖は分からない。なぜならユーリはたった一問の間違いで不合格だったのだ。

だから、むしろ自分の方が気が楽だったのか、なんて考える。

「うーん、確かに分からないかも」

「でしょう？」

「でも、僕も同じ300点だった。だから合格できた。せっかく同じ境遇なんだから、仲良くしようよ」

「あなたね……っ！」

ナターシャがさらに言い返そうとしたところで、壇上から声が響いた。

「あー、コホンコホン。新入生の諸君、ちぃーっとばかし静かにしてもらってもよいじゃろかのぅ」

昨日も聞いた声、学長ヨーゼフである。ザワザワと騒がしかった新入生たちが水を打ったように静かになる。

「まずは入学おめでとうと言っておくかの。このベルベット魔法学園はベルベット領でも屈指《くっし》の学園じゃ。魔法のレベルも、それ以外のレベルもの。まだ右も左も分からず何からやっていいかと迷うこともたくさんあると思うが、まずは1つ、教官たちの指導に素直に従って勉学に励むこと、とりあえずそれを頑張るとよい」

ヨーゼフは一息ついて、新入生を眺める。

一番の優秀者から、最下位のユーリまで。

「評価というものは無慈悲で冷酷じゃ。どんなに怠惰《たいだ》な者であろうと点数を取れば評価は上がり、どんなに努力しても点数が低ければ評価は下がる。そこには過程も家柄も容姿も関係ない。ただの数字で決まる。諸君らの中にもおるじゃろう、『頑張って偉いね』と褒められて育てられた者がの。しかし、ここではそんなものは関係ない、頑張っても評価が低ければ意味はない。それを念頭に置いておくことじゃ」

ナターシャが居心地《いごこち》悪げに身じろぎをする。まさに先程ユーリに言った言葉は、『私の方が頑張ったんだから私の方が偉い』というようなものだったからだ。

「とまぁ、ちっとばかし脅《おど》してみたがの、まぁ諸君らはまだ小さな子供じゃ。たくさんのことに興味を持って、色々と試してみるのがよい。再度になるが、入学おめでとう。儂からは以上じゃ」

『頑張ること自体に価値はない』

ユーリは心にそのことを刻んだ。

学長の話が終わると、クラスの担当教官に連れられて各々《おのおの》の教室へ行く。ユーリは当然『鉛』のクラスである。

教室に入ると黒板に席順が記されている。どうやら席順も成績順のようだ。

よってユーリは窓際の一番後ろ。1つ前の席には病弱な金髪が揺れている。

教壇には既に担当教官が来ているようで、くすんだボサボサの青い髪の男が椅子に座っている。

歳は20代半ばといったところか。

ボサボサの髪が鼻まで伸びているせいで、その人の目はよく見えない。背は高いが体躯《たいく》は細く、猫背《ねこぜ》であり、着ている白衣は汚れている。

覇気《はき》のないダメ男。それが彼、ノエル・シュミットの第一印象であった。

「ノエル・シュミットです。1年間、よろしく。えっと、別に各々の自己紹介とか、いらないよね？　やりたいならこのあと勝手にどうぞ」

ノエルは自己紹介をしながら紙を配る。

「足りない人はいないかな？　じゃあその紙を読んで。流石に文字が読めない子はいないよね？　そこに必要事項が書いてあるから。もし疑問があれば聞きに来て。なければ帰っていいよ。今日はそれだけだから」

それだけ言うと、ノエルは分厚い本を取り出して読み始める。

『魔法の基礎』

シンプルなタイトルだ。

あまりに適当なノエルの態度に教室がざわめく。

とりあえずユーリは、配られた紙に目を通した。
・学園での1日日、1週間のスケジュール
・直近のイベント
・学園の簡単な地図

・守るべき規則
・寮でのルール　等々
配られた紙を読んで、ユーリが疑問に思っていたことはほとんど解消された。

ユーリは同じように黙って目を通しているナターシャに話しかける。

「ねぇねぇ、ちょっといい？」

「……何よ」

「自己紹介、しとこうと思って。僕はマヨラナ村から来たユーリ。1年間よろしくね」

ユーリの言葉にナターシャは呆《あき》れたようにため息を吐いた。

「自己紹介はいらないってノエル教官が言ってたじゃない。聞いていたの？」

「聞いてたよ。でもやりたいなら勝手にしろとも言ってた」

「私はやりたくないの」

ナターシャは取りつく島もない。

「でもさ、このままだと不便だよ。君を呼ぶ時なんて呼べばいいか分からないんだもん」

「別に呼ばなくていいわよ」

「むぅ」

ユーリは拗ねた。友達が欲しいのである。

マヨラナ村では1人も友達ができなかったので、いわゆる『学園デビュー』がしたいのだ。

友達をたくさん作るというささやかなデビューではあるが。

「ねぇ。君の名前は？」

ユーリは諦めて自分の右側に座る男の子に話しかける。

「は？　い、いや、自己紹介とか、べ、別に必要ねーしっ」

男の子はそう言うと、自分の前の席の男の子に話しかける。ユーリのことを女性だと思ったのだろう。この年頃の男子は照れからか、女子との接触を過度に避けるのである。

「よ、よお。席も近いし、仲良くしねぇ？」

「うん、いいよ。僕はカルダモ村出身の……」

ユーリの挨拶《あいさつ》を拒《こば》んだ男子生徒は、なんと他の男子生徒と2人仲良く話し始めたのだ。友達の始まりである。

ユーリの隣の男子は、時々チラチラとユーリの方を気にしてはいるが。

「むぅー」

ユーリは拗ねた。さらに拗ねた。そして悲しくなった。

マヨラナ村では原因不明のハブられにより友達が1人もできなかったが、魔法学園ではと意気込んでいたのだ。

しかし結果は惨敗。自己紹介さえまともにできなかった。

「……ねぇ、ねぇってば」

ユーリは再度ナターシャへのアプローチを試みる。しかし。

「話しかけないで」

一蹴《いっしゅう》。

前の席と隣の席からは拒絶、斜め前の席は他の人と談笑中。

一番左後ろの席が災《わざわ》いして、もうユーリには話しかける人がいない。

「……むぅ」

ユーリは拗ねて、拗ねて、悲しくなって。

「……ふぇ」

泣いた。教室に響かないように静かに泣いた。予想していない事態にナターシャが焦《あせ》る。

「な、何よ、何も泣くことないじゃない」

「と、ともだち、ほしい……」

「友達なんていらないわよ」

「で、でも……」

ユーリは教室を見回す。

男子は目が合ってもすぐに逸らして、女子はナターシャをちらりと見たあとに目を逸らす。

分からない。ユーリには分からない。なぜ他の人たちには友達ができるのに、自分にできないのかが分からない。

もしこれが、制服が配られたあとの明日だったなら、話は違ったかもしれない。

ユーリが明確に男だと分かっていれば、少なくとも男子の友達はできたかもしれないのだ。

しかしそうはならなかった。

ユーリが今着ている服は、スカートではないが姉からのお下がり。男の子とも女の子とも、どちらにもとれる服装だ。

そしてユーリの身長と顔である。ユーリ自身と担当教官のノエルを除いて、ユーリは女の子であるという認識で意見が一致していた。

また、ナターシャが平民であれば、話は違ったかもしれない。教室の女子生徒は、辺境伯の娘であるナターシャが避けている女子と仲良くなるわけにはいかないのだ。

女子に見えるのと、ナターシャが貴族、しかもベルベット辺境伯の娘であることが悪いように作用していた。

しかしそんなことは露《つゆ》とも知らないユーリには、ハブられている原因が分からない。

ポタポタと涙を流し、ユーリは立ち上がる。そして、

「ともだちに、グスン、なってください！」

なんと、教壇にいるノエルに話しかけた。

これには流石のノエルも呆気《あっけ》にとられたようで、目の表情は見えないがポカンと口を開ける。

ノエルがしばらくユーリを見ていると、またみるみるうちに瞳に涙が溜まっていき……

「……ふぇっ」

泣き出す寸前、

「あ、あぁ。いいよ」

ノエルは負けた。

研究一筋、これまで生徒にほとんど興味を示さなかったノエル教官に、年下の友達ができた瞬間であった。


「ねぇノエルー。僕も『魔法の基礎』、一緒に見ていいー?」

「……見てるだけなら構わない」

「やったー!」

他の生徒が全員いなくなった教室に、ユーリとノエルだけが残っていた。

ユーリは座っているノエルの後ろから手元を覗《のぞ》き込む。手はノエルの肩の上だ。少々距離が近すぎるように思えるが、ユーリにとってはこれでも距離がある方だ。

何せ比較対象は、常にベタベタとくっついてくる家族である。それ以外の交友関係がなかったユーリに、人間関係の適切な距離感など分かろうはずもない。

ノエルの読んでいる『魔法の基礎』という本は、ユーリにとっても面白い内容だった。

・魔法適性の調べ方
・魔力量の測り方
・なぜ呪文《じゅもん》により魔法という事象が発生するのか
・なぜ人により適性が異なるのか
・適性とその遺伝《いでん》性
・適性と髪、瞳の色の関係

ノエルは何度もこの本を読み込んでいるのか、ページをめくるペースはかなり早い。しかしユーリも村の教会に引きこもり、いつも速読をしていたため、なんとか食らいつく。流石に完全に理解できてはいないが。

ノエルは時々ノートに書き込みを行いながら読み進めていく。

ノートのタイトルは、

『適性外の属性魔法の使用可否の検証』

である。

ノエルはタイトルに関係がありそうな事象を見つけては自分なりに解釈し、書き連ねる。

ユーリはそのタイトルを読んで、ノエルに話しかけた。

「適性のない属性の魔法も使えるの？」

「今のところ使えた事例はない。使えたという記録があっても、それはそもそも鑑定の誤りであり、その人が元々適性を持っていたのだろうというのがほとんどの見解だ」

「ほとんどっていうことは、確定じゃないんだ」

「あぁ、だからこうやって研究してるんだ」

「ふーん。あ、じゃあさ、そもそもなんの適性もない人でも魔法は使えるようになるの？」

そのセリフに、ノエルの手が止まる。後ろにいるものだからユーリの表情を窺《うかが》おうとしてもできなかった。

少しだけ視線を横に動かし、また本に目を落とす。

ノエルも聞いているのだ。ユーリが適性なしで合格した異端児であると。

「……残念ながら可能性は低い」

「でも、ノエルは適性のない魔法を使えるようにしようとしてるんでしょ？　それって、適性のない人でも魔法が使えるようになるってことと同じじゃないの？」

7歳にしては頭が回る、とノエルは思った。

「……水の精霊よ、球となりて我が手に浮かべ」

ノエルは手のひらを上にして突き出し、そう呟く。すると、拳ほどの大きさの水球《すいきゅう》がフヨフヨと手の上に現れ、浮遊した。

ユーリは手を叩いて喜ぶ。

「わっ、すごい、すごい！」

「水の初級魔法で褒められても喜べないな」

ノエルはユーリの屈託のない笑顔に思わず苦笑する。

「魔法というものは、自分の魔力を使用してそれぞれの属性の物体に変換することを言う。今は、私の魔力を水にしたわけだ」

ノエルは水球を動かし、開いている窓からぽいっと捨てた。

「人は自分の魔力を得意な属性に『変換する能力』があると言われている。そして、適性なしの人間は、そもそもこの『変換する能力』が欠落していると言われているんだ。私が研究しているのは、この『変換する能力』の応用だ。今は魔力を水に変換したが、この『変換する能力』を『変換する』

「えっと、つまり？」

「そもそも『変換する能力』がなければ、どうしようもないということだ」

「そっかー」

暗に『お前に魔法は使えない』と言われたようなものだが、ユーリには特にへこんだ様子はない。こんなことでへこむ程度の気持ちであれば、そもそも入学などできてはいない。

「なんで適性なしの人は『変換する能力がない』って分かるの？」

「君も鑑定式や入学試験の時に水晶に触っただろう？　あれは『変換する能力』を色で見えるようにした魔導具だ」

「ふーん、あの水晶って誰が作ったの？」

「さぁな。大昔に作られた過去の遺物《いぶつ》だ。再現して作ることも成功していない」

「じゃあ、本当に『変換する能力』に応じて光ってるかは分からないんじゃない？」

そのセリフにノエルはため息を吐く。子供特有の『なんでなんで』攻撃である。

「それを疑い出したらそもそも魔法そのものの成り立ちから疑わなければならない。1足す1は2だろう？　そこはもう議論され尽くしている。そして2以外の解答は見つかっていない」

「今のところは、でしょ？」

「あのね、ユーリ君……」

感情の動くことの少ないノエルだが、少し苛立《いらだ》ちを覚えてきた。子供のなんでなんでに付き合っている暇はないのだ。いい加減に友達ごっこにもうんざりだ。

立ち上がり、振り返り、自分の腰ほどしかない7歳の子供を前髪の隙間《すきま》から見下ろし、

「……っ！」

息を飲んだ。

そこにあったのはイタズラな子供の目ではない。瞳に映るのはただの好奇心の輝きではない。

ずっと深く、光すら飲み込んでしまいそうな目だ。目が合っているのに、合っていない。自分を見ているはずなのに、見ていない。遠くを見据えているのだ、遠い未来を。

「き……みは……」

ゴクリとつばを飲む。

「君は、その徒労に終わるだろう研究に、生涯を捧げるつもりなのか……？　過去何十年、何百年と研究され続け、その全てが無駄に終わった研究に打ち込むつもりなのか……？」

「分かんない。分かんないけど、でも、僕はそのためにここに来たよ」

ノエルは忘れていた。

そう、ユーリは、魔法適性がないのにこの学園に合格した、歴代でただ1人の生徒だ。

過去に400点満点での合格者はいなかった。もしユーリに魔法の適性があれば、過去最高点での合格者となっただろう。

ユーリには確かに魔法の適性はない。しかし、足りないものは魔法の適性だけなのだ。

「もし、もしもだけどさ、僕が魔法を使えるようになったら、ひっくり返っちゃうね」

楽しげにユーリが言う。瞳に全てを吸い込みながら。

「全部ぜーんぶ、今までのことがひっくり返っちゃうね。気持ちいいだろうな、楽しいだろうな」

どこか歌うように、言葉を紡《つむ》ぐ。

「パパにママに、お姉ちゃん。すーっごく驚いて喜んでくれるだろうな！」

ノエルはしばらく呆然とユーリを見ていた。目が、離せなかった。

適性なしの落ちこぼれのはずのその子供に、引き寄せられて離れられなかった。

「ねぇ、僕も研究したい！」

「研究室に配属されるのは高等部になってからだ。あと6年待て」

「えー、そんなに待てないよー……別に研究しちゃいけないってわけじゃないんでしょ？」

「だが、研究院に初等部の生徒が入るとなんと言われるか」

「禁止じゃないんでしょ？」

「それはそうだが……」

「もう！　友達なんだから少しくらい味方してよ！」

そんなやり取りのあと、ユーリはノエルの手を引いて研究棟に向かう。

ノエルは友達になると言ってしまった以上、なかなか強くは断れない。

そしてその日の夜、あっという間に噂が広がった。

『魔法理論の教官ノエルは、ロリコンである』と……

「教官……尊敬していたのに……」

「お、おち、落ち着け……」

「教官に師事したいと……思っていたのに……」

「だ、大丈夫だ……いいから、落ち着くんだ……」

「教官の研究室を、志望しようと思っていたのに！！！」

「君は勘違いをしている!! お願いだから落ち着いてくれ！！！」

翌朝、ユーリが初等部一学年鉛クラスの教室に入ると、担当教官であるノエルがユーリの姉フィオレに詰められていた。フィオレの手には人の頭ほどの火の球と水の球。大きさはそこまでではないが、えげつないほどの魔力が込められているのが分かる。

「あれ、お姉ちゃん？ どうしたの？」

「ユーリ！ 無事だった!? なんともない!?」

「え？ 特に何もないよ？」

「本当に!? 痛いところとかはない!?」

フィオレは魔法を消すと飛ぶようにユーリの元に駆けつけ、しゃがんでその小さな体を念入りに触って確かめる。なぜか尻を重点的に確認している気がするが……

「あはは、くすぐったいよぉ」

フィオレはしばらくユーリを弄《いじ》ったあと、ホッと息をついた。

「昨日はその、放課後にノエル教官と一緒にいたって聞いたけど……本当？」

「うん。一緒にいたよ」

ザワッとフィオレの髪が逆立ち、瞳孔が開く。

やはり穢《けが》されたのだ、可愛い弟が。希望を胸に抱いて来た学園の、よりにもよってその教官に。

瞳孔の開ききった紫の瞳に激しい怒りを宿し、フィオレはノエルを睨《にら》みつけ……、

「ノエルの研究、面白かったー。魔法についてね、いろんなこと教えてもらったの！」

瞳孔が閉じる。

「えっと、魔法のお話してたの？」

「うん！」

「他には？」

「何もしてないよ？」

「本当に？」

「うん」

「服を脱《ぬ》がされたりとかは？」

「あはは、なんで服を脱ぐのー？」

「……そう」

コホンとひとつ咳をしてフィオレは立ち上がる。スカートを軽く叩いて乱れを整え、咳をもうひとつ。

「ノエル教官。おはようございます。ノエル教官の研究、私もとても興味があります。今度研究室にお伺《うかが》いさせていただきます」

ペコリと一礼。フィオレは何もなかったかのように教室を去る。予鈴《よれい》が鳴った。

「す、すごい子だな……」

教官に対し魔法を使って詰め寄ったフィオレに怒ることも忘れ、ノエルはただ呆然とそう呟いた。

ちなみにノエルが学園に出勤し教室に来るまでの間、小さな声で『ロリコン』と呟かれた回数8回、『最低』と言われた回数20回、侮蔑《ぶべつ》の視線を向けられた回数は、もはや数えることもできないほどであった。

そんなことは露とも知らず、ユーリは自分の席に座る。

ユーリはすれ違うクラスメイトに『おはよー』と声をかけるが、返事はなかった。そう、ユーリはハブられているのだ。当然挨拶など返ってくるはずはない……というわけではない。

原因はユーリの制服姿にあった。

ユーリは紛れもなく正真正銘の男子生徒である。しかしそれはユーリの中での正真正銘の事実。クラスメイトはユーリの格好に大いに困惑していた。

例に漏れなく、まんまるく目を広げてユーリを見ているナターシャが問う。

「あなた……その服……どうして……」

「あはは、やっぱり変だよねー」

ユーリは自分の服を眺め、指先でつまみ、苦笑しながら言う。

「僕には大きすぎるよね。でもこれが一番小さいサイズなんだってー。早く大きくなれるといいなあ」

「そうじゃなくて！」

呑気にあははと笑うユーリに、ナターシャが詰め寄る。

「え、うそ。男……なの？」

「え、うん。当たり前じゃん」

何言ってんの？　とばかりに小首を傾げるユーリ。かわいい。見えない。女の子にしか見えない。

「嘘だろ……」

そう呟くのはユーリの右に座る男子生徒。昨日ユーリに話しかけられた時の自分を思い出して死にたくなっていた。

何かを言いたいが言葉にならないクラスメイトたち。そんな彼らを見てユーリは再度小首を傾げた。

本鈴が鳴った。

クラスメイトになんとも言えないもやもやを残し、初日の授業が始まる。

ちなみにノエルロリコン疑惑だが、ユーリの性別が浸透していくにつれ沈静化していった。

一部の女子生徒に、芽生《めば》えてはならない感情の火を、小さく灯して……

さて、魔法学園初等部の授業だが、大体は午前中に座学、午後に実技で構成されている。座学は一般教養、魔法歴史学、魔法理論、薬草学の4つで、実技は戦闘技術、魔法実技、総合演習、調合《ちょうごう》の4つである。

月の日、火の日、水の日、木の日、金の日は授業があり、土の日と陽の日は休日だ。

魔法学園での初めての授業は一般教養である。優しそうなおじいちゃん、一般教養試験の試験官も行っていたディーターが担当教官だ。

退屈な一般教養の授業を、冗談を言ったり、ちょっとしたクイズを出したりしながら飽《あ》きさせないように進めている。

そんな授業をユーリは魔力をネリネリしながら聞いていた。最初は授業を集中して聞いていたのだが、眠い。眠すぎる。

魔法学園の入学試験のために、この2年間は過剰《かじょう》と言ってもいいほど一般教養を勉強した。それに加えて前世の記憶もあるのだ。算術なんて寝ぼけながらでも解ける。

しかし家族に愛されて育ったユーリ、彼は素直な良い子である。自分だけがこんなに退屈で眠いとは思っていない。みんな必死に眠気《ねむけ》に耐えながら勉強しているのだと誤解していた。

ユーリは耐える。手遊びをするように魔力をこねながら。体に力を入れるように魔力を強く圧縮しながら。なんとか睡魔に抗《あらが》っていた。

「……君、ユーリ君。聞いていますか？」

「は、はい！」

しかし耐えられなかった。意識が途切れ、舟をこいでいたところに声をかけられる。

「ではユーリ君に質問です。35が110個ありました。全部でいくつですか?」

居眠りしていた罰《ばつ》なのか、ディーターは少し難しい問題を投げかける。今はまだ加算の授業中で、乗算は教えていない。生徒たちはぎょっとし、ノートにカリカリと筆算する。足し算で。

そんなクラスメイトたちを尻目に、乗算を知っているユーリは平然と答える。

「3850?」

「……正解です」

ナターシャなど一部の生徒は掛け算まで勉強していたので特に驚きはしないが、まだ習っていない生徒たちはどよめいていた。

「では、2の7乗は?」

「えっと、128?」

「……正解です」

これにはナターシャも驚く。ある程度幅広く勉強してきたナターシャでも、聞いたことがない問題だったからだ。

ディーターからの出題は続く。

「魔力を持っていなければ魔法は使えない。この命題の対偶《たいぐう》は?」

「魔法が使えるならば魔力を持っている、かな」

「……正解です」

これにはディーターも驚いた。最後の問題は高等部で習う内容だったからだ。

これでは寝てしまうのも仕方ないかもしれませんね……とディーターはユーリを不憫《ふびん》に思った。

ここまで知識のある子に四則演算《しそくえんざん》の授業をおとなしく真剣に聞けなど、もはや拷問《ごうもん》だ。

しかし、個に合わせて全を蔑《ないがし》ろにすることは教官として失格である。

「はい、ユーリ君の目も覚めたようですので、次は引き算の復習です」

とりあえず今はスルーすることにしたディーターであった。


初日午後の授業は戦闘技術である。

戦闘技術なんて大層な名前だが、初等部で教えるのは体の動かし方や簡単な組手《くみて》である。

「おう、成績順に縦5列で並べ、小童《こわっぱ》ども」

担当教官はアルゴ。レベッカと犬猿《けんえん》の仲の赤髪短髪浅黒肌の男である。何が楽しいのか、ニヤニヤと生徒を睨《ね》め回している。

「まずは凶報《きょうほう》だ。俺はめーっちゃくちゃ厳しい。授業はきついし採点は辛《から》い。他の教官は子供好きのアマちゃんが多いが、俺はガキが嫌いだ。生意気な奴は特になぁ」

右手の拳を自らの左の手のひらにぶつけながらアルゴは言う。

「ああ、そうだった。自己紹介がまだだったな。俺の名前はアルゴ。スラムの出だからよぉ、苗字《みょうじ》はないんだわ。まぁでも『石火《せっか》のアルゴ』っていやぁ、ちったぁ知ってる奴もいるか？」

『石火』

それはアルゴの二つ名だ。

冒険者ギルドで銀級まで行くと二つ名をつけられることがある。もちろん正式なものではないし、何かに登録されているわけでもない。

人々が自然にそう呼ぶようになり、定着していくのだ。

「ま、今のガキには分かんねぇか。つまりだな、スラム上がりの元冒険者の俺様は、おりこうちゃまな奴らが嫌いってわけだ。だからよぉ」

アルゴはますます笑みを深める。

「今日からお前たちをきびしーく指導することにした。早速今日は走ってもらおうか。そうだな、グラウンド100周なんてどうだ？　なぁに、時間はたーっぷりあるんだ。できるよな？　あぁ？」

まるで今思いついたことを悪ぶって言っているように聞こえるが、そんなことはない。ただのカリキュラム通りの授業である。

しかしそんなことは知らない生徒たちはまんまと慄《おのの》いた。

「よし、じゃあ早速スタートと行くか。あぁ、ズルはすんじゃねぇぞ。俺は馬鹿に見えるかもしれねぇが、高々40人の周回数くらい覚えられるぜ？　おら、分かったらさっさとスタートしろ！」

アルゴの声に生徒たちが走り出す。

午後の授業は昼の一の刻から五の刻までの4時間。グラウンドは1周400メートルなので、合計40キロ。普段運動している大人であれば、なんとかなる時間である。

しかし彼らはまだ7歳の子供だ。フルマラソンに匹敵《ひってき》する距離を走り切るのは容易ではないだろう。毎年行われている授業だが、初回の授業で走り切った生徒は未《いま》だにいない。体力面もそうだが、ペース配分ができないからだ。

ちゃんとしたペースで走れば、完走できる子は何人かはいるだろう。

今回の授業でも、１００周という数字に圧倒されてハイペースで走り出す生徒は何人かいた。

クラスメイトたちが走り出す中、ユーリは走らず、まずは体をほぐすことにした。

父との訓練でもよく言われていたのだ。いきなり運動すると体を壊すことがあるので、しっかりと準備をしろと。

「はっ、いっちょ前に準備運動かよ。いいのか？　もう早い奴は2周目だぞ？」

「僕は僕のペースで走るからいいの」

「けっ、つまんねぇ奴だ」

アルゴはそう言うと、少し離れたところの木の根元にゴロンと転がる。春風に吹かれて気持ちよさそうだ。

「よしっ」

しばらく準備運動をして、体がほぐれ温まってきたユーリがようやく走り出した。


「ぐっ……はぁ……はぁ……ぅ……」

スタートから1時間ほどだろうか。最初からハイペースで走っていた生徒たちの何人かは歩き始めている。多くの生徒が苦しそうにしているが、一際《ひときわ》辛《つら》そうなのがナターシャであった。

ナターシャは17周目、ペースとしては全然早くはない。しかし、病弱な彼女にとっては、それだけでも体に相当な負担がかかる。

苦しいのか、胸を強く握り、息も絶え絶えだ。

あいつはここまでだな、とアルゴは判断し、木陰《こかげ》から身を起こす。大股の徒歩でナターシャに並び、声をかけた。

「あん？　てめーはここまでか？　腰抜けが」

魔法学園は治外法権《ちがいほうけん》。例え貴族であっても他の生徒と同等に扱うことが許される。とはいうものの、ベルベット領主の娘にこんな暴言を吐《は》くことに、実は内心ヒヤヒヤのアルゴであった。

「ほんとに走ってんのかよおい。俺が歩くよりおせーぞ？」

アルゴの言葉にナターシャはペースを上げようとして、

「あっ……」

足がもつれてコケた。

やっぱりここまでだな、そう思ってアルゴはナターシャを起こそうと手を伸ばす。が、その手は小さな手に掴まれた。

「ぁ？」

「もういいでしょ。彼女、限界だよ」

ユーリである。

「んだよ能無し。文句あんのか？」

「行きすぎた訓練は逆効果だって、パパ……お父さんが言ってた」

そんなことはアルゴだって分かっている。なので止めに来たのだ。そして、止めようとしたのを、ユーリに止められた。

不幸なすれ違いである。

「何も知らねぇガキが俺の授業に口出しすんじゃゃねぇよ」

「でも、間違ってる。だったらちゃんと言わなきゃ」

「グダグダうるせぇなぁ！　だったらてめぇがこいつの分も走るか⁉　83周追加だ！」

「勝手なこと……しないで……」

ナターシャが息も絶え絶えに言うが、ユーリの耳には届かない。

「分かった。あと153周だね」

「分かったって、お前な……」

ユーリは頭の中で計算する。残り約150周、180分。つまり、1周1分で走れば問題ない。

ユーリは足に魔力を込め、爆《は》ぜるように走り出した。

「なっ！　おいおいまじかよ……」

7歳の、しかもかなり小柄な方の体型で、あの速度。あり得ない。魔力で身体強化をしなければ、あり得ない。

ありえないのだが……

「いや、あり得ないだろ、それこそよ……」

聞いたことがない。10歳にも満たない子供がそんな芸当をするなんて。アルゴが呆けている間に、既にそのペースのまま2周目だ。

「コホッ……コホッ」

ユーリの姿にしばらく呆けていたアルゴだが、足元に蹲《うずくま》るナターシャの咳で我に返る。

「おい、立てるか？」

アルゴの声にナターシャは必死に立とうとして、失敗した。

「ったく。ほんと極端だな、お前ら」

アルゴはヒョイッとナターシャを抱き上げる。

「片や虚弱体質のクアドラプル（四重属性）、片や魔法適性なしの体力馬鹿。なんでこんな厄介《やっかい》な2人がいっぺんに入学するかねぇ」

「……今、なんて……？」

荒く息をしながら、ナターシャは耳にしたことが信じられなくて聞き返す。

「あ？　虚弱体質って言ったんだよ」

「その……あと！」

「あぁ、魔法適性なしの体力馬鹿か。なんだ、知らねぇのか？　あいつ、魔法の適性がねぇんだよ。なのにここに入学しやがった」

ほんとイカれた野郎だよ、とアルゴは楽しそうに言う。

「何か知らねぇが仲悪そうだけどよ、仲良くしたらどうだ？　同じ300点同士じゃねぇか、てめぇもあいつもよ」

アルゴの言葉に、『違う』とナターシャは思う。

自分は確かに虚弱体質だが、動ける。短時間なら走ることもできるし、数回なら剣も振れる。だから戦闘技術は0点ではない。雀《すずめ》の涙だが、0ではないのだ。

だが、ユーリは自分とは違う。魔法適性なし。それは紛れもなく魔法適性試験の点数が0であるということである。それではどうしようもなく0点なのだ。

昨日、初めてユーリに会った時、自分はユーリになんと言ったか。

自分の300点は、値千金？　あなたとは違う？

相手のことを何も知らずに、自分はなんてことをほざいていたのだろうか。

既に吐いてしまった言葉は戻らないし、ユーリが適性なしだったからといって今更《いまさら》仲良くするつもりもない。

だけど、認めようとナターシャは思った。

自分だけが不幸で、自分だけが努力しているという思い上がりを、ユーリが自分よりも頑張ってきた努力家だということを、認めようと思った。

認めて、ナターシャはその悔《くや》しさをバネにするのだ。

ナターシャが脱落してから1時間。ユーリはついに100周目を超えた。ペースは未だに落ちない。他の生徒たちは半分ほど脱落し、残っている者もただ歩いているだけだ。

ナターシャは1人黙々《もくもく》と走るユーリを見て、震える足で立ち上がった。

「おい、どこ行くんだ」

「……走るのよ。1周でもいいから」

走ると言いながらも、ナターシャは足を引きずっている。歩くより遅い。

「いーじゃねぇか。多分あいつ走るぜ、あと83周。やらせときゃいいじゃねぇか」

身体強化をしているとはいえ、体を動かさないことには前に進まない。ユーリはかなり息が上がり、汗をかいている。それでもペースは落ちない。ナターシャが走らずとも、ユーリはナターシャの分も走り切るだろう。

「それが許せないから、走るのよ」

ゆっくり、這うようなペースでナターシャは進む。これ以上離されてなるものかと、意地でも止まらずに。

1ミリでも前へと進むのだ。

戦闘技術の授業開始から3時間30分ほど。

走っているのはユーリ、ただ1人。

そして歩いている者が1人、ナターシャだ。

流石に息も絶え絶えになってきたユーリをアルゴが止めた。

「おいクソガキ、そこまでだ」

「……まだ、170周……あと、13周……」

「いいんだよ」

アルゴはクイッと顎で後ろを示す。ヨロヨロになりながら、ナターシャが30周目を歩き切った。

「合わせて200周だ。ったく、ほんと馬鹿だなお前ら」

そう言いながらも、汗に濡《ぬ》れるユーリの白い髪をぐしゃぐしゃと撫でる。

「おいテメェら！　集合だ！　さっさと来いオラ！」

アルゴがリタイアして木陰で休む生徒に声を上げると、彼らが小走りで集まってきた。

「はっ、まだ走れるじゃねぇか。お前らこいつを見てなんとも思わなかったのかよ」

アルゴは倒れそうなナターシャを抱きかかえる。

「もういいと言われたからやめる、自分は限界まで走ったからと諦める、明日もあるからと言い訳を正当化する。お前ら何がしたい？　なんで必死こいてこの学園に来たんだ？」

アルゴの問いに、生徒たちが気まずそうに目を逸らす。

「お前ら『鉛』クラスでいいのか？　自分より下を見て満足か？　いいか、次からはやめる判断は俺がしてやる。だからお前らは全力でやれ、何度でもぶっ倒れて何度でも立ち上がれ。調整なんかするな。分かったか!?」

はいっ！　と、大きな声が重なった。

「よし、今日の授業は終わりだ。あぁ、どんなにキツくても飯は食えよ。絶対に抜くな。それじゃ、解散」

話が終わり、足を引きずりながら寮に帰ろうとするユーリを、

「うわっ！」

「てめぇはこっちな」

アルゴが米俵《こめだわら》を担《かつ》ぐように、肩に乗せた。ユーリがアルゴの肩にうつ伏せになっている形だ。

さらにナターシャを軽々と担ぎ、アルゴは歩く。

ナターシャは静かにしている……というより、限界が来て寝ているようだ。

アルゴが向かった先は医療室である。

両手が塞《ふさ》がっているので、足で雑にノックして、妙に重厚な医療室の扉を蹴り開ける。

「入るぞ」

「もぉー、行儀《ぎょうぎ》が悪いわよー」

「いいじゃねぇか。ほら、エサだ」

ドサドサっとユーリとナターシャを同じベッドに放る。

どちらも小さいので1つのベッドで十分だ。見るからに疲弊《ひへい》している2人の子供を見てエマが目を輝かせる。

「あら〜あらあらあら〜〜！　アルゴ君ありがとうーー！」

「んじゃ、俺は帰る」

「はぁーい、あとはまっかせて〜」

エマはルンルンと上機嫌にユーリににじり寄った。エマから少しでも距離を取ろうとユーリは後ずさるが、すぐに壁にぶつかった。

「ユーリ君、また来てくれたのね〜、エマ先生、嬉しいわぁ〜。前回ほどじゃないけど、こんなにボロボロになっちゃってぇ〜。さて、今日はどこが悪いのかなぁ？　ちゃーんと、触診《しょくしん》しないとぉ。

ウフフフフ」

エマはユーリを見る、目の奥に怪《あや》しい光を浮かべて。睨め回す。舌をペロリと出して。ユーリは本当に舐められているかのような錯覚《さっかく》に陥った。

「あ、あの……僕は大丈夫だから……先にそっちの子を……」

「一番痛いのは、ここかなぁっ？」

グリッ
ユーリの話など聞かず、エマはユーリの足に親指をめり込ませた。

「ぐ、ギ……」

筋肉断裂を起こしかけている太ももの一番痛いところを、エマはピンポイントで当てた。しかし、ユーリは耐えた。可愛い顔を苦痛に歪《ゆが》めながら、悲鳴を押し殺したのだ。知っているから。エマが絶叫が大好きな変態であることを。

そんなユーリを見て、エマはスッと真顔《まがお》になった。

「駄目よ」

いつもの間延びした喋り方ではない。

「ねぇ、駄目よ、それは駄目。そんな頑張って悲鳴を押し殺したら。ぁ、どうしよう」

ユーリは知っていた。エマが悲鳴が大好きな変態であることを。しかしユーリは知らなかった。エマが自分の想像を遥《はる》かに超えたド変態であることを。

エマは動悸《どうき》を抑えるように左手を自分の胸に当て、右手をユーリの足へと再び伸ばす。

「ユーリ君が悪いんだよ？　そんな顔するから。ちょっと虐めるだけのつもりだったのに、そんな顔するからいけないんだよ？　そんな意地悪するからいけないんだよ？」

　ググッ
「ヒグ……グァ……」

「ああ、やめて、やめて。もう我慢《がまん》できなくなっちゃうから。ねぇお願い、ユーリ君やめて、私、変になっちゃう」

　エマは今までと比べものにならないほど強い力で、ユーリの患部《かんぶ》を刺激した。

　猛烈な痛みに、ついにユーリの絶叫が響いた。

「ギィ……グアアアアアアアアアァ！！！」

「あっハアアアアアアアァアァ!!　あ、あ、もう、もう」

　なぜかエマの艶《つや》やかな叫び声が重なった。

「あっはぁ……もう、ユーリ君って意地悪なんだからぁ」

　あまりの激痛に意識を失ったユーリ。エマは恍惚《こうこつ》の表情で次の獲物……ナターシャの方に首をグリンとひねった。

「ヒッ……」

　そこには、ユーリの最初の呻き声で目を覚ましたナターシャがいた。整った顔に恐怖と悲壮感を貼りつけて。

「ねぇ、どうしてぇ？　どうして先生を困らせるのぉ？　そんな顔されたら、されたらぁ」

痛みで失神したユーリと、その横で恍惚の表情を浮かべながらこちらを見る白衣の変態。恐怖でしかない。

「大丈夫よぉ、痛いのは最初だけだから……あら？　ずっとかしら？」

「ヒッ……ヒッ……」

なんとかエマから離れようとするナターシャだが、シーツで足が滑って体が上手く動かない。

ニタァとエマの口が開く。

「いただきまぁ〜す」

ナターシャの名誉《めいよ》のために割愛《かつあい》。ただ、下着は替えた。


翌日午前、魔法歴史学。

「初めまして。このクラスの魔法歴史学の担当教官になったアンナ・ミュラーです」

濃紺の癖のない髪を腰まで伸ばしたアンナが深く頭を下げる。濃紺がサラサラと流れる。

「まずは、合格おめでとうございます。そして1年間よろしくお願いします。さて、それでは早速問題です」

授業の開始直後の問題にクラスがざわつく。

「大丈夫です。とても簡単な問題です。皆さん、ちゃんと答えられてましたよ。では問題、『魔法を発明したとされる人物は誰ですか？』」

簡単な問題だ。入試にもあったし、教本の最初に書かれていることだ。絵物語にもたびたび登場するため小さな子供だって知っている。

答えは『アルマーニ・アウグスト』である。

「そうです、アルマーニ・アウグストですね。ご存知の通り、聖光教会の教祖でもあります。では続いての問題です」

咳払いを1つ。

「『魔法を発明した人物は誰ですか』」

クラスが少しざわめいた。同じ質問である。

いや、少し違う。

「そうです。皆さんアルマーニ・アウグストだと考えたと思います。しかし、真実は分かりません。何千年も前から生きている人間はいませんからね。ですから教本などでは『発明したとされる人物』と書かれているわけです。もちろん多くの人はアルマーニだと考えているでしょうし、その認識は間違いではありません。しかしもしも、もしもそうではない本当の真実を見つけた場合、それは世紀の大発見となるかもしれません。そしてその発見者がこのクラスにいる生徒だとしても、なんの不思議もない」

アンナの言葉に生徒たちが引き込まれる。

「さて、少しは魔法の歴史に興味が持てましたか？　魔法歴史学は暗記ばかりのつまらない退屈な授業だと考える人が多いと思いますが、ただ覚えるのではなく、本当にそうなのか疑ったり、意味を考えたりすると、存外に楽しいものです。私も皆さんに少しでも魔法歴史学に興味を持ってもらえるように頑張りますね」

確かにアンナの授業は上手く、引き込まれることも多い。が、やはりユーリは睡魔と戦っていた。アンナが教えているところは、もう既にユーリも考え尽くし、調べ尽くした内容だからだ。

あくびを押し殺して魔力遊びをする。

「以上で今日の授業は終わりです。ユーリ君はこのあと少し私のところに来てください」

アンナの言葉に、うつらうつらとしていたユーリの肩がビクリと跳ねた。

時々寝てたのバレてたかな……怒られるかな……

そんなことを考えながら、トボトボと教壇へ向かう。

「あ、あの……」

上目遣《うわめづか》いで窺ってくるユーリを見て、アンナは苦笑いした。

「大丈夫です、怒っているわけではありませんよ。それよりも授業の一番最初の問題です。『魔法を発明したとされている人物は？』」

「えっと、アルマーニ・アウグスト……」

「あら、そうでしたか？　入試では、違う解答をしていたと思いますが」

「えっと、その、アルマーニの祖父の、パーシヴァル……」

アンナは1つ頷くと身を乗り出した。

「ユーリ君は入学試験の解答に、そのことが教典のどこに記載してあるかまで丁寧《ていねい》に書いてくれてましたね。でも、実はユーリ君の解答した4巻3章2項にはそんな記述がないんですよ」

ドン、と、アンナは聖光教会の教典の4巻を取り出してページをめくる。ユーリがマヨラナ村で何度も読んでいた教典よりも随分と新しい。

「ここがその2項です。どうですか？」

ユーリは読む。読み進め、そして青ざめる。

ないのだ。確かにユーリが読んだはずの一文が。載っていない。

「あ……あ……」

「これだと、ユーリ君の解答は間違い、ということになってしまいます」

ユーリは固まった。一問でも間違えたら不合格だったのだ。

もしかして、入学して2日目で、合格取り消し……

そんなことを考え、ユーリの瞳に涙が浮かぶ。

「それでですね、ユーリ君が読んだ教典について詳《くわ》しく……ユーリ君？　ゆ、ユーリ君⁉　どうしたんですか⁉」

アンナが教典から顔を上げると、ユーリが静かにハラハラと涙を流していた。

「ぼ、ぼく……退学……なの……？」

「ち、違います違います！　落ち着いてください！」

アンナは慌てて言う。

「一度合格になった生徒が不合格になることはありません。安心してください」

「ほんと？　あー、良かったー」

ユーリはケロッとして涙を拭《ふ》く。すぐに泣くが切り替えも早い。

泣きやんだのを見て、アンナはホッと息をついた。

「魔法の発明者がパーシヴァルじゃないかという話は、確かにあったんです。かなり昔のことにはなりますが。ですがそれは口承《こうしょう》だけで、明記された資料はどこにもなかったんです」

「でも、僕が見た教典だと……」

アンナはユーリの口にそっと人差し指を当て、顔を近づけて小声で言う。

「はい。もしかしたらユーリ君が見た教典には、本当にそう書いてあるのかもしれません。この教典、ユーリ君が読んだ教典と比べて、何か違いませんか？」

ユーリはアンナの教典を見る。マヨラナ村で読んだ教典と記憶の中で比べてみると……

「その教典、すごく新しい」

「そうなんです。この教典、第６版なんですよ。教典は時々新しくなるんです。聖光教会は『常に読みやすいものを提供し、読み違いなどで誤解が生まれないように』という理由で、前の版は全て回収処分し、新しいものを配るんです。見てください、ここ」

アンナは教典の最後のページを開く。そこには7桁の数字が。

「これ、識別番号なんです。第３版以降の教典にはこのように数字が振られ、徹底管理されています。だけど、初版と第2版にはないんです。ということは、ユーリ君の読んだ教典は……」

「処分をくぐり抜けた、初版か第２版の可能性が高い……？」

「正解です」

賢《かしこ》いですね、とアンナはユーリの頭を撫でる。

「私は教会が教典を新しくするのは、『不都合な真実』を隠蔽《いんぺい》するためではないかと考えています。あ、これは絶対誰にも言っちゃ駄目ですよ？　教会は怖いですから。今、私の研究仲間をマヨラナ村に向かわせています。ユーリ君の見た通りの文章があれば、これはすごい発見です。魔法の発明者がアルマーニからパーシヴァルに変わる。これはつまり、魔法歴史学の1ページ目が変わることになるんですよ」

忙しくなりますね、とアンナは嬉しそうに言う。しかしその言葉にユーリは首をひねった。

「それは違うと思うよ」

「え？　何がですか？」

「だって、マヨラナ村の教典には、『アルマーニは祖父であるパーシヴァルに魔法を師事した』って書いてあったんだよ？」

「えっと、それならやっぱり魔法の発明者はアルマーニではなくパーシヴァルに……」

「違うよ」

ユーリがアンナの言葉を遮《さえぎ》る。

「パーシヴァルが発明者だなんて、一文も書いてなかった」

ユーリの言葉にアンナが固まる。ゾゾゾっと激しく鳥肌が立った。確かに、ユーリの言う通りだ。

それだけの情報では、発明者については何も分からない。

もしかしたらパーシヴァルも誰かに師事したのかもしれないし、さらにその誰かも誰かに、その誰かも……果たしてどこまで続くのか。

アンナは額《ひたい》に手を当てて肩を震わせた。

「ふ、フフフ……魔法歴史学の1ページ目を変えるだけじゃなく、今の魔法歴史学の全ページを最終ページにまとめろとでも言うんですか……？　ユーリ君は、私を眠らせてくれないみたいですね……」

穏やかだったアンナの目に、激しい好奇心の光が灯る。

「ありがとうございます、ユーリ君。君が合格してくれて本当に良かったです。魔法歴史学の授業は知っていることばかりで退屈かもしれませんが、もしまた何か気がついたことがあれば教えてくださいね」

では忙しくなったのでこれで。そう言ってアンナは足早に出ていった。

これからしばらくアンナは大忙しの毎日を送ることになるが、その原因となったユーリはそんなことは欠片も思いもしなかったのであった。


「私の声の届くところに座れ。目を瞑って一言も喋るな。身じろぎもするな。とにかく静かに座れ」

次の授業は魔法実技。担当教官はオレグである。

「私は魔法実技担当教官のオレグだ。さて、まだ魔法について何も知らないお前たちがまずやるべきは、魔力を知ることだ。魔力を知らずして魔法が使えるわけもない。……そこの2人。誰が喋っていいと言った？」

薄目《うすめ》を開けてコソコソと話をしていた男子生徒の方にオレグは目を向ける。話をしていた2人はすぐに黙った。しかし、オレグは許さない。

「帰れ」

有無《うむ》を言わせぬ冷たい一言に場が冷える。しかし、話をしていた男子生徒は動かない。静かにしていれば許されると思っているのだろう。

「聞こえないのか？　話していた2人だ。お前らは目を開けて立て……立てと言っている！」

急な怒声《どせい》に生徒たちの肩が跳ねた。

「魔法はな、お前たちが思っているより遥かに難しい。そして遥かに危険だ。いいか？　一度全員目を開けろ」

オレグの言葉に逆らう生徒はいない。

「火と水の精霊よ、円を描きて我が手に浮かべ」

オレグの右手に火の球が、左手に水の球が浮かぶ。複数の属性の魔法を一節で唱える、重唱《じゅうしょう》（ダブルインカンテーション）と呼ばれる高等技術である。

オレグは右の手に力を入れる。火球《かきゅう》はどんどん温度を上げ、離れている生徒たちの頬まで焼きそうなくらいだ。

その2つの球を頭上高くに上げ、

「ふんっ！」

ぶつけた。

魔力で圧力のかけられた水球が火球の熱で急激に熱せられ、水蒸気爆発を起こす。

激しい音と熱気に生徒たちが度肝《どぎも》を抜かれる。

「分かるか？　今のは初級魔法を２つ、ぶつけただけだ。それだけでこんなことが起こる。魔法に夢を見るのも希望を抱くのも勝手にするがいい。だが、決して適当に扱うな、ふざけるな、気を抜くな。少しの不注意で死んだ奴なんて山ほどいる」

オレグは私語《しご》をしていた２人を見る。

「今日は帰れ。そして反省しろ。ここで甘くしてもなんにもならん。反省したら次の授業には来い。文句があるなら学園から去れ」

男子生徒２人は泣きながら寮へと帰っていった。

「ではまた目を瞑れ。授業開始だ」

それだけ言うと、オレグはその場を静かに離れた。

残された生徒たちはただ目を瞑って座っている。

理由も分からずただ座りながら、ユーリは体内に渦巻く魔力を感じていた。しばらくするとオレグが大量の薪《まき》を持って戻ってくる。

「よく聞いて感じろ。私たちは見すぎる。考えすぎる。喋りすぎるし、理解しすぎる。そんなもの忘れろ。ただ聞いて感じろ。何をとは言わん。話しても理解はできんからな。自分の内側の世界と、外側の世界。２つを感じろ」

ユーリはオレグの言葉で、自分が内側の世界ばかり感じていたことに気がついた。いつも考えているのは魔力、体の内側のことばかりだ。

外側の世界に意識を向ける。

お尻の下の地面は少しだけ温かく湿っている。

風がサワサワと草木を揺らし、少し離れたところで学園の池に流れ込む川の音が聞こえる。

頭には柔らかな日差し、反対に日の当たらないところは少し涼《すず》しい。

カランカランと音がした。木材の音だ。そこにマッチを擦《す》る音。しばらくするとパチパチと優しく爆ぜる音。焚《た》き火《び》だ。

「私は研究棟の入り口で待つ。己の中の魔力が理解できた者は私のところに来い。理解できるまでは続けろ。焦ることはない、半年経っても理解できん奴はできんからな」

ユーリは悩んでいた。

もしこれが体内の魔力を感じるための授業であれば、ユーリはとっくに目的を果たしている。3歳の頃には既に魔力を感じていたのだ。感じるどころか意のままに操ることすらできる。

前に座っていたナターシャが立ち上がった気配を感じ、ユーリは目を開く。ナターシャはオレグの方へと歩いていったので、ユーリもそれに続くことにした。

「……なんでついてくるのよ」

「僕も感じたから、魔力」

「嘘ばっかり、あなた適性ないんでしょ？　アルゴ教官から聞いたわ」

「適性はないけど魔力はあるよ。君はもう魔力を感じたの？」

「……君じゃなくてナターシャよ。名前で呼びなさい、気持ち悪いわ」

ナターシャの言葉に、ユーリはパアッと笑顔になる。

「うん！　よろしくね、ナターシャ！」

「……ふん」

ナターシャとユーリはオレグの元に向かう。

「ふん。天才と落ちこぼれのコンビか。さて、本当に魔力を感じられたのか見てやろう」

オレグはレンズが1つの手持ち眼鏡《めがね》のようなものを使い、ナターシャを見る。

「これは体内の魔力を可視化《かしか》できる魔導具だ。理論は解明できておらんがな。では天才の方から、魔力を動かしてみろ」

ナターシャは言われた通りに動かす。うごうごと巨大な雲が動くように、魔力を動かす。

「合格。もう初級くらいなら使えるか？」

「はい。入学前に少し学びましたので」

「よろしい。では次の段階に進むことにしよう」

オレグは次にユーリに目を向ける。侮蔑の色を滲ませて。

「ふん、いっちょ前に授業に参加しおって、能無しが。お前も動かしてみろ、できるものならな」

ユーリは魔力を動かす。

漠然《ばくぜん》と『動かせ』と言われてもよく分からなかったので、とりあえず星型を描くように動かしたり、小さな球に分けて体中を巡《めぐ》らせたりした。

「なっ……」

オレグの目が驚愕《きょうがく》で見開く。

「お前……どこでそれを習った？」

「誰にも習ってないよ。３歳くらいの時に気がついて、それから毎日動かしてた」

大きく息を吐き出し、オレグは目頭《めがしら》を揉む。

「やめておけ。どれほど努力してもその先には進めん。虚《むな》しいだけだ」

「だけど……」

「もう魔法実技の授業には来るな。お前には何も教えん」

「……え？」

ユーリが固まる。このために来たのだ。この授業のために大変な努力をして入学したのだ。この授業に参加できないのであれば、その全てが無駄になる。

「い、いやだ……お願い！　お願いします！　僕にも魔法を、教えてよ！」

ユーリはオレグの足にしがみついて懇願《こんがん》する。いつか父にしたのとは違う、本気の懇願だ。

「駄目だ。お前に教えることはない」

「どうして……どうして⁉　このために、魔法を覚えるためにこの学園に来たのに、頑張って勉強して、合格したのに！」

「無駄な努力だったな。だがもうやめろ」

「頑張るから、僕もっと頑張るから、おねがい！　魔法を教えてよぉ！」

「だから頑張るなと言ってるんだ‼」

恫喝《どうかつ》。

男子生徒を怒った時とは比べ物にならないほど、本気の怒声。

ユーリの息が詰まる。

「何度頼まれても私は意見を変えない。寮に帰れ。ナターシャも今日はいい。次の授業から属性魔法の練習だ」

ユーリは声を上げて泣いた。泣きながら歩いた。帰れと言われたから。泣きながら帰るのだ。そのあとをナターシャが追う。

理不尽《りふじん》に怒鳴《どな》られて泣きじゃくるユーリを、流石に放っておくことができなかった。

「はい。紅茶でも飲んで落ち着きなさい」

「ぐすっ……ありがと……」

ナターシャは紅茶を入れたティーカップをユーリの前に置き、どうしてこうなったのかと内心でため息を吐いた。

魔法実技でオレグに理不尽に怒鳴られたあと、ワンワンと泣きじゃくるユーリをどうしていいか分からず、ナターシャはなし崩し的にユーリの部屋に来た。そして何もない部屋に呆れ、女子寮の自分の部屋から茶器を持ってきて紅茶を淹《い》れ、ユーリに注いであげて現在となる。

なんで私がこんなことを……とは思いつつも、見捨てることができなかったのだ。目と鼻を赤くし、泣きじゃっくりをしながら紅茶を飲む見た目は美幼女のユーリに、本当にこの子は同い年なのかと疑問に思う。

もっとも、ユーリの言動が幼いのもあるが、どちらかといえばナターシャが大人びすぎているのであるが。

「あなた、本当に適性がないのね」

「……うん」

「どうして魔法学園に来たの？」

「……魔法が使いたかったから。使えるようになって、家族を安心させてあげたかったから」

ナターシャはユーリを見る。

小さな身長に可愛い顔。髪は白髪と珍しいが、それがユーリの可憐《かれん》さをより引き立てているように思う。

好奇心旺盛《おうせい》な黒い瞳は、今は悲しみに濡れている。

コロコロとよく変わる表情。泣きたい時には泣き、楽しければ笑う。真っ直ぐで素直な子供だ。

一方自分はどうか。

領主と妾《めかけ》の間に産まれた不要な子。それが自分である。幸福は少ないが、それでも人並み以上に贅沢《ぜいたく》な暮らしを与えられた。大きな屋敷、広い部屋、高級なベッド。毎日3食は当たり前で、午後のおやつだってある。

四重属性《クアドラプル》が発覚してからは、王位継承争いをする派閥《はばつ》から目をつけられ、伏魔殿《ふくまでん》と化した王宮で気の抜けない時を過ごすことも儘《まま》あった。

ある時から急に病弱になったこの体も、あの伏魔殿で一服盛られていたのではないかと思う。

贅沢で、高級で、そして不自由な暮らし。性格がねじ曲がるのも仕方がない。

そんな気苦労の絶えない生活から抜け出すためにこの学園に来た。治外法権のこの学園に。

ここでは権力に守られることはない。しかし、権力に殺されることもないのだ。そして継承争いが起こっている中での入学。実質の継承権の放棄である。

権力争いの中で歪《いびつ》に育った自分と、何もない田舎でのびのびと育てられたユーリ。本当に正反対だと思う。

育ちも産まれも境遇も。

可愛い男の子と可愛くない女の子というところまで正反対だ。ナターシャはそう思う。

真っ直ぐに愛されたユーリは、今回のように理不尽に否定されることは少なかったのだろう。

理由の分からないオレグからの拒絶で、悲しみに暮れるユーリ。慰《なぐさ》めてあげたいとは思うが、ナターシャには上手く人付き合いをするスキルなどない。

なんと声をかければいいかと考えていると……

「はー、まいっかー」

カランと乾いた声でユーリは言った。

まだ涙の残っている瞳をグシグシと真新しい制服の袖《そで》で拭《ぬぐ》う。

「まいっかって、あなたね……さっき、あなたの今までの頑張りを全て否定されたのよ？」

ナターシャにはユーリの思考が理解できなかった。自分の全てをとことんまで否定されたのだ。大泣きしてはいたが、まだ1時間も経っていない。立ち直るには早すぎる。

「たくさん泣いてナターシャとお話ししたらスッキリしちゃった」

この立ち直りの早さこそ、ユーリの長所である。

がむしゃらに向かっていって、壁にぶつかって、折れて、とことん泣いて、スッキリして立ち上がる。そしてまたユーリはがむしゃらに立ち向かうのである。

「それで、どうするの？　もう魔法は教えてもらえないけれど……」

「え？　どうして？」

「どうしてってあなたね……さっき怒鳴られたこと、もう忘れたの？」

この子はアホなのかしらとナターシャは額に手を当てて呆れた。

「もうオレグ教官はあなたに魔法を教えてくれないのよ？」

「また頼みに行くよ。だって僕は生徒で、オレグは魔法の教官だもん。教えてくれなきゃおかしいよ。もし駄目だったら学園長に言いに行く。それでも駄目なら他の魔法技術の先生に教えてもらいに行く。それでも駄目なら上級生の魔法が得意な人に、駄目なら同級生に。領都の魔法部隊の人もいるし、魔法が使える冒険者だっている。全部駄目だったら自分で勉強するよ」

今度はそうそう折れない。異常なほど強くなって先へ進む。

もうユーリの瞳に悲しみは一欠片もなかった。あるのは真っ直ぐで固い意志の光だ。

ナターシャは思わず彼の瞳に見入ってしまった。その瞳がナターシャに向けられる。

「あっ……」

なぜかドキリとした。

「ナターシャ、ありがとう。ナターシャのお陰で立ち直れた！」

真剣な瞳から一転、嬉しそうな表情のユーリ。

「私は、何もしてないわ」

「そんなことない！　すごく嬉しかった！」

ユーリはナターシャの手を握る。

そして、しどろもどろに言う。

「それで、その、せっかくだからっていうか、お願いなんだけど……」

「……なによ」

「あの、僕と、友達になってほしい……」

何を言うかと思うと、そんなことだった。

大きくため息をひとつ。

「はぁ、いいわよ別に。友達でもなんでも」

「ほんとに⁉　やったー‼」

はしゃぐ、はしゃぐ。

そんなユーリを見てナターシャは呆れる。

友達ができることがそんなに嬉しいのか。たかが友達。ナターシャはその時、そんな風に思っていた。

ナターシャはまだ知らない。そしていずれ知ることになるのだ。

ユーリにとっての『友達』の重さを。

4章　錬金術との出会い

チッ

魔法実技担当教官のオレグは舌打ちした。今日もいる。懲《こ》りずに。何度怒鳴りつけてもめげない。ユーリが大泣きしたあの日から3週間、魔法実技の授業は7回。ユーリは毎回授業に参加していた。と言っても、オレグに魔法を教えてとお願いしているだけだが。

「毎回毎回、何度言えば分かるこの能無しが！　さっさとここを、いや学園を出ていけ！」

血管が切れるのではないかというほど頭に血を上《のぼ》らせてオレグは怒鳴る。

しかしユーリの瞳は揺らぎもしない。何度怒鳴っても、いくら無視しても、どうやってもめげない。もはや泣きたいのはオレグの方であった。最近はストレスのせいか、少ない髪がさらに少なくなってきている気さえする。

「脳みそがないのか⁉　考えることもできんのか⁉　適性なしの能無しって奴はどいつもこいつもッ！」

オレグの怒りがついに爆発した。右手を振り上げ、ユーリに向かって勢いよく振り下ろす。

ユーリはその手を見る。父シグルドとの訓練でその程度の速度なら難なく見切ることができるのだ。

オレグの平手を見切り、そして。

バシンッ！

ユーリは避けない。

オレグは体格の良い方ではないが、それでも大人と小さな7歳の子供である。ユーリは強烈な平手を頬に受け、倒れた。しかしすぐに立ち上がる。

そして再び真っ直ぐにオレグの目を見据えて言う。

「僕に魔法を教えてください」

ぶたれる前と同じ真っ直ぐな瞳で。

自分への恐怖や嫌悪《けんお》など1ミリもない瞳に、オレグは恐怖すら感じる。

「その辺にしたらどうじゃ」

そこに現れたのは学長のヨーゼフ。

オレグの体罰《たいばつ》により静まり返っていた場の空気など気にすることなく、飄々《ひょうひょう》とした態度でオレグに話しかけた。

「学長……」

「オレグ、お前はちと頭が固すぎる。そしてユーリ君、君は意志が固すぎる。ちと2人とも来なさい。他の生徒たちは引き続き今の訓練を続けること、よいな？」

それだけ言うと誰の返事も待たずに歩き出した。オレグはため息を吐きあとに続く。そしてユーリは……頬の痛みにこっそり涙しながら追いかける。

我慢していたが、痛いものは痛かった。

学長室の隣にある応接室に3人が腰掛ける。学長とオレグが並び、正面にユーリだ。

「オレグ、話しなさい」

『何を』とはヨーゼフは言わないが、オレグにはヨーゼフの言いたいことが分かった。

「しかし……」

「このままユーリ君を恫喝し続けても無駄じゃよ。こやつの意志は固い。殺してでもやらんと諦めんよ」

オレグはユーリの瞳を見て、ため息を吐いた。

「分かりました……」

お茶を一口《ひとくち》飲み、

「能無し、なぜ私がお前に魔法を教えないか話してやる」

オレグは語り出した。


もう40年ほども前のことだ。私には1人の友人がいた。名をノーチラスという男だ。

彼は鑑定式で適性なしと鑑定された能無しでな。しかし前向きで明るい男だった。

一方私は無口な研究者でな、二重属性（ダブル）ではあったが友達など1人もいなかった。いつも1人で研究に明け暮れていたよ。

彼と出会ったのは調合材料を採りに森に行った時のことだ。夢中になって貴重な植物を採取していた私は森狼に気がつかなくてな、飛びかかられ、肩に噛みつかれてからようやくその存在に気がついた。

周りを見ると何匹もの狼の群れ。恐怖のあまり半狂乱で魔法を放った。

しかしそんな適当な魔法が当たるはずもなく、すぐに足にも噛みつかれたよ。

もう死ぬんだなと思った時に助けてくれたのがノーチラスだ。

彼は適性なしだが魔力による身体強化を使っていた。お前のようにな。

彼は言ったよ。2属性も扱えるなんてすごいなと、俺も魔法を使いたいんだとな。

それから私たちはすぐに仲良くなった。とはいっても私を頼ってくる銀級冒険者に、私が気を良くしただけだがな。

そうして、新たな研究の日々が始まった。

適性のないものでも魔法を使えるようになる、そんな夢物語を思い描いてな。それは世界をひっくり返すほどの発見だ。私たちはそれを成し遂げられると信じていた。

毎日毎日研究をして、成果は出なくて。それでも私は楽しかった。一つひとつ検証していくのが私はとても楽しかった。そう、『私は』楽しかったのだ。

だがノーチラスは違った。私とは必死さが違ったのだ。最初は夢を描いて始まった研究だが、ノーチラスはどんどん憔悴《しょうすい》していった。

幾百もの試行をし、幾千の仮説を立て、幾万回も考えた。

そんな研究漬けのある日、いつものように彼の家に誘いに行くと、彼は屋根の梁《はり》からぶら下がっていたよ。

私は訳が分からなかった。そして、落ちていた彼の手記を見て全てを理解した。彼がどれほど魔法を切望していたか、能無し呼ばわりしてきた奴らを見返したかったか。そして、一向に進まない研究にどれだけ苦心惨憺《くしんさんたん》していたか。

手記の最後のページには、研究を始めたことへの後悔がびっしりと書き連ねられていたよ。


「——私は無残な姿でぶら下がる友人を見た時、無駄な研究をすることをやめた。幾百幾千と試行しても無駄だったのだ。たった1人の大切な友さえ失った。能無し、お前も望みのないことに命を使うな、若さを消費するな。お前は頭がいい。商人にでも役人にでもなれるだろう。だから魔法の道にだけは進むな。我が友ノーチラスと同じ轍《てつ》は踏まんでいい」

オレグは決して適性のない者を嫌っているわけではない。ただ苦しませたくない。それだけだったのだ。

ユーリはオレグの優しさを知り、そして言った。

「僕、それでも魔法を研究したい」

「貴様……まだ言うか！」

「僕は折れないよ、折れても立ち上がる。１００回で駄目なら１０１回目の試行を、千回で駄目なら千一回の実験を。僕は折れない」

ユーリは真っ直ぐにオレグを見つめる。

「だから僕に魔法を教えて」

「……なぜ、なぜ分からんのだ！　その先にあるのは破滅だけだ！」

「もし、もしその研究を始めようと思った時の昔のオレグとノーチラスが、研究を止めろと言われたとして、素直に止めたと思う？」

オレグは言葉に詰まる。

オレグはあの時、自分たちならできると信じて疑っていなかった。誰に言われても止《とど》まるつもりなどなかった。ノーチラスが首を括《くく》ったあの日まで。

「僕に教えてほしい、オレグとノーチラスの千回を。千一回目からを、僕が紡ぐから。もし僕が成し遂げられなくてもいいんだ。僕の一万回を、次に繋ぐから。だからオレグとノーチラスを終わらせないで。引き継げれば、無駄なんかじゃないよ」

無駄じゃない。その言葉に、オレグは不覚にも胸が熱くなる。

「こう言っておるが、どうじゃ？　儂はこの小さな研究者に委《ゆだ》ねてもいいと思うがの」

オレグはしばらく逡巡《しゅんじゅん》し、やがて大きなため息を吐き、言った。

「……研究書は見せてやる。見たければ勝手にしろ。ただ魔法は教えられん」

「どうして？」

「ふん、そのままの意味だ。教えないんじゃない、教えられないのだ。この学園が築き上げたのは『その者に適性のある属性魔法の教育方法』だ。そもそもないのだ、適性のない生徒を育てる方法なんてものはな」

当然である。

『適性のない属性の魔法は使えない』という常識と、『適性のない生徒は入学できない』という事実があれば、『適性のない生徒を育成する』なんて教育課程が構築されるはずもない。

「これからは本当に魔法実技の授業には来なくていい。私には何もできんからな」

「オレグとノーチラスの研究書のこと、聞きに行ってもいい？」

「勝手にしろ。ただし、つまらん質問を１回でもしてみろ。二度と質問は受け付けん。そのくらい真剣に読み込め」

「分かった。ありがとうオレグ」

「ふん。お前のためじゃない。ノーチラスのためだ」

こうしてユーリはオレグの研究書を手に入れたのだった。


「はー、面白いなーこれ」

オレグの研究書を手に入れてから、ユーリは時間が空くと常に研究書を読んでいた。実験内容は多岐にわたっていた。例えば、同じ属性を持つ者の共通点を探すという真面目なものから、水魔法を使うために、とにかくたくさん水を飲んでみるという単純なものまで。

思いつく方法を片っ端から試していることが分かる。神授物だなんて言われる不確かなものを研究しているのだ。取っかかりを得るために試行錯誤を繰り返していたのだろう。

持ち前の速読能力であっという間に読破したユーリであったが、認識の誤りがないかもう一度最初から読み直す。読み直している最中に、ユーリは気になる書き込みを見つけた。

鑑定式で使用する鑑定水晶のイラスト。その横に一文、

『ナイアードの毛が触れた時青く光った』

と記されていた。

その鑑定水晶だが、当時魔法学園の院生だったオレグが学園からこっそり拝借《はいしゃく》していたようだ。

拝借がバレた時はしこたま怒られたとも記されていたが、そこはどうでもいい。

ユーリが気になったのは『ナイアードの毛で光った』というところだ。

ナイアードとは、綺麗な泉や川に住んでいるという水妖《すいよう》のことである。外見は髪の長い女性だが、肌は青色がかっているという。ウンディーネと異なり人間と同じ足を持ち、鱗《うろこ》はない。

なんでもノーチラスが討伐《とうばつ》依頼の最中に救った美しいナイアードの毛らしく、依頼の途中だというのにノーチラスはそのナイアードとウヌンヌカンヌンウヌンヌカンヌン、はどうでもいい。

とにかく、偶然ナイアードの毛が水晶に触れ、その時に青く光ったという。

ユーリは研究書のそのページを持ってオレグの元へ向かった。


「オレグ、ここのページについて知りたいんだけど、何か覚えてない？」

「貴様という奴は……」

魔法技術の授業中になんの遠慮もなしに質問しに来たユーリに、オレグは頭を抱えた。

「今は授業中だ。見て分からんのか」

「でも本来なら僕だって授業を受けてるはずだよ？　僕だけ受けられないなんて不公平。だから質問くらい答えてよ。どうせ今日も薪を燃やしてるだけなんでしょ」

なんと自分勝手な言い分であろう。

「そもそも質問に来るのが早すぎだ。もっと読んで理解してから来い。分かってるだろうな、つまらん質問をしたら……」

「もう、全部読んだってば。それよりもこれ、ここなんだけどね」

ユーリは説教を始めようとするオレグを遮る。怒りでこめかみをピクつかせるオレグであったが、そんなものお構いなしだ。今までに散々理不尽に恫喝されたのだ。ユーリにとってこの程度は屁《へ》でもない。

「ナイアードの毛に水晶が反応したって書いてあるの。ここ、覚えてる？」

全く堪《こた》えた様子のないユーリに諦めてため息を吐き、オレグは研究書に目を落とす。そして鼻で笑った。

「また細かいところに目をつけたもんだな。覚えてるよ。あいつが何度も何度もナイアードとの蜜《みっ》月《げつ》を自慢してきてな。いい加減うんざりして、水魔法を頭にぶち撒《ま》けてやったんだ。その時あの馬鹿の服に着いていたナイアードの毛が流れて水晶にくっついた。ああ、よく覚えているとも。それはな、ナイアードの陰毛《いんもう》だ」

ユーリの視界から色が消え、周りの音が遠ざかり、耳が聞こえなくなった。ユーリはそう錯覚するほどのショックを受けた。

錆《さ》びついたブリキのおもちゃのように、ギギギと首を下げ、再び研究書に目を落とす。水晶のイラストと、毛。縮れた、毛。

確かに、髪の毛にしてはやけに縮れているとは思った。しかし、ナイアードは癖っ毛なんだろうと。そう思っていた。陰の毛だとは思いもしなかった。

そう、ユーリは紡ぐのだ。

オレグとノーチラスの千回の研究を、彼らの千回の努力を、その小さな背中に精一杯背負って、万感の思いで千一回目を踏み出すのだ。

ナイアードの陰毛から、千一歩目を紡ぐのだ。

「魔法素材のことなら私より詳しい奴がいる。今年から院生だから研究棟にでもこもっているだろう。エレノア・ハフスタッターという奴だ。会いに行くといい」

遠くから聞こえてくるようなオレグの声を聞くともなしに聞き、ユーリはフラフラと歩み出す。

そう、手段も過程も何だっていいのだ。

目的は『魔法を使えるようになること』であり、そのためなら何だってするのだ。ユーリは再び立ち直る。より強くなって前に進む。

目的のためなら毒だって飲み干してやる。陰毛だって。

「…………いんもう」

いや、まだ完全には立ち直っていなかった。

陰の毛に思考を乱されながらも研究棟へとやってきた。

「あの、魔法素材の研究をしているエレノアの研究室はどこ?」

ユーリは研究棟の入り口にいるおばさんに話しかける。

「あらあら、可愛らしいお客さんだこと。こんな偏屈者《へんくつもの》しかいない研究棟になんか来るもんじゃないわよ」

なかなかの言いようである。

「あのね、エレノアの研究室に行きたいの」

「よりにもよってあのエレノアかい? 1階の一番奥の部屋だよ。多分今日も部屋に引きこもって何か怪しいことしてるはずさ。なんの用かは知らないけど、あまり長居しない方がいいよ。こんな可愛い子に変人が感染《うつ》っちゃもったいないからねぇ」

おばさんはユーリの頭を撫でながら言う。

「ありがと」

ユーリは一番奥の部屋まで行き、扉をノックした。

「はーい、今出まーす」

ガチャリと扉が開き、ボサボサの緑髪の女性、エレノア・ハフスタッターが顔を覗かせた。

そしてユーリの顔を見て、

「ひぅっ!」

パタンと扉を閉めた。ユーリは入学式の日のことを思い出す。

あの時研究棟の前で倒れていた女性だ。ユーリが超低空ダッシュで医療室に連れていき、エマ特製健康薬を無理矢理飲まされた可哀想な女性である。

しばらくして、再び扉が開く。少しだけ。隙間から瞳を覗かせエレノアは言う。

「あ、あの、その節はお世話になりました」

「ううん。元気になったみたいで良かった！」

ユーリはにっこりと笑う。

超低空ダッシュのトラウマが頭をよぎったエレノアだったが、ユーリの笑顔を見てトラウマが薄れたのか、扉を完全に開いてくれた。

「わ、私に何か御用《ごよう》ですか？」

「うん。僕、魔法素材のこと知りたくて！　オレグがエレノアに聞けって言ったから来たの」

「魔法素材？　えっと、一応研究はしてますけど……」

エレノアは困惑する。

錬金術の授業は中等部に上がってからだ。それまでは薬草学と調合の授業はあるが、魔法素材の出番は少ない。そして目の前にいる白髪の子は、どう見ても初等部の生徒であろう。

魔法素材の一体何を知りたいのだろうか。

「魔法素材の何を知りたいんですか？」

エレノアの質問にユーリは元気よく言い放った。

「えっとねー、全部！」

魔法素材とは、魔力属性を持つ素材の総称である。と言っても、この世界に存在するもののほとんどが魔力属性を微量ながら持っているので、大体の物体は魔法素材と言っても誤りではない。

狭義の意味では、錬金術の主素材として使用されるほどの属性値を持っている素材を指す。

また、魔法素材は一般魔法素材と特殊魔法素材に分類される。一般魔法素材は植物であったり、金属といったものである。

以下に属性別の一般魔法素材の一例を示す。
・火属性
油、火薬、綿《わた》、乾燥した木、燃えるものや燃えやすいもの
・水属性
水、乳、酒、涙、鱗、貝、毒、油、液体や水生生物など
・風属性
羽《はね》、綿、蜘蛛《くも》の巣、ほおづきの実、たんぽぽの綿毛、飛ぶものや軽いもの
・土属性
土、モグラの爪《つめ》、糞、金属類、地中に存在するもの
・木属性
植物類全般
・光属性

宝石、指輪、聖杯《せいはい》、神具

・闇属性

毒、蝙蝠《こうもり》の羽、呪物

なお、素材が宿す属性は1つのみとは限らず、油であれば火属性と水属性を、ほおづきの実であれば木属性と風属性の両方を持つ。

次に特殊魔法素材と呼ばれるものは、魔物から得られる素材のことである。火属性の魔物の素材は火属性の、水属性の魔物の素材は水属性の魔法素材となる。

例えば、ウンディーネの鱗は水属性、サラマンダーの爪は火属性となる。

もちろん一般魔法素材と同様に、複数の属性を持つ特殊魔法素材もある。虹龍《こうりゅう》の鱗は全ての属性を持つ魔法素材である。もっとも、手に入れるどころか一目見ることすら叶《かな》わないが。

ちなみにタマムシの外殻《がいかく》も全ての属性を持つと言われているが、微量すぎて一般素材としてすら扱われていない。

「と、魔法素材についての基礎はこのくらいですね！　私は今、錬金術を行う際に使用する触媒《しょくばい》の研究をしています！　これがまた奥深いんですよ！　属性ごとどころか、素材の単体ごとに触媒との相性があってですね！」

最初は小さな声での説明だったが、後半になるにつれてエレノアの目は爛々《らんらん》と輝き出し、声も大きくなっていった。

最後の方は前のめりになってユーリの眼前に迫る勢いだ。もはやユーリが理解しているかなんて考えもせず、言いたいことを口早《くちばや》に捲《まく》し立てている。これだからオタクというやつは。

「もはや偏食《へんしょく》な美食家に料理を作っているようなものですよ！　冒険者という名の狩人《かりゅうど》が獲《と》ってきた獲物を、触媒というスパイスを使って最高の料理に錬金する！　私たち錬金術師はさながら魔法界の料理人と言ったところでしょうか！　……ハッ！」

手を広げて天を……天井を仰いだところで、エレノアは我に返った。

「えと、その、魔法素材については、そんな感じでございますです、はい、すみません」

先程までの勢いはどこへやら、エレノアは小さく縮こまってぶつぶつと呟くように謝る。

またやってしまった、とエレノアは思う。いつもこうなのだ。

誰に話しかけられてもぶつぶつと俯いて喋ってしまって気味悪がられる。相手が気を使って自分の好きな話題を振ってくれると、調子に乗って喋りすぎてしまう。

適切な距離で会話ができず、エレノアはいつも孤立していた。

この前など、エレノアの胸部から突き出す2つの山目当てのナンパ野郎にさえ錬金術の話を捲し立ててしまい、結局ナンパ野郎は逃げていった。

生まれて16年間彼氏なしの残念オタクな巨乳美少女、それが彼女、エレノア・ハフスタッターである。

エレノアは俯いたまま、恐る恐る上目遣いでユーリの顔を窺う。こんな小さな子に分かるはずもない魔法素材の話を小一時間《こいちじかん》もしてしまった。しかも一方的に。さぞかし呆れているか、嫌になっているであろう。

しかし、そこにあったのはフムフムと何かを考えている子供の顔であった。

「なるほどー。じゃあ魔法素材って言われるものの中にも、たくさん魔力があるものとあんまりないものに分かれるの？」

あまつさえ質問までしてくる。こんな自分に引いていない。普通に会話してくれている。

「そ、そ、そ……」

「そ？」

「そーなんですよ!!　ちなみに魔法素材の持つ力は魔力ではなく属性値と呼ぶのですけど、マンドレイクの葉とシルフィウムの葉ではシルフィウムの葉の方が断然属性値が高いんです！　そして一般的には特殊魔法素材の方が属性値は高いと言われますが、当然一般魔法素材である世界樹ユグドラシルは特殊魔法素材であるマンイーターよりも多くの属性値を持っています！　属性値一つ取っても奥が深いですよね！　では成分を抽出《ちゅうしゅつ》して濃縮するとより強くなるかと言われると実はそうとは限らなくて……」

ユーリのイチの質問に対し200くらいの勢いで回答するエレノア。ユーリも興味を持っているものだから色々と質問をし、問答は3時間を超えた。

「……ぜぇ……ぜぇ……と、いうわけで……水と、火だからといって……錬金時に……ぜぇ……相性が悪いかというと……そういうわけでも……ないんですよ……ハァハァ……」

4時間ほど喋りっ放しだったエレノアは汗だくになり、息も絶え絶えだ。汗で濡れた服が張りついて妙に色気がある。

「あともう1個聞きたいことがあるんだけど、いい？」

「あの、ちょっとだけ、ちょっとだけ待ってください……」

エレノアはコップに水差しから水を注ぎ、一気に飲み干す。そしてハタと気がついた。この小さな訪問者に、自分はお茶すら出していないことに。

「あ、あああ、あの！　お茶も出さずに申し訳ありません！　こ、これ、粗茶《そちゃ》ですが！」

慌てて再び水を注いでユーリに渡す。自分の使ったコップをそのまま。粗茶ですらない。

一瞬『間接キス』という言葉が頭をよぎるが、こんなに小さな女の子に気にすることでもないか、とエレノアは深く考えなかった。さらに汗だくで服が張りつき下着が透けていたが、こんなに小さな女の子に気にすることでもないか、と深く考えなかった。

「ん、ありがと」

ユーリは気にすることなくコップに口をつけた。

「えっと、それで、聞きたいことというのはなんですか？」

「鑑定式で使う水晶に魔法素材をくっつけたら反応したって話、聞いたことある？」

「鑑定水晶に、ですか？」

うーん、とエレノアは考える。

今日初めて即答できなかった質問である。

「少なくとも、私は聞いたことがありません。そもそも鑑定水晶自体がとても希少《きしょう》なので、実験に使わせてもらえることがないですし」

「そっかー」

「鑑定水晶は教会が数十個は保有していると聞きます。しかし司祭が鑑定式で使用するために持ち出しているので、借りることは不可能です。そういう事象が発生するか云々《うんぬん》よりも前に、そもそも実験が不可能に近いかと」

「うーん……そっか。ありがと。じゃあナイアードのいん……髪の毛とかの魔法素材って手に入る？」

「ナイアードの髪の毛ですか？　確か少しならあったと思いますよ」

「本当!?」

ユーリが前のめりになる。魔法素材は意外とすぐに手に入りそうだ。

「だとしたらあとはどうやって鑑定水晶を使わせてもらうか、かなー」

5歳のフリをして鑑定式に忍び込もうかな、などと考える。

「あ、そうでした。学園にもありますよ、鑑定水晶。使わせてもらえるかは分かりませんが」

「あ、そっか」

ユーリも思い出す。魔法適性試験の時に使用した水晶。紛れもなく鑑定水晶である。明日にでもオレグに借りに行こうと決めた。思い立ったら即行動である。

「ありがとうエレノア、すごく楽しかった。遅くなっちゃったし帰るね。また遊びに来るねー」

「あ、はい。一方的に喋っちゃってごめんなさい。あの、嫌じゃなければまた来てください！　是《ぜ》非《ひ》！」

ふんす！　と何やら気合を入れて言うエレノアに、ユーリはじゃーねーと手を振って部屋を出ていった。

しばらくして、エレノアは膝から崩れ落ちた。帰り際のユーリの制服姿を思い出したからだ。

「男の子の……制服だったのです……」

生まれて初めて異性と濃い時間を過ごしたエレノアであった。


「駄目に決まっているだろうが阿呆《あほう》」

エレノアに魔法素材の話を聞いた次の日の夕方、ユーリは教官室にいるオレグの元に鑑定水晶を貸してほしいと頼みに来た。結果は一蹴であったが。

「え？　どうして？」

「心底理由が分からないという顔をするな阿呆が。当たり前だろう。反対にどうしてすんなり貸し出してもらえると思ったんだ阿呆。鑑定水晶が貴重で特別なものだと分からんのか。一般教養で満点を取ったことが疑わしくなる阿呆だな」

「4回も阿呆って言われた……」

今まで頭がいいねと褒められたことしかなかったユーリは、小さくないショックを受けた。

「え、でもでも、鑑定水晶って何回使ってもなんか減ったりしないんでしょ？　鑑定式が始まってからただの1つも壊れたことないってくらい丈夫なんでしょ？　それに学園にある鑑定水晶は入学試験の時にしか使わないんでしょ？　だったら貸してくれてもいいと思うんだけど」

「減らないし壊れないからといって貴重で希少なものをホイホイ人に貸す阿呆がいるわけないだろど阿呆が。『今のところは』減る様子もなく壊れたこともないだけだ、ど阿呆。使用頻度《ひんど》が少ないことが貸してもいい理由になるかど阿呆」

「ど阿呆になった……」

悲しむでもなく怒るでもなくユーリは呆然とした。正直、自分でも頭がいい方だと思っていた。そこに阿呆の連打である。

「分かったらさっさと帰って寝ろ」

オレグには取りつく島もない。ユーリの方を見もせずにシッシッと手で追い払う。流石にオレグのそんな態度にユーリが反撃する。

「……てに………のに」

ユーリがボソリと呟いた。

「なんだ？　言いたいことがあるならはっきり言え」

「自分は勝手に拝借して使ってたのに」

「……」

ユーリの言葉にオレグが黙る。確かにユーリの言っている通りである。オレグは学園の鑑定水晶を勝手に拝借し、それがバレてしこたま怒られたのである。

しばらく目を瞑って考えたあと、オレグは１つ咳払いをして言った。

「納得いかないのは分かる。だが駄目だ」

「だけど……」

「駄目だ」

「むぅ～」

出てきたのは否定の言葉であった。大人というものは往々にして理不尽なのだ。

「ノエルぅ～」

ユーリは近くにいたノエルに助けを求める。目が合った瞬間にノエルは『しまった！』とでも言うような顔をした。

「あー、その。ユーリ君、決まりは決まりだ。ちゃんと守らないと駄目だ」

「ノエルに服脱がされたって言う」

「そ、それはやめなさい！」

かなり沈静化しているとはいえ、ノエルロリコン疑惑はまだくすぶり続けている。それに加え、最近一部の女子生徒から恋愛感情とは別の、何かねっとりとした熱い視線を向けられているノエルである。これ以上余計《よけい》な火種《ひだね》は起こしたくない。

「ユーリ君、嘘をつくのはよくないことだ」

「……なんで嘘って分かるの？　嘘だっていう証拠はないもん」

そう、冤罪《えんざい》は冤罪と証明できなければ罪なのだ。教官室に来ていた女子生徒の視線がノエルにまとわりつく。鳥肌が立った。

「あー、えっと。オレグ教官。その、鑑定水晶、少しだけ貸してあげたりとか……」

ノエルの言葉にオレグが冷たい視線を返す。

「お前まで何を言っておる、阿呆」

阿呆が2人に増えた。

「いえ、ですが、鑑定水晶は学園の持ち物ですし、オレグ教官の意見だけで決めるわけには……」

オレグが大きく長くため息を吐く。

「だったら学長に交渉してみろ。私は知らん」

「分かった！」

ユーリは勢いよく駆け出す。向かう先は学長室である。


「鑑定水晶の私的利用は禁止されておるのぅ」

残念ながら学長からの回答も否《いな》であった。

「どうしてもだめ……？」

「うーむ、流石に特例で認めるというわけにもいかぬのぅ」

「そっかー……」

一歩目から早々の挫折《ざせつ》である。

「それにしても、鑑定水晶を何に使うつもりなんじゃ？」

ユーリは自分の仮説を説明する。

「オレグの研究書にね、ナイアードのいん……髪の毛が水晶に触れた時、青色に光ったって書いてあったの」

「ほう……それは初耳じゃ」

「もしかしたら鑑定水晶に魔法素材が触れると、何かしらの反応をするのかなと思って。それを取っかかりに研究しようと思ったの」

ユーリの言葉にヨーゼフはなるほどと顎髭を触る。

「面白い着眼点じゃな。しかし、だからといって許可を出すわけにはいかんのぅ」

「そっか……」

ユーリはシュンと俯いた。

失礼しました、と消えそうな声で言い、学長室から出ていこうとするユーリ。その背中を見て、ヨーゼフは引き止めるように咳払いをする。

「こほん、あー。これは独り言なんじゃがな」

ユーリが振り向く。

「もちろん、鑑定水晶の私的利用は禁止されておるし、許可なく用具室に立ち入ることも禁止されておる。しかしの」

パチリとユーリに向けて片目を閉じた。

「不思議なもので、禁止はされておるが、罰則《ばっそく》があるわけでもない。しかも鑑定水晶などは年に一度、入学試験の時にしか使用せぬ。誰かがこっそりと持っていっても、試験の時に返してあればバレるはずもない」

ヨーゼフは学長室の窓際の椅子に深く腰掛ける。

「歳を取るとすぐに眠くなるのぅ。小一時間ばかり、昼寝するとしよう。ポケットの鍵《かぎ》が邪魔じゃから、机の上にでも置いておくかの」

ローブのポケットから鍵の束《たば》を取り出し、サイドテーブルに置く。1つだけ、用具室の鍵を取り外して。

ヨーゼフの言いたいことを理解したユーリは、頭を下げて小さく言う。

「ありがとう」

「コホン、独り言じゃ、独り言。老人の独り言じゃよ」

ユーリは用具室の鍵を手に取り、用具室へと走っていった。


「エレノア、いるー？」

ユーリは鑑定水晶を抱えてエレノアの研究室を訪れた。しばらくバタバタと慌ただしい音がして、扉が開く。

「ユーリ君、えっと、いらっしゃい、です」

出てきたのはボサボサの緑髪にヨレヨレの薄汚れたローブを着たエレノア……ではない。髪は癖っ毛ではあるが櫛《くし》が通されており、ローブも小綺麗なものになっている。先日との違いはたったそれだけではあるが、どうやら元々の顔立ちは整っているらしい。目を引くような華やかさはないもののの、なかなかどうして器量は良い。

「エレノア、今日はなんか綺麗だね」

「あ、ありがとう、です」

ユーリの直球の褒め言葉に、一瞬で茹《ゆ》でダコのように赤くなるエレノア。10歳近くも歳下の子に振り回されている。

「そうそう、鑑定水晶借りてきたよ！」

「えぇ!?　本当ですか!?　よく貸し出してもらえましたね！」

「うん、許可をもらって勝手に借りてきた！」

「許可をもらって勝手に……？　よく分かりませんが、早速実験しましょう！」

多少外見を取り繕《つくろ》ってはいるものの、エレノアはエレノアである。研究となるとすぐにただのオタクに早戻りだ。

ユーリは研究室の机の上に鑑定水晶をよっこらせと置く。

「えっと、ナイアードの髪の毛でしたよね……えーっと……」

10平米ほどの研究室の一角、様々な魔法素材が置いてある棚《たな》から、エレノアは数本の毛が入った試験管を持ってくる。

「これがナイアードの髪の毛です。早速試してみますか？」

ユーリはコクリと頷く。

エレノアは試験管のコルクの蓋《ふた》を開け、ナイアードの髪の毛を1本、ピンセットで慎重に取り出す。

それをソッと鑑定水晶に触れさせて……

「……何も起こりませんね」

「……」

鑑定水晶は反応しなかった。ただただ透明に透き通っているだけだ。

ユーリの頭に『陰毛』という言葉がよぎる。

「えっと、せっかくなので他の魔法素材でも試してみましょうか」

「う、うん！　お願い！」

そう、まだ陰毛でなければならないと決まったわけではないのだ。ユーリは希望を捨てていない。諦めるには、まだ早すぎる。

しかし、

「うーん、これも反応しないですね」

結果は惨敗。

エレノアの研究室にある１００にも及ぶ魔法素材で試したが、鑑定水晶はうんともすんとも言わなかった。

試していくうちにユーリの瞳から色が消えていき、今では完全に光を失った。

『ナイアードの陰毛でなければ反応しない』

その説が少しずつ大きくなる。

「ユーリ君が見た研究書には『ナイアードの髪の毛』と書いてあったんですよね？」

「……ウン、カミノケ。ナイアードノ、カミノケ」

嘘である。

「うーん、何か違う条件でもあるんでしょうか」

真剣に考えるエレノア。ユーリは嘘をついたことに少しだけ罪悪感を覚えた。

「えっと……鮮度《せんど》、とか関係あるかな？」

罪悪感にいたたまれなくなり、なんとかそれっぽいことを絞《しぼ》り出してみる。

「鮮度……ですか、関係あるかもしれないです」

癖なのだろう。エレノアはこめかみ付近の髪の毛を指でクルクルと遊びながら言う。

「結構昔のことなんですが、魔法素材は採取した直後の方が属性値は高く、時間経過と共に失われていくと言われていたみたいなんです。だけど、どれだけ時間が経過しようと魔法素材が使用できなくなることはなかったので、デマ情報として消えていきました」

「じゃあ、新鮮な魔法素材を手に入れることができれば……」

「はい。水晶が反応するかもしれません」

思いつきで言ったユーリであったが、もしかしたら当たりかもしれない。

「うーん、でもどうやったら新鮮な魔法素材が手に入るのかな」

「一番早いのは、植物系の魔法素材を採取することですね。いくつかの植物なら学園の裏、湖のほとりにも生えていますよ。ただ、簡単に手に入るだけあって属性値はとても低いです。あとはお金がかかっていいのなら冒険者ギルドに依頼をする、最終手段は自分で魔物を狩りに行くということもできなくはないです」

いくつかの方法をサラサラと答えるエレノア。

「なら簡単にできる方から試していきたいな」

「分かりました。では学園の湖畔《こはん》に生えている植物を採りに行きましょう。暗いと危ないですから、次の休みの日にでも行きましょうか」

「ありがと！　あ、エレノアってたくさん僕に付き合ってくれてるけど、自分の研究は大丈夫なの？」

たしか、エレノアは今年から院生のはずである。ユーリの実験につきっきりになっているが、時間は大丈夫なのだろうか。

「あ、大丈夫です。卒論を書けるくらいの研究はもうできているので」

対人スキルと運動スキル以外は大変高いエレノアであった。

「安心したー。それじゃ、次の土の日のお昼前に来るね」

「はい。それじゃあおやすみなさい」

授業が終わった夕方から実験を始めたので、外はもう真っ暗である。自分の寮に駆けていくユーリの後ろ姿を見送りながら、エレノアは思った。

休みの日に異性と2人でおでかけ。これはもしや、デートというものなのでは？　と。

研究オタクであるエレノア・ハフスタッターの朝は早い。

いや、嘘である。基本的に研究者などという人種は朝方まで研究に没頭しているので、朝に起きることなどない。むしろ朝に寝るのである。

しかしなぜエレノアがこんな朝日が昇ろうかという早い時間に起きているのかというと。

「ねぇ、この服は変じゃないかな!? ねぇオリヴィア！ 聞いてる!?」

エレノアが問うのは、スリットの入ったスカートと篭手《こて》や胸当てなどの軽装備を身にまとった女性……いや、身にまとっていたそれらを脱ぎ捨て、部屋着姿でだらけている女性である。

「もー、何着ても可愛いってばー。大体全部同じようなローブじゃない……」

青色の髪を胸まで伸ばし、知的で鋭い眼差《まなざ》しを今は面倒くさそうに細めている彼女の名はオリヴィア。去年魔法学園を卒業し、冒険者を始めた魔法剣士である。そして数少ないエレノアの友人でもあった。

「男とデートに行くって言うから飛んできたのに、相手は7歳？ しかも魔法素材を採りに学園の湖畔まで？ ねぇ、それデートって言っていいの？ 私は言わないと思うんだけど」

「でででも！ 異性と2人なんだよ!?」

「いや、それだけじゃデートとは言わないんじゃ……」

「未婚の男女が2人きりで休日の昼間からおでかけですよ！ これはデートの定義に合致しています！」

「デートの定義って……これだから研究者は……」

オリヴィアは深くため息を吐く。

「大体デートっていったら恋愛感情が絡むものでしょ？」

オリヴィアの言葉に、エレノアはビクリとしてしばし固まったあと、顔を赤くしてモジモジし始めた。

「え、うそ……マジ？」

これにはオリヴィアも驚愕した。

「いや、あんた……7歳の子に何考えてんのよ……」

「ちちちち違うの違うの！　そういうのじゃなくて！　ね！　その、分かってよ！」

「いや分かんないわよ……」

「あ、そうだ！　何か食べるもの用意しておかないと！　オリヴィア！　オリヴィア！　助けて！」

「そんなの適当に、パンにハムと卵と野菜挟めばいいじゃないの」

「それができないから言ってるの！」

「錬金術より数千倍は簡単なんだけどなぁ……」

もうひとつため息を吐いてオリヴィアは立ち上がる。

暴走癖のある友人が、小さい男の子に手を出すようなことになったら殴ってでも止めよう。そう決心したオリヴィアであった。


「エレノア、いるー？」

控えめなノックと共にのんびりした声。ユーリである。

「は、はーい」

迎えるのはつけ焼き刃の準備が万端《ばんたん》のエレノアだ。

「わ、エレノアまた綺麗になったね。お嬢様みたい」

結局着ていく服が決まらず、朝早くにオリヴィアと共に洋服屋さんに行き、白いワンピースを買ってきたエレノアであった。

一方ユーリはというと学園の運動着である。シンプルな白いTシャツに黒いズボン。飾りっ気ゼロだが、それでもユーリが可愛いので許せる。

そもそもユーリには何かを買うような財力などない。衣食住全てを学園に準備してもらえるもので賄《まかな》っている。

三食全てを学食で済ませ、服は学園の制服と運動着。寝るのはもちろん寮のベッドである。

「あ、あの。お弁当、作りました。魔法素材を集めながら、少しお散歩しませんか？　属性値は低いですけど、他にも魔法素材や、魔法素材ではないですが錬金術で使えるものもあると思うので、見て回りましょう」

「え、本当⁉　学食以外の食べ物、久しぶりー！　錬金術も興味あるから、今日もたくさん教えてほしいな」

「は、はい！　頑張りますね！」

楽しげな雰囲気で歩き出す２人。それを呆然と見送るオリヴィア。

「……マジでデートじゃん」

どうやって友人の凶行を止めようかと、本気で考え出すオリヴィアであった。

そんなオリヴィアの気持ちなど知らずに、ユーリとエレノアは学園の湖畔に歩いていく。

湖の大きさは周囲5キロメートルほど。学園から見て奥側には草むらが広がり、さらに奥には雑木林《ぞうきばやし》がある。

「先日もお話しした通り、魔法素材と普通の材料の違いは属性値の多寡《たか》です。しかしその境界は厳密に決められているわけではありません。例えばここらへんに生えている草は属性値が低く魔法素材としては扱われませんが、このベルフラワーという植物は個体によっては属性値が高いものもあります。なので属性値の高い個体は魔法素材として使用されることがあります」

エレノアはしゃがみ込み、紫色の花をつけた植物を指差す。

「花の色が濃いものほど属性値が高いと言われています。1本持っていきましょう」

一輪だけ摘み取り、バスケットへ入れる。

「この湖に住んでる魚とかは魔法素材にならないの？」

「錬金術で使用できるほどの、という意味では、なりませんね。食べたら美味しいのもいるかもしれませんが。この湖、学園ができた時に人の手で作られてるんです。なので魔法素材になりそうな貴重な生き物はあんまりいないんですよね」

「へー、そうなんだ」

エレノアの錬金術の講義を受けながら、2人の初デー……おでかけは順調に進んでいった。

「それでは早速試してみましょう」

「うん、反応する素材があるといいな」

湖の周りを散歩し、エレノアお手製の（本当はオリヴィアお手製の）お弁当を食べ、いくつかの魔法素材を入手して楽しげな雰囲気で研究室に戻ってきた2人。

「……おかえり」

そんな2人をジト目で出迎える人。オリヴィアである。

「オリヴィア！　なんでまだいるの⁉」

「その言い方はひどいなぁ。早朝に叩き起こされて散々付き合わされて、挙《あ》げ句《く》の果てには扉を開けっ放しで出ていかれた研究室で、お留守番までしてあげた友人に向かってさぁ」

「うぐっ……ご、ごめんなさい……」

ど正論で返されてダメージを受けるエレノア。ユーリはそんな2人を不思議そうに見ていた。

「エレノア、お友達？」

「あ、ごめんなさい。紹介しますね。去年この学園を卒業して冒険者になった友人のオリヴィアです」

「初めまして。駆け出し冒険者のオリヴィアよ」

「僕はマヨラナ村から来たユーリだよ。よろしくね」

「早速だけどユーリ君、何やらエレノアと研究してるんだって？」

オリヴィアが疑いの目線でユーリに問う。まさかこんなに小さな子供が、学園でも一目《いちもく》置かれるほど優秀なエレノアと一緒に研究しているなんて信じられないのだろう。

「うん、そうなんだ！　ちょうど魔法素材を採ってきたところ！　エレノア、はやくはやく！」

「あ、はい。すぐに用意しますね」

自分のことを疑義《ぎぎ》の目で見るオリヴィアに気がついていないのか気にしていないのか。ユーリはエレノアを急《せ》かす。

魔法素材を鑑定水晶に接触させ変化を見る。その実験を今日採ってきたいくつかの材料で試してみる。

途中、春に咲く白い花、セリバオウレンで試した際に、

「あれ⁉　今光った⁉」

「う、うーん……光ったといえば、光ったような気も……」

進展があったような気がしたが、結局は気がしただけという結論となった。

「うーん、全滅かー……」

「どの素材もナイアードの髪と比べると、属性値が大きく劣りますからね」

「となると、冒険者ギルドに依頼するか、自分たちで探しに行くか……」

「ですが、冒険者ギルドへの依頼はお金がかかる上に、依頼が受理されるかどうかも定かではないです。知り合いに冒険者がいれば直接依頼などもできるとは思うのですが……」

ユーリとエレノアは言いながら顔を上げ、退屈そうにあくびをしているオリヴィアを見る。

オリヴィアは2人の研究にこれっぽっちの興味もないのか、大きくあくびをして、紅茶に口をつけて、もう一度あくびをして、自分へ向かう2つの視線に気がついた。

「……え？　え？　私？　ムリムリムリムリムリ！　最近やっとひとつ等級が上がったところなのに！」

「でも、学園の戦闘技術大会で優勝したこともあったよね？」

「たかが模擬戦《もぎせん》が強くったって冒険者としてはまだまだ三流以下なんだから！」

冒険者。ユーリにはその単語が頭に残っていた。昔は父も冒険者をやっていたという。

「ねぇ、オリヴィア。冒険者について教えて」

ユーリは何やら言い合いを続けている2人に、そう声をかけた。


冒険者というのは、つまるところなんでも屋である。

昔々、ことの始まりは酒場の主人かららしい。

仕事柄、たくさんの人の話を聞いていた酒場の主人が、とある常連の客の悩みを、別の常連客なら簡単に解決できるのではないか、と思って話を持ちかけた。予想通り問題は解決し、悩んでいた常連客は喜び、銀貨数枚を解決してくれた客に、そして酒場の主人にも謝礼を渡した。

これが冒険者ギルドの始まりだった。

最初は酒場の主人の手の届く範囲でしかやっていなかったが、あまりに依頼が多くなり酒場に掲示板を作ることにした。これが後《のち》のクエストボードである。そのうちクエストボードにさえ依頼が収まらなくなり、しまいにはよからぬことを考える輩《やから》も出てきた。

依頼の管理や問題の解決を行うために組織が作られ、それが現在の冒険者ギルドとなる。

次に冒険者ギルドの仕組みについて。

特に難しいことはなく、頼みたいことがあれば依頼内容と報酬《ほうしゅう》を書いた紙を用意しギルドに依頼すればいい。

逆に依頼を受けたければ、冒険者ギルドのクエストボードから受注すればよい。

冒険者ランクは下から土、鉛、鉄、銅、銀、金であり、金より上もあるらしいが、金級以上の冒険者はほとんど存在しない。

金級の冒険者になれば、それはそれは稼《かせ》げるらしいが、土、鉛級ではその日暮らし以下の輩がほとんどである。

一攫千金《いっかくせんきん》の夢がある半面、体を動かすしか能がない馬鹿の受け皿でもある。

ちなみに冒険者になるための資格などはないとのこと。

「そんな感じ。まぁお手伝いしてお小遣いもらうって認識で問題はないわね」

「なるほどー」

ユーリは考えた。

これから研究していくための費用稼ぎ、そして材料集め。冒険者になれば、この2つを同時に解決できるのではないだろうか。

「オリヴィア、明日時間ある？　冒険者ギルドに連れていってほしい」

「えっと……本気？」

ユーリの冒険者生活が始まろうとしていた。

5章　迷子？

「うわー！　ここが冒険者ギルド！　おっきぃー！」

陽の日、ユーリはオリヴィアに連れられて冒険者ギルドにやってきた。

学園から歩いて30分ほどのところ、目抜き通りを見下ろすように立つ重厚感のある建物が冒険者ギルドだ。

傷だらけの大きな扉はひっきりなしに仕事をしていて、たくさんの屈強《くっきょう》な冒険者たちが出入りしている。

「今は人が多いけど、もう少ししたら落ち着くはずよ。だからしばらく待ってから……ってちょっとちょっと！」

「オリヴィア、案内ありがとう！」

ユーリはオリヴィアが止めるのも待たずに駆け出す。

下手をしたら大人の股《また》くらいの身長しかない小さな子供が、１００キロを超えていそうな筋肉だるまたちの足元をうろちょろしているのだ。蹴り飛ばされたり踏み潰されたりしないかとオリヴィアは心配でたまらない。

しかし、シグルドとの訓練で極端に動体視力と運動神経を鍛えられたユーリにとっては造作《ぞうさ》もないこと。

まるで手品のようにスルスルと足元を抜けて、あっという間にギルドの受付へと辿り着いた。

しかしここで問題が起こる。受付に来たはいいものの、カウンターが高すぎて全く届かないのだ。そしてガヤガヤとした冒険者ギルドの中である。カウンターの下をチョロチョロしているユーリに受付嬢が気づくはずもない。

どうしたものかと考えていると、脇《わき》にすっと手を入れられて急に視界が高くなった。誰かに持ち上げられたのだ。

「わっ」

「……迷子《まいご》」

耳元から無感情な女性の声。

「迷子じゃないよっ！」

ジタバタと藻掻《もが》いてみるが、細い腕は全く微動《びどう》だにしない。しばらくモダモダとしていると、手の主が覗き込むようにユーリを見る。少し眠たそうな翡翠《かわせみ》色の瞳と目が合った。

「……違うの？」

腰まで流れる細い金髪に白い肌。スレンダーな体躯に控えめな凹凸《おうとつ》。そして何より目を引くのが尖った耳。

眠たそうな美人エルフ。彼女を一言で形容するとそうなるだろう。

緑色のローブの上に胸当てをつけただけの軽装。どこかオリヴィアの格好に似ている。

そのオリヴィアだが、少し遅れて入ってきて、ユーリを抱えている女性を見て硬直していた。

美人エルフの眠たげな瞳がユーリを観察し、しばらくして、彼女は受付嬢に視線を移して再度言う。

「……迷子。5歳くらいの、可愛い女の子」

「迷子じゃない！　7歳の男の子っ！」

色々と勘違いしすぎである。しかし、抱えられていることは都合がいいので、ユーリはそのまま受付嬢と会話を始めた。

「冒険者登録したいんだけど、ここで合ってる？」

「え、あ、はい。合っていますが……」

「何か書いたりする？」

「えっと、はい。こちらの用紙に必要事項の記載を……あの、本当にそのままで？」

無口なエルフに抱えられた7歳の少年が冒険者登録の手続きを行っている状況に、受付嬢が困惑する。ユーリが記入しやすいように、エルフの女性が微妙に抱える位置を変えてあげているのがなんとも言いがたい。

抱えられたまま必要事項を記入し終わったユーリが、その紙を受付嬢へと差し出す。

「はい。ユーリ様、ですね。あと、登録手数料で二千リラお願いします」

「へ？　お金いるの……？」

ユーリは固まった。まさかお金がいるとは思いもしなかったのだ。

「……お金、ないの？」

美人エルフは左腕だけでヒョイとユーリを抱え直すと、胸ポケットから銀貨を1枚取り出し、カウンターに置く。

「……使っていいよ」

置かれた銀貨を見て、ユーリは少し考える。そして言った。

「パパとママに、知らない怪しい人にお金をもらっちゃいけませんって言われたから、いらない」

「……知らない怪しい人」

『知らない怪しい人』という言葉に、無表情ながらどこかショックを受けたようなエルフ。

「せ、セレスティアさん！　私が払います！」

ようやく再起動したオリヴィアが駆けつけてくる。

セレスティア。この美人エルフの名前であり、ベルベット領都を拠点に活動する銀級冒険者のことである。彼女の美しい容姿も相まって、この領都で知らない人はほとんどいない。

その戦闘スタイルは1人で接近戦も遠距離戦もこなすオールラウンダー。彼女に憧《あこが》れて魔法剣士を目指す人も少なくない。例えばオリヴィアのように。

「……私が払う」

「いえ、セレスティアさんに払わせるわけには！」

「いい、私が払う。決めたの」

「だけど……」

「決めたの」

無表情で眠たげながら、意志の強い瞳でセレスティアは言う。

「だから、覚えて」

セレスティアは翡翠色の瞳をユーリへと向けた。

「え、何を？」

「私、セレスティア。銀級冒険者。覚えて」

「えっと……うん、覚えた、セレスティア」

ユーリが言うと、セレスティアはどこか満足そうにひとつ頷き、ユーリをオリヴィアに手渡してから冒険者ギルドを出ていった。

「なんだったんだろう？」

訳の分からないユーリは呆然と呟く。

「ユーリ君知らないの？　銀級冒険者のセレスティアさん。綺麗で強くてすごく有名なのよ！」

どこか興奮したようにオリヴィアが言う。

「かく言う私もセレスティアさんに憧れてるクチでさ、いつかセレスティアさんみたいになれたらいいなぁ」

「ふーん、そうなんだ。あ、受付さん、登録料、これでお願い」

押しつけられたものは仕方がないとばかりに、なんの遠慮もなしにセレスティアからもらった銀貨を使うユーリ。オリヴィアは少し呆れ気味だ。

「あ、はい。では八千リラのお返しです。少々お待ちください」

眼鏡をかけた受付嬢が、ユーリの記入した紙を見ながら、茶色いカードに書き込みをし、それをユーリへと手渡す。ギルドカードである。記載事項はベルベット領都中央支店で発行されたことと、ユーリの名前、出身地、それと性別くらいである。裏面には10かける10で100個のマスがある。

カードの材質は悪く、あまり丈夫そうではない。

「土級の冒険者はいわゆる見習いです。カードも簡易カードで、もちろん身分証明書などにはなりません。簡単な依頼をこなして、鉛級に上がれば冒険者として認められます。詳しくご説明することもできますが、いかがされますか？」

「オリヴィアに色々聞けたから大丈夫、ありがと」

受付嬢はオリヴィアに視線を向けて頷く。

「オリヴィア様のお知り合いなら大丈夫そうですね。オリヴィア様、よろしくお願いします」

「知り合いなの？」

ユーリはオリヴィアに問う。

「私の担当ってわけでもないんだけど、色々お世話になってる受付嬢のモニカよ。ちょっと暗くて何考えてるか分からないところもあるけど、知識も豊富でいい子だから仲良くするといいわ」

「初めましてユーリ様。モニカです。これからよろしくお願いしますね」

「僕はユーリ。よろしくね」

簡単に挨拶を済ませると、ユーリは身じろぎしてオリヴィアの腕から抜け出し、依頼の張り出された掲示板の方へ歩いていく。

掲示板に貼られた依頼は上の方が高難易度、下の方が低難易度の依頼であり、さらに左が薬草採取などの常時依頼、右が護衛や魔物討伐などの随時依頼というように分類されている。

掲示板の右側に貼られる随時依頼は、受けると決めた冒険者が剥《は》がして受付に持っていくことで依頼の受領となる。常時依頼は受領の必要はなく、供給過多になった際にギルド職員が剥がすといった仕組みだ。

ユーリが見るのは当然一番下の段、そして左側だ。

高難易度の依頼など達成できるわけがなく、また学園に行く必要があるため遠出の護衛依頼はできるはずもない。そのため、まずは適当な薬草などの採取依頼から行うことにする。

ユーリは採取対象の植物と、常時依頼の魔物の名を暗記し、冒険者ギルドを出ていった。

早速採取に出発……なんてことはなく、まずは図書館で情報を収集し、さらに薬屋で植物の知識を手に入れる。

癖が少なく様々な料理や錬金術の触媒として使われるソフィン草は、青々と茂っているものより、まだ若く葉が柔らかなものが良い。

麻痺《まひ》や失神を直す気付け薬の原料となるヒキオコシ草は、根元ではなく半分より上の葉を採取すること。

ギルドに依頼は出ていないが、初夏に実をつける春グミは屋台や酒場が買い取ってくれるので、採取しておくと良い。採取する際には果梗《かこう》を取り去らないこと、等々。

ユーリが面白いと思ったのが春グミの実の話だ。必需品ではないので依頼を出してまで欲しいものではないが、あったら嬉しいので高めに買い取ってくれるというのである。

ある程度情報収集を行ったので、いざ採取依頼に、というわけもなく、ユーリは必要なものの準備を始める。

最低限必要なものは、飲水を入れる水筒《すいとう》、採取物を入れる袋、栄養補給のための食料、何かあった時のための回復薬類、採取や戦闘で使うナイフ、色々な用途に使用できるロープ。日帰りなのでそのくらいだろうか。

水筒はマヨラナ村を出る時に父からもらったものを、食料は寮の食堂でパンを多めにもらえばいい。袋は学園の不要になった麻袋《あさぶくろ》でも持っていけばいいだろう。ロープは安価なので購入。回復薬は錬金術が得意なエレノアに相談することにした。

一番の問題は……

「たかーい……」

そう、ナイフである。

刃物《はもの》は材料の金属とその加工の手間から、安いものなど存在しない。ユーリは武器屋を徘徊《はいかい》しながらため息を吐く。短いナイフでさえ十万リラからなのだ。手が届くはずもない。ユーリの手持ちはセレスティアからもらった一万リラから、ギルド登録料とロープ代を引いた六千五百リラなのだ。ならば中古品を、とも考えたが。手が届くほど安いものは鋳《い》直して使用することが前提のジャンク品であるし、使用できる状態のものは当然高い。

「そういえば、学園にもあったなー、ナイフ」

ユーリは入学試験のことを思い出す。レベッカとの手合わせで使用したナイフ。刃は潰してあったが、ナイフとしての体裁《ていさい》は保っていた。

あれを使用できるように研《と》ぐくらいなら自分でもできるのではないだろうか。

ユーリはそう思い立つと、早速学園へ向かった。


「廃棄する予定の武器？　あるにはあるが、あんなもの何に使うんだ？」

戦闘技術の教官、レベッカの元を訪ねたユーリは、ことの経緯を簡単に説明する。

「冒険者か。まぁ小遣い稼ぎのために登録している学生もいるにはいるが、流石にお前には早すぎるんじゃないか？」

レベッカの意見はもっともである。何せユーリは7歳の子供。領都から出て魔物と戦う姿なんて想像できないし、想像したとしてもすぐに殺される未来しか見えない。

「別に魔物と戦うつもりはないよ。魔法素材の採取に行きたいだけ。ナイフも採取と護身用だし」

「まぁ止めるだけ無駄か。体をボロボロにしてでも合格を掴み取った奴だからな、お前は」

レベッカは諦めるように息を吐く。

「体育館の横に倉庫があるだろ？　その裏に廃材室《はいざい》がある。生ゴミ以外は大抵そこに集まるから見てみるといい」

「分かった、ありがとうレベッカ！」

「あー、そのな、ユーリ」

走り出そうとするユーリをレベッカが止める。

「もしもだ、もしも廃材の中にちょっと良いシースナイフが捨ててあっても誰にも言うなよ」

「どういうこと？」

「あー……っとな、廃材室に私物を捨てるのはな、禁止されているんだ、一応な」

レベッカは目を逸らし、頭をかきながら言う。つまりはレベッカが使わなくなったナイフを捨てているが、見て見ぬふりをしてくれということらしい。

「分かった！」

ユーリは今度こそ廃材室へと駆け出した。


ユーリが廃材室の扉を開けると、乾いた埃《ほこり》っぽい空気が漂ってくる。

「ケホケホ、埃っぽいなぁ」

廃材室というだけあって、倉庫の中は様々なガラクタが山と積まれていた。高い位置にある扉から西陽《にしび》が差し込み、光が埃に当たってキラキラと反射する。

扉から入って正面に木材類、左に布類、右に金属類と大雑把《おおざっぱ》に区分けされているようだ。右奥の隅《すみ》には何やら怪しい色の液体や、ミイラ化した何かの腕などが目に入るが、ひとまず無視して金属の山へと向かう。

なだらかにユーリの腰ほどまで山と積まれたそれらから、目ぼしいものを探し出す。間違っても刃物を踏んで大怪我などしないように、鉄の棒でかき分けながら。

しばらくゴミ漁りをして数本目ぼしいものは見つけたものの、刀身《とうしん》が曲がっていたり大きく欠けていたりとユーリの求めるレベルには届かない。廃材なので当然ではあるが。

この中から選択するしかないかと頭を悩ませていると、キラリと太陽光の反射が目に入った。

「ん？」

まるで『見つけてほしい』とでもいうタイミングで輝いたそれに、吸い込まれるようにユーリが近づく。

「絶対これだ……」

スクラップの山の下の方、かなりの期間放置されていただろうそのシースナイフは、時間の経過は窺えるものの刀身に罅《ひび》も欠けもなく、ただ埃をかぶって輝いていた。

柄に巻かれた布に血のような黒い液体が染み込んではいるが、布の隙間から覗く木製の柄は傷んではなさそうだ。残念ながら鞘は見当たらないが、今まで目星をつけていたものとは比べるのも烏《お》滸《こ》がましいほどの一品である。

確実にレベッカが捨てたというシースナイフだろう。

ユーリは捨ててある布を適当に切りつけてみる。引っかかりもなく綺麗に切れた。

「全然使える。どうしてレベッカは捨てちゃったんだろう」

なぜこのシースナイフがこんなところに捨てられてたのかは、レベッカが冒険者をしていた頃の複雑な事情があるのだが、今は割愛する。

これほどよいナイフを手に入れられたのは僥倖《ぎょうこう》ではあるが、鞘がないと危ない。

「まだ間に合うかな？」

ユーリは窓から差し込む西陽を見る。流石にまだ店は開いているだろう。ユーリは急いで目抜き通りへと向かった。


「ああ！　いたーぁ！」

ユーリが目抜き通りを走っていると、オリヴィアの声がした。

オリヴィアはあっという間にユーリのところまで駆けつけると、ヒョイと持ち上げる。

「やっと見つけた！　まさか1人で外に行ったのかと思って心配したじゃない！」

冒険者ギルドで少し目を離した隙にいなくなったユーリを、今まで探していたようだ。

「僕、そんなに無鉄砲《むてっぽう》じゃないよ」

「その歳で冒険者登録なんてする子が、無鉄砲じゃないわけないじゃない！」

オリヴィアの言う通りである。

「あれ、何そのナイフ」

オリヴィアはユーリが手に持っていたシースナイフに目を向ける。柄に巻かれた布はボロボロだが、なかなか良いものに見える。

「拾った」

「拾ったって、こんなに良さそうなのを？」

「うん。持ち主の許可はもらって拾った」

「許可をもらって？」

オリヴィアははてなマークを浮かべる。

「でも、鞘がなくて。鞘だけなら五千リラくらいで作ってもらえるかなって思って、鍛冶屋《かじや》に行くの」

ユーリは少し離れたところの、金槌《かなづち》マークの看板の店を指差す。目抜き通りに面したその店は大きく、門構えも立派である。

「うーん、やってくれるかもしれないけど、あそこの店はやめといた方がいいかも。いい店知ってるからついておいで」

オリヴィアはユーリを降ろすと、手招きしてから裏通りへと歩き出す。四半時ほど歩いたところにその店はあった。先程の店と比べると随分小さく、また見た目も古臭《ふるくさ》い。しかしどこか品が良い作りになっている。

隠すようにかけられた金槌の看板が風で控えめに揺れる。

「えっと、ここ?」

その店の佇まいを見てユーリは不安になる。どう見ても繁盛《はんじょう》しているようには見えない。繁盛していないということは、腕が良くないということだと思ったからだ。

「店構えはこんなんだけどね、腕は確かよ。ちょっと店主が無愛想《ぶあいそう》だけど」

営業中かどうかも分からないその店の戸をオリヴィアは躊躇《ためら》わずに開く。

「おじさんいますかー?」

返事はないが、オリヴィアはずかずかと店の中に入っていく。

「返事ないけど、入っていいの？」

とは言いつつも、ユーリも遠慮なくオリヴィアに続く。

店の中は薄暗いながらも、壁にズラリと並べられた武器が少量の灯《あか》りを鈍《にぶ》く反射している。どの武器にも洒落《しゃれ》っけはないが、シンプルに美しい。

置物1つないカウンターの奥の扉から、熱した鉄を水に浸《ひた》す音がした。

「お、ちょうどいいタイミングだったみたいね」

しばらくして扉から出てきたのは、低い背でガッチリとした体、たっぷりと髭を生やした顔に鋭い眼光《がんこう》のドワーフであった。

顔の皺《しわ》から結構な年齢であることが窺えるが、鋭い雰囲気が衰えを感じさせない。

知る人ぞ知るドワーフ族の名匠《めいしょう》、名をボルグリン。

「なんじゃ、ひよっこ娘か。刃でも欠いたか？」

「お久しぶりおじさん。今日はこの子の用事で来たのよ。昨日冒険者になったばかりのユーリ」

ボルグリンの風貌《ふうぼう》で呆気にとられていたユーリが、ハッと我に返り挨拶をする。

「初めまして、ユーリだよ。よろしく」

ボルグリンはユーリを一瞥《いちべつ》し、少しだけ憂《うれ》いの色を滲ませた瞳を伏せる。

「こんな幼子《おさなご》まで冒険者に身を落とすか。救えん世の中じゃな」

「おじさん違う違う。この子冒険者にはなったけど、魔法学園の生徒だから。訳あって魔法素材を自分で集めたいから、ついでに冒険者登録してるだけ」

勘違いするボルグリンに、オリヴィアが慌てて訂正を入れる。

「今日はなくなっちゃったシースナイフの鞘を作ってもらいに来たのよ。目抜き通りの鍛冶屋に行こうとしてたから、だったらおじさんとこの方がいいかと思ってさ」

「これだけど、作れる？」

ユーリがカウンターにコトリとナイフを置く。

「……嬢ちゃんが持つにしてはやけにいっちょ前じゃな。そんな簡単に手にできる一品ではないぞ」

「そんなに良いものなの？」

「この状態でも十万はくだらんだろうな」

驚きの鑑定額にオリヴィアが声を上げる。

「えっ⁉　そんなにするの⁉」

ボルグリンはナイフを手に持ち、様々な角度から見る。

「少量だがアダマンタイトも混ぜられておる。五十万はするな」

「ごじゅ……！」

「ふん、銘《めい》は彫っておらんな。腕は良いがすかした野郎が打ったナイフじゃろうな。そして、血痕《けっこん》と投げ捨てられたような跡……遺品《いひん》か。まぁいい、嬢ちゃん、振ってみろ」

ボルグリンはボロボロだった柄の布を剥ぎ、応急処置的に布を巻きつけてユーリに手渡す。

ユーリが父に習った型で何度かナイフを振ると、

「……坊主《ぼうず》、本気で振ってみろ」

ボルグリンは先程より真剣な目でユーリを見る。ボルグリンの言葉に、ユーリは身体強化を発動してナイフを振る。

鋭い風切り音が鳴った。

「……鞘が必要なのはナイフじゃなくて坊主の方じゃな。もういい、貸せ」

ボルグリンはユーリのナイフを半ば奪い取るように手に取ると、しばらく確認してから言う。

「調整してやる。1時間でいい」

「あ、あの、僕あんまりお金持ってないんだけど……」

「いらん。その代わり次からも儂のところに来い。必ずだ」

それだけ言い残すと、ボルグリンは店の奥へと行ってしまった。ユーリは訳が分からずオリヴィアを見上げた。

「どゆこと?」

「さぁ? まぁでも、気に入られたってことじゃない?」

ボルグリンが店の奥に行ってから1時間ほど。店内の商品を『わ、これすごく高い!』『げ、二千万は買えないわねー』『見て見て、変な形ー』『何に使うものかしら?』と見て回っていると、作業を終えたボルグリンが戻ってきた。

ユーリにナイフを手渡す。

革製《かわせい》の鞘は刀身にピッタリとハマり、ヒルト(刃と柄を繋ぐ金属部分)のところで、ベルトでパチリと留められている。

また、柄にも革が巻かれ、握りやすくなっていた。

「わ、すごい！」

鞘を外して握ると、ユーリの手に吸いつくようなグリップ力があり、刃も研いであった。

「ほんとにタダでいいの？　あの、あんまりお金はないけど少しはあるから……」

「タダじゃないわい。次も儂のところに来るという条件つきじゃ。体が出来上がっとらんのに下手な武器を持つと関節が壊れる。三流の鍛冶屋に変な風に弄られてはたまらんからな」

「分かった、ありがとう！」

こうしてユーリはそこそこの逸品《いっぴん》を手に入れることができたのだった。

「ねー、おじさーん。私の剣も握り心地が悪くなってきたような気がしててー……」

ユーリのナイフを見たオリヴィアが、自分の腰に下げている細剣《レイピア》をこれ見よがしにボルグリンに見せる。

「ふん、一万だ」

「えー！　ユーリ君には無料だったのに！　私も少しはまけてよ!!」

「……一万五千」

「なんで上がるのよっ!!」

オリヴィアはしばらく食い下がったが、結局まけてもらうことはできなかった。

冒険者活動を行える最低限の準備が整ったユーリは、そわそわしながら学園生活を送り、そしてついに待ちに待った土の日。

天気は晴れ。初夏の太陽がだんだんと日差しの強さを増していく。絶好の冒険日和《びより》である。

ユーリは朝食を胃に詰めるだけ詰め込み、いくつかのパンと焼いた肉を拝借し、意気揚々と魔法学園を出発した。ベルベット領都の東門を出て、少し離れたところに雑木林がある。今日はそこで採取を行うつもりだ。

自分の体を傷めない程度の身体強化を行い、まだ微睡《まどろ》んでいる街を颯爽《さっそう》と走り抜ける。

軽く息切れしながらも1時間ほどで東門へ到着。門番にギルドカードを見せ、領都の外へ一歩踏み出す。冒険者ユーリとしての、第一歩目だ。

「うっし、頑張るぞー！」

澄《す》み渡る空にユーリの溌剌《はつらつ》としたかけ声が抜けていく。そんなユーリの姿に、門番が微笑ましい気持ち半分、心配半分で声をかける。

「無茶はするなよー」

「ありがと！」

声をかけてくれた門番に礼を言い雑木林へ。ユーリが事前に調べた情報では、ここらへんに採取依頼の対象植物があるはずだ。

「あ、もう見つけた」

ソフィン草。様々な用途に汎用《はんよう》的に使われる植物だ。食べることも可能で、長期のクエストではこいつを鍋《なべ》で煮て腹の足しにするという。

ユーリは1つ葉をつまみ、食《は》んでみる。ほのかな甘みと苦味が口いっぱいに広がった。

「体には良さそう、かな」

好んで食べる味ではない。

事前情報通り、あまり育ちすぎていない柔らかな黄緑色をしたものを採取する。採取が終わると駆け出し、また次の獲物を探す。

ソフィン草ばかりが見つかりマンネリ化してきた頃、ヒキオコシ草を発見。半分より上に茂る葉を採取する。

ソフィン草とヒキオコシ草をある程度採取したあとはグミの実を探す。ちょうど今が旬《しゅん》だ。しばらく歩き回ると小川を発見した。そして近くにグミの木が数本生えている。赤い実がみずみずしく揺れる。

「やった！　グミの木だ！」

グミの実は大量になっており、1本の木だけでもユーリの持ってきた袋の容量を優に超えるだろう。とりあえず1粒千切《ちぎ》って口に放り込む。

「んっ！　甘酸《あまず》っぱくておいしっ！」

砂糖などの甘味《かんみ》が高価であるこの世界において、貴重な甘みである。しかし食べてばかりもいられない。まだ昼前とはいえ依頼の最中で、比較的安全な近隣の森とはいえ魔物だって目撃情報があるのだ。

ユーリは食べ頃の実の採取を始める。

用意した袋が1時間ほどで一杯になった。時間は昼を過ぎた頃である。

「よっし、順調順調！　パンでも食べて帰ろうっと」

冒険者活動で初めての依頼は順調だ。ユーリはバカな子供ではない。ここで『低級の魔物くらなら……』などと調子に乗ることはしない。これからたくさん時間はあるのだ。冒険は物足りないくらいでちょうどいい。

学園からくすねてきたパンを取り出して一口……食べようとしてユーリは固まった。

「帰り道……どっち……？」

ドッと冷や汗が湧き、口の中が乾く。混乱してパンを一口噛み、カサカサの口内《こうない》では食べきれず吐き出す。

早鐘のように打つ心臓の音が頭に響き、耳が遠くなる。もしかして、自分は今とんでもない状況に陥っているのではないか。ポロリと手からパンが落ちた。

ユーリは周りを見回す。目に映る範囲に道は見えない。当たり前だ。意気揚々と道から逸れて雑木林に入ったのだ。自分から、能天気に。

帰り道が分からなくなることなど微塵《みじん》も考えていなかった。

「お、おちつこう、うん。おちつこう。だ、大丈夫、大丈夫……」

大きく深呼吸をし、水筒から水を一口。そこでようやく出発してから一口も水を飲んでいなかったことに気がついた。初めての依頼に舞い上がっていたのだ。

喉の渇きを自覚し、半分ほどを一気に飲み切る。少し落ち着いた。

「よし、よし、大丈夫。落ち着いて状況確認から。まず、川。この川は越えてない。うん。絶対に越えてない」

ユーリは川を指差して確認する。

「次にグミの木。この木は川の手前に生えてた。だから川と正反対の方向から来たことになる。大丈夫」

太陽を見る。少し西に傾きかけている。

「僕は東門から太陽に向かって歩いてきた。なら太陽が傾く方向に行けばいい。そっちが西。大丈夫」

クエストの収穫物を手に、ユーリは逸《はや》る気持ちを抑えて、あえてゆっくりと歩き出だした。

数時間後。

「ふぇっ……うぅ……」

ユーリは涙をこらえていた。いや、既に何度かその大きな瞳から雫《しずく》が溢《あふ》れているが。

そう、迷子である。

日は随分と傾き西の空は茜《あかね》に染まり始め、昼には鳴かない虫たちの声が聞こえ始める。あれから何時間歩いただろうか。身体強化を使用していたためそこまで疲労は大きくない。しかし精神の方が疲弊していた。

ぐぅとお腹が鳴る。

収穫したグミの実を食べようと取り出して、やっぱりダメだと首を振って仕舞う。

「……グスッ」

帰れなかったらどうしよう。暗くなったらどうしよう。魔物に襲われたらどうしよう。そんなネガティブな思考を振り払い、歩く。

涙が溢れる前に拭い、歩く。歩かないことには辿り着かないのだ。

しばらく歩き続けていると、微《かす》かな悲鳴のようなものが聞こえた。

「今の……」

立ち止まり耳を澄ませる。

悲鳴はもう聞こえないが、馬の嘶《いなな》きを耳が拾った。

「人がいるのかも！」

ユーリは音の方へ走り出した。


「しくじったしくじったしくじった！」

15歳の少女、ニコラ・フォンティーニは、悪態《あくたい》を吐きながら馬に鞭《むち》を入れた。短い銀のツインテールが風になびき、グレーの瞳が焦燥《しょうそう》感で揺れる。

しかし、いくら鞭を入れても速度は上がらない。小さいとはいえ荷物満載の馬車を牽《ひ》いているのだ。速度が出るはずもない。

彼女の馬車の周りには5頭の森狼の姿。

「整備された街道だからって油断した！　くっそ！」

いくら悪態をついても現状は変わらない。いや、少しずつ変わる、悪い方に。少しずつ狭《せば》まる狼の包囲網。消耗《しょうもう》していく馬の足。

そしてついに、1頭の狼が馬に襲いかかる。

馬は高く嘶き前足を跳ね上げた。

「キャアアアアア!!」

ニコラは御者台から大きく投げ出され、地面に叩きつけられる。足首から嫌な音がした。

痛みに呻きながら顔を上げると、馬に次々と食らいつく狼たちの姿。絶体絶命の状況でも、思わず馬の損失額を頭で弾《はじ》き出し始める彼女は、流石は商人見習いと感心するべきか、それとも金の亡《もう》者《じゃ》と呆れるべきか。

狼たちから少しでも距離を取ろうと、這うように進むニコラ。あわよくば馬だけでお腹いっぱいになって、私の命は見逃してくれないだろうか。

断末魔《だんまつま》の嘶きを響かせ、馬の目から光が消えた。

途端、狼たちは馬から牙《きば》を抜き、次の獲物……ニコラへと視線を向けた。

「ヒイッ！」

ニコラは自分を見る5対《つい》の瞳に身をすくませる。その目に慈悲などない。嘲《あざけ》りもなければ油断もない。いかに効率的に獲物を仕留めるか、それだけを考えている狼の瞳が不気味に光る。

ニコラからの反撃を警戒してか、狼たちは一気に飛びかかることはしない。ジリジリと詰め寄り、射程圏内《しゃていけんない》まで近づく。ニコラが恐怖で叫び出す直前、ついに1頭が身をかがめた。

全身のバネを使って自分に飛びかかってくる狼が、まるでスローモーションのように見える。

走馬灯《そうまとう》のように、過去の記憶が頭を巡る。自分は結局何も成し遂げられなかった。親に反発し実家から飛び出たものの、自分にはなんの力もなかった。そして、運も。自分を知る人のいない場所で、一から業績を積み上げ、いずれ大商人になってやると意気込んで違う領土まで来たというのに。

結果は見知らぬ土地で誰にも知られぬまま狼の餌《えさ》となるのだ。

ニコラの瞳からツゥと一筋の雫がこぼれた……その時。

「……え?」

スローモーションになった視界の横から、白兎《しろうさぎ》が飛び出してきて、狼にブチ当たった。派手《はで》に吹き飛ばされる狼と、低い姿勢で砂埃を上げながら滑るように着地する白兎……いや、白髪の子供。

その子供の手には刃渡り20センチほどのナイフ。

子供はまるで四足歩行の動物のような低い姿勢で狼と睨み合い、爆発的な勢いで走り出す。

狼とすれ違いざまに一閃《いっせん》。短い刃では狼の太い首を断ち切ることはできないが、致命的な深手《ふかで》を与える。

都合四度、白兎が跳ねた。

気がつけば、立っているのはその白い子供だけ。足元にはその子供よりも大きな狼の躯《むくろ》が5つ。

ニコラは呆然とその子供を見つめる。予想外の出来事に涙は引っ込んだ。

ニコラと子供の目が合い、数秒。

ようやく自分が助けられたことに気がついたニコラが声を上げる。

「あ、ありがとうございま……！」

「ありがとおおおぉぉぉ!!　助かったああああぁぁぁぁぁ!!」

「……へ？」

なぜかニコラは、助けてくれた子供に泣きつかれ、感謝の言葉をもらっていた。

ニコラの腰に抱きついてひとしきり泣いたあと、ユーリは顔を上げる。困惑したグレーの瞳と目が合った。

「あ、いきなりごめん。道に迷ってたの」

まだ寂しさが残っているのか、ユーリの手はニコラの腰に回ったままだ。

「君は誰？」

「えっと、私はニコラ・フォンティーニ。15歳の駆け出し商人ってところかな。さっきは助けてくれてありがとう。もうダメかと思ったよ」

ニコラは周囲に転がる森狼の亡骸《なきがら》に目を向ける。どれもこれも、ユーリの背より体高が高い。目の前の小さな少年が倒したとはとても思えない。

「僕は駆け出し冒険者のユーリ。ニコラ、1人でこんなところに来ると危ないよ？」

「ユーリに言われたくはないなぁ……」

ニコラはユーリの頭を何度か撫でてから立ち上がる。右足首に激痛が走った。

「つたぁ！」

骨までは折れてなさそうだが、完全にくじいてしまっている。走ることはおろか、歩くことさえままならないだろう。

さて、これからどうしようかとニコラは思考を巡らせる。

まず馬。もうこれについてはどうしようもない。ここに捨て置くしかないだろう。

次に馬車。パッと見は壊れてはいなそうだ。しかし馬がいないことには運ぶことはできない。

そして荷物。王都エルドラードからはるばる運んできた絨毯《じゅうたん》や毛皮、香辛料《こうしんりょう》。軍資金なのか手切れ金なのか、両親からもらったその金で買ったものなので、特別な思いなどはないが、額を考えると惜しい。

最後に自分。大きな怪我は右足首だけで、あとは擦りむいた程度だ。しかし足首である。ベルベット領都までは南に歩いてあと2時間はかかるだろう。普通に歩いて2時間だ。この怪我では普通に歩けるはずもない。3時間はかかるだろう。

選択肢は2つ。

1つ目はこの白い少女と2人でベルベット領都へ行くこと。この場合、荷物を回収することは絶望的だろう。しかしやたらと強いこの少女と共に行動できるので、命の危険は少なそうだ。

2つ目が、この少女にベルベット領都まで助けを呼びに行ってもらうこと。これなら荷物を盗《ぬす》まれる可能性は少ない。その代わり自分の命が危ういが。

ニコラは荷物の価値を計算し始め……途中でやめてため息を吐く。

2つ目の選択肢を取れるわけがない。命がなくなれば、金など無意味である。しかし逆に言えば、命さえあれば金などいくらでも稼げるのだ。

着の身着のまま無一文《むいちもん》、ゼロからのスタート。ドンと来い。ニコラは自分の両頬をパンと叩いて気合を入れる。絶体絶命の状況から命が助かったのだ。それだけで十分すぎる。

とにかく生きたままベルベット領都に辿り着くこと。全てはそれからだ。

「うっし、それじゃユーリ。ベルベットまで頑張って歩こう！」

ニコラは気合を入れて、右足を引きずりながらも一歩目を踏み出す。が、

「あれ、荷物はいいの？」

ユーリが馬車を指差す。出鼻をくじかれた形のニコラはため息を吐きながらユーリに言う。

「馬がいないんじゃどうしようもないでしょ？　もったいないけど諦めるのよ。命には代えられないから」

ニコラの言葉に、しかしユーリが首を傾げる。

「もったいないなら持っていこうよ」

「だからその手段が……」

「僕が牽くよ」

「牽くって、あんたねぇ」

何を言っているんだ、この子供はと頭を振るニコラをよそに、ユーリは馬車まで行き、馬に繋がれている手綱《たづな》を外し、馬の遺体をどけた。

「なっ⁉」

毎回の戦闘技術の授業でグラウンド100周、いやナターシャの不足分も走っているユーリの身体強化は練度《れんど》が上がっていた。

また、無茶なランニングとその後のエマの治療の繰り返しで、筋力もかなりついてきており体も丈夫だ。馬程度の重量ならば、軽々とは言えないがなんとかなる。全身の力を使えば、馬車を牽くことだって可能だ。

ユーリは自分の腰に手綱を結んで姿勢を低くし、力強く踏み出した。

「うそ……」

荷物満載の馬車が、動いた。

「うん、いけそう。ニコラも乗っていいよ。その足だと大変そうだし」

「乗るって、でも……」

「足、痛いでしょ？　それに乗ってくれた方が速いし」

ニコラは逡巡する。

ユーリが問題ないと言っているのだから、乗っていくのが一番いいのだろう。足だって3時間も歩けば当然痛いし、怪我が悪化するに決まっている。

しかし、その、絵面《えづら》的にまずいでしょそれは……とニコラは思うのである。

荷物満載の馬車の御者台に乗り、腰に手綱を結ばせた幼女に牽かせるなど、第三者から見れば自分が極悪非道《ごくあくひどう》の人格異常者に見えることは間違いない。もし自分がそんな光景を見たらすぐに憲兵《けんぺい》の元に駆け出すに決まっている。

「早くしないと日が暮れちゃうって。あ、もしかして足が痛くて動けない？」

いつまでも馬車に乗ろうとしないニコラに何を思ったか、ユーリはニコラを抱きかかえると、そのまま御者台にポイッと乗せた。

「キャッ！」

らしくない女性らしい悲鳴を上げ、ニコラは思わず手で口を覆《おお》う。

「それじゃ、出発！」

仲間が増えて心強くなったユーリは、グッと力を入れて馬車を牽き始める。ある程度勢いがついてしまえばなんてことはない。馬車は軽快に走り出した。


西の山に陽が沈みきり、周囲が暗くなる少し前に、ユーリたちはベルベット領都の北門に辿り着いた。

ユーリはギルドカードを、ニコラは行商人証明証を提示してベルベット領都に入った。小さな子供が馬車を牽くという光景に、荷物検査がやたらと入念だった気がするが、結果としては問題なく通行できた。

「うーん、どこだろう、ここ」

ユーリは見たことのない景色に首をひねる。

「どこって、あんたここから来たんじゃないの？」

「ううん。僕が出発したのは東門だもん。こっちに来るのは初めて」

「どれだけ迷ってたのよ……」

ニコラはユーリの無鉄砲ぶりに呆れた。

「どっちに行く？」

「とりあえず馬屋にお願い。流石にいつまでもあんたに馬車を牽かせるわけにはいかないから」

「はーい」

ギョッとしてこちらを見ている人に場所を聞き、近くの馬屋まで行く。ニコラは商人らしく、値切りに値切った末に1頭の馬を手に入れた。

「ユーリも隣に乗りなさい。せめて目的地まで送っていってあげる」

「ありがと！」

ユーリはぴょんと狭い御者台に、ニコラとくっつくように座った。

「で、ユーリの家はどこ？」

「今日の分を納品しないとだから、冒険者ギルドまでお願い」

「あんた本当に冒険者だったのね。了解」

途中で道を聞きながら冒険者ギルドへと向かう。何げない会話をしながら、ニコラはまたも頭の中で金勘定《かねかんじょう》をしていた。

ユーリへの謝礼についてである。

ユーリはあの時、ニコラを助けてくれた。ユーリの力があれば、ニコラが狼に食い殺されるのを待ったあとに、馬車だけを持っていくこともできたはずだ。

しかしユーリはニコラの命を救ってくれた上に、一度諦めた荷物を全て運んでくれた。正直な話、荷物全てを謝礼として寄越せと言われても仕方がない。

荷物全て。仕入額で五十万リラはくだらないだろう。どれもが王都エルドラードで仕入れた、ベルベット領ではあまり出回らない物である。当然価値は五十万を超えている。

道を教えてあげた分を差し引いて二十万リラほどで手を打ってくれないだろうか……いやいや、道を教えてあげただけで三十万リラなんて吹っかけすぎにもほどがある。自分は命を助けてもらっているというのに。

しかし惜しいものは惜しい。幸いユーリは物の価値も分からなさそうな小さな子供だ。もしかしたら十万リラほどを謝礼として提示すれば、すんなり納得してくれるかもしれない。

いやしかし、命の恩人に対してそれはどうなのか。

先程ゼロからのスタートだと意気込んでいた姿はどこへやら、命が助かったとあればすぐに意地汚《きたな》い商人となっているニコラである。

「あっ！　冒険者ギルドだ！　よかったー！　ちゃんと帰れた！」

結局ニコラの中で結論が出ぬまま目的地に到着してしまった。

「ありがとうニコラ！　ここで大丈夫！」

「あ、そ、そう。そうね。あの、それでねユーリ、助けてくれた謝礼についてなんだけど……じゅ、ご、三万リラでどうかしら！」

汚い。さすが商人、意地汚い。自分の命が三万だと言っているようなものである。

咄嗟《とっさ》に口から出てきた三万リラという言葉に、ニコラは自分で自分にドン引きしていた。

しかしそんなニコラの内心などこれっぽっちも察していないユーリは、あっけらかんと返す。

「え？　いらないよそんなの。それよりも道を教えてくれて助かったよ！　本当にありがとう！

これ、お礼に食べて！」

なんと、ユーリは謝礼を受け取るどころか、グミの実を小さな手でいっぱい掴んで、ニコラへと渡したのだった。

損得《そんとく》なんて考えていない、ユーリの小さな手で掴める精一杯を。ニコラへの感謝の気持ちも精一杯に詰め込んで。

慌ててニコラは両手でそれを受け取った。赤くてツヤツヤとした宝石のようなそれが手のひらで転がる。

「じゃあねニコラ、会えて良かった！　商売上手くいくといいね！　ばいばーい！」

ユーリは御者台からピョンと飛び降りると、ニコラの返事も待たずに冒険者ギルドへと入ってしまった。

ニコラは呆気にとられたまま、グミの実を1粒口に入れる。

「甘酸っぱい……」

見返りを求めないユーリの無垢《むく》な良心と、金のことばかりを考えて命の恩人にさえ謝礼を躊躇う自分の醜い心。その2つを比べてしまってほろりと涙が溢れる。

小さな博愛者に恥じない立派な商人になろうと、心に決めたニコラであった。

◆◇◆◇◆

ニコラと別れたユーリは、早速とばかりにギルドのカウンターへと走る。初めての納品だ。

「モニカー、モニカー。いるー？」

「あ、もしかしてユーリ様ですか？」

地味で眼鏡な受付嬢モニカが、カウンターから身を乗り出して下を見る。

「少々お待ちください」

モニカは一度奥に行くと、踏み台を持ってやってきた。

「こちらをお使いください」

「ありがと！」

ユーリは踏み台に立つ。なんとかカウンターの向こうが見えるようになった。

「クエストの納品に来たよ。これ、ソフィン草とヒキオコシ草」

「あら、こんなにたくさん。計量しますので少々お待ちください」

モニカはソフィン草とヒキオコシ草をまとめて秤《はかり》に載せる。合わせて2キロほどの重さだ。

「2・1キロですね、こちら二千百リラで買い取りさせていただきます」

モニカは銅貨を2枚、鉄貨を1枚ユーリに手渡す。初めての冒険者活動で、いや、ユーリの人生で初めて稼いだお金である。感慨深くその３枚の硬貨を見つめるユーリの様子を、モニカは微笑ましく眺める。

「ギルドカードはお持ちですか？」

「あ、うん。持ってるよ」

モニカの声に我に返ったユーリがカードを渡すと、モニカはマスの２つにハンコを押した。

「ありがとうございました。ギルドカードをお返しします」

「今のハンコは何？」

ユーリは返却されたカードの裏を見て言う。

「土級の場合、依頼報酬千リラにつきハンコを１つ押印《おういん》いたします。押印１００個、つまり十万リラの報酬達成で鉛級に昇格です。同様に百万リラで鉄級、一千万リラで銅級に昇格です」

つまり、上のランクになりたければたくさん稼げということだ。

「なるほどー。早く昇格できるように頑張るね！」

「無茶は禁物《きんもつ》ですよ、ユーリ様」

心配してくれるモニカに礼を言い、ユーリは次の目的地に走る。今度はグミの実の売却だ。

ユーリはまず薬屋へと向かった。試験管に入ったポーションやその材料となる薬草がずらりと並ぶ緑一色のカウンターに、優しそうな老婆《ろうば》が１人。名をアデライデ・ハフスタッター。この店の店長であり、そして唯一の従業員である。

「おばあちゃん、グミの実を採ってきたよ！」

「おや、先週も訪ねてきたお嬢さんだねぇ。いらっしゃい」

「だからお嬢さんじゃなくて男の子！　ほら見て、たくさん採ってきた！」

ユーリは袋からグミの実を出してカウンターに置く。

「おやまぁ、こんなにたくさん。危なくなかったかい？」

「えへへ、途中で迷子になっちゃった」

「それは良くないねぇ。そうだ。おばあちゃんが迷子にならない方法を教えてあげよう」

アデライデはいくつかの方角を知る方法を教えてくれた。例えば、木の根に苔《こけ》がついている側が北なので、真っ直ぐ歩くには木の根を見ながら歩くといい。見える範囲で木に軽く目印をつけるといい。雲が流れる方向は大体西から東なので、昼は空を見るといい、等々。

「そうだ。たしか、死んだじいさんが使ってたコンパスと地図があったねぇ。どれ、どこに置いたかねぇ」

よっこらしょっと、と言いながら腰を上げ、アデライデはしばらくすると、あったあったと言いながら戻ってきた。

「もう随分と古いものだけどねぇ、使えないことはないよ。あげるから、使うといいよ」

アデライデが持ってきたそれは、古くて使用感があるがしっかりした作りのコンパスと、色々と書き込みのされたベルベット領都周辺の地図だった。ユーリが見た川やグミの木の群生地、帰りに通った道なども記載してある。

この地図を見る限り、ユーリはグミの木の群生地から領都に戻る際に、大きく北に逸れていたことが分かる。

「こんなに良いもの、もらっていいの？」

「良い良い。じいさんが遺《のこ》したもので、使うこともなければ売る気にもならん。可愛いお嬢さんの役に立てれば天国のじいさんも浮かばれるさね」

「……ありがとう」

ユーリはコンパスと地図を大切に仕舞う。小声で『あと男の子』と言いながら。

「そうそうおばあちゃん。このグミの実って、いくらくらいで売れるの？」

「そうさね。大体10粒で200から500リラくらいで買い取ってくれるんじゃないかねぇ」

グミの実は1粒で大体5グラムほど。安く見積もってもソフィン草やヒキオコシ草の4倍の値段である。単純にお金を稼ぐだけであれば、グミの実だけを集める方が効率がいい。

しかし、グミの実はギルドの依頼ではないので、等級は上がらない。悩ましい問題である。

「じいさんが生きていた頃は、この季節によく採ってきてくれててねぇ。どれ、私にもいくつか売っておくれ」

アデライデは銅貨を1枚、パチリとカウンターに置いた。

「そんなのもらえないよ！　こんなに良いものもらってるのに！」

ユーリは慌ててコンパスと地図の入った袋を指差して言う。

「色々教えてくれたから、おばあちゃんにはお返しだよ！」

カウンターに置いてあるものに追加してもう一掴み。

「ありがとうおばあちゃん、また来るからね！」

「おやまぁ、こんなにたくさん食べられやしないよ……って、もういなくなってしもた。忙しいお嬢さんじゃのぅ」

アデライデはカウンターに置かれたグミの実を1粒つまみ、口へと放る。

「懐《なつ》かしい味だねぇ。せっかくだから孫にでも持っていってやるかね。あの子はいつもいつも、学園に引きこもってばかり。お嬢さんの爪の垢《あか》でも、煎《せん》じて飲ませたいもんだねぇ」

アデライデは孫の姿を思い浮かべる。

髪はボサボサ、服はヨレヨレ。こと研究にハマりだすと食事すら摂《と》らなくなる、研究一辺倒《いっぺんとう》な孫娘、エレノア・ハフスタッターの姿を。

いい加減に男の1人くらい連れてきてほしいものだとため息を吐いて、アデライデはグミの実をもう1つ口に放った。

6章　絶体絶命

「ナイアードの生息地、ですか？」

「うん。新鮮なナイアードの髪の毛が欲しくて」

初めての依頼で手に入れた新鮮なソフィン草とヒキオコシ草を、鑑定水晶で実験してみたが、当然反応はなし。

手当たり次第に色々なものを試すのは継続するとして、ユーリはそれ以外の長期的な目標を立てることにした。それが『新鮮なナイアードの髪の毛』の入手である。陰毛ではない。

魔法素材について詳しいエレノアに、ナイアードのことを尋《たず》ねてみる。

「そうですね。ナイアードは綺麗な淡水《たんすい》がたくさんあるところに生息しています。森に湧く泉や、川の上流などですね。例えば学園に流れ込む川は大きな川の支流なんですけど、それを辿っていった先や、あとは西の森の奥にある泉などでしょうか……って、え？　もしかして行くつもりですか⁉」

「うん。すぐにじゃないけど」

「だ、駄目ですよ！　ナイアードが生息しているところには他の魔物だっているんですよ！　ナイアードだって比較的友好的ですが、分類は銅級の魔物です！　簡単に言うと銅級の冒険者と同等の力があるんです！」

「だからすぐにじゃないって」

ユーリはまだ7歳。生き急ぐには若すぎる年齢だ。

「銅級くらいの力がついたら挑戦してみるよ」

問題は、どの程度の力が銅級程度なのか分からないことだ。

しかし、幸運にもそれを知る機会はすぐに訪れた。


「おいガキども。もういい加減にただ走るのにも飽き飽きしてきただろう」

戦闘技術の授業で、アルゴがニヤニヤしながらそんなことを言う。

「そういうわけで、今日の授業は模擬訓練だ。ルールは簡単、武器の使用なし、魔法の使用なし、顔と金的への攻撃はなし。あとは自由だ。さぁ、2人組を作れ」

ただの体力作りからのいきなりの模擬訓練に、生徒たちは戸惑《とまど》いながらも2人組を作る。クラスで浮いているユーリと、遠慮して誰も組まなかったナターシャが残った。

「よろしく、ナターシャ」

「……仕方ないわね」

ナターシャはため息を吐いてユーリと向かい合う。

「よし、ヤれ」

アルゴのいきなりな号令に生徒たちは戸惑う。

「どうしたーぁ？　もしここが戦場なら、ヤられる前にヤらないと生き残れないぞーぉ？」

ニヤニヤとしていたアルゴが急に真顔になり、言う。

「さっさとヤれ」

途端、アルゴから放たれる強烈な殺気。

生徒たちは背中にドッと冷や汗をかき、半狂乱になって組手を始めた。殺気にやられたのだ。

「そうだ、いいぞ。強くなりたければ体力作り、そして実戦、実戦、実戦だ。強い奴が生き残るんじゃねぇ、いくつもの実戦で生き残った奴が強ぇんだ」

そんな中、組手を始めないペアが1組。ユーリとナターシャである。

「……あなたは平気なのね、あの殺気が」

ナターシャがユーリに問う。

伏魔殿で幾日も過ごしたナターシャは、殺気を向けられることなど茶飯事《さはんじ》。そして何より、どこか心にある希死念慮《きしねんりょ》から殺気への耐性《たいせい》は強い。

「へ？　今の殺気だったの？」

対してユーリ。彼は5歳の頃から行っていた父シグルドとの訓練により、精神力は滅法《めっぽう》強い。あんな殺気より、父の拳の方が１００倍怖いのだ。あの時の訓練の恐怖と比べれば、先程のアルゴの殺気などそよ風程度のもの。

そんなわけで、このペアだけ組手が始まらないでいる。しかしただ突っ立っていてもどうにもならない。

ナターシャはゆっくりとユーリに近寄り、いきなり拳を振るった。ユーリの顔面目掛けて。

もちろん当たるはずもなく、ユーリは少しの体重移動のみで避ける。

「顔への攻撃は禁止じゃなかった？」

「当たらなければ攻撃じゃないわ、フェイントよ」

「あ、なるほど！」

ナターシャのめちゃくちゃな理論になぜか論破《ろんぱ》されるユーリ。しばらくナターシャからの攻撃が続く。ユーリはその全てをすり抜けるように躱《かわ》す。

一旦《いったん》攻撃の手を緩め、息を整えるナターシャ。

「ハァ……ハァ……一体どんな目してるのよ、あなた……」

「目？　普通だけど？」

普通ではない。父の拳でさえも見切るユーリの目で、追えぬものなどほとんどないだろう。

「あなたからも打ってきなさいよ」

「うーん、でもそしたらナターシャが怪我しちゃうから」

純粋にナターシャを心配しての言葉である。それはナターシャも理解していた。しかし、その言葉はナターシャのプライドを傷つける。

「随分と……余裕じゃない……っ！」

ナターシャとて武術の素人ではない。体質的に長時間の激しい運動はできないが、それでも護身術は習っているし、それを応用できる頭はある。

突き、蹴り、フェイントを織り混ぜてのコンビネーション。しかしユーリには当たらない。

フェイントに引っかからないわけではない。フェイントに引っかかった上で全てを避けるのだ。

全く当たらない攻撃にナターシャが業《ごう》を煮やす。

「ほんっと、ちょこまかと……っ！」

ナターシャはユーリから距離を取ると、

「火の精霊よ、数多《あまた》の紅玉《こうぎょく》となりて踊《おど》り廻《まわ》れ！」

詠唱した。火球を複数呼び出す中級魔法だ。火球の数は10程度。多くはないが決して少なくない。

いや、この年齢の子供が使うにしては多すぎる。

「なっ⁉」

これにはユーリも驚き、咄嗟に身体強化を発動。

ナターシャは体の周りにいくつもの火球をランダムにまとわりつかせながら、ユーリへと肉薄する。

躱す、躱す、体をひねり、腰を折り、ジャンプして、ユーリは火球とナターシャの攻撃を躱す。

距離を取ろうと思えば取れるが、ユーリはそれをしない。楽しい訓練を見つけたと言わんばかりに、瞳を爛々と輝かせ、あえてナターシャに近寄る。持ち前の動体視力と反射神経、運動神経をフルに活用し、全てを紙一重で避け続ける。

攻撃が当たらないユーリに、ナターシャは次の札《ふだ》を切る。

「ゼェ……ゼェ……水の……精霊……蒼玉《そうぎょく》となりて……」

火魔法を使いながら水魔法の詠唱を始めるのを見て、荒く息をしながらユーリは歓喜する。

「アハッ！　まだ増えるの⁉」

より高みに上れる喜びに震える。

さぁ、次も捌《さば》けるか。

ユーリは魔力を練る。

ナターシャが魔法の二重詠唱なら、ユーリは全身の強化と、より高い密度の魔力による部分強化の二重の身体強化。両者とも負担はかなり大きい。

ついに、ナターシャの詠唱が完成する……

「はいそこまでー」

鈍い音と共にナターシャの脳天に振り落とされる硬い拳、アルゴだ。

「キャイン！　……キュ～～」

ナターシャは不思議な叫び声を上げ、目を回しながら気を失った。

「だーれが魔法を使っていいといった。しかも重唱（ダブルインカンテーション）なんて無茶しようとするな。これは子供にはまだ負荷《ふか》が高すぎんだよ……って、聞いてねぇか」

アルゴはナターシャに説教しようとしてやめた。気絶している相手に説教など意味がない。生徒にナターシャを医療室まで運ぶように指示し、ユーリへと目を向けてしばらくジッと見る。

「……」

「……何？　身体強化も禁止だっけ？」

「いや、それは禁止じゃねぇ。身体強化は魔力こそ使うが武術の一部だからな。それよりも、なんだ、それ」

アルゴの目線はユーリの部分強化をした足へと向けられている。

普通は体内の魔力など、特別な魔導具でも使用しない限り見ることはできない。

アルゴは感覚的に、違和感を覚えているのだろう。

「ただの身体強化だよ」

「……まぁいい」

どこか釈然《しゃくぜん》としないながらも、アルゴは言及をやめた。

「それよりもアルゴ。僕の組手の相手がいなくなっちゃったんだけど」

「あぁ、じゃあ100周走るか？」

「アルゴがやってよ、相手。そして僕がどのくらいの強さなのか教えてほしい」

「はぁ？　何言ってんだお前」

「最近冒険者ギルドに登録したの。僕の実力がどのくらいなのか知りたくて」

「どうして俺がそんな面倒なことしてやらないと……」

面倒くさそうにその場を離れようとするアルゴに向けて、ユーリは言う。

「戦ってみると分かるかもしれないよ、僕の足の違和感」

「……チッ」

アルゴは舌打ちをしてユーリと向かい合う。

「どこからでも来いよ。てめぇがいかに自惚《うぬぼ》れてるか教えてやる」

聞くが早いか、ユーリは弾けるように走り出す。普通の身体強化だけ発動し、部分強化はしていない。アルゴの横を潜《もぐ》るように抜け、死角から振り返りざまに上段蹴り。

「甘い」

しかし、アルゴはそれを足で簡単に防ぐ。

ユーリは、一度距離を取るように一歩下がると見せかけ、すぐに突進。顔面へ拳を振るう。

これも左腕で防がれる。

沈み込んでアッパー、からの二段回し蹴り。全て受け流される。全く通用しない。

「おい、早くさっきのやってみろよ」

「……」

ユーリは一度アルゴから離れ、身体強化を調整する。今の強化はそのままに、新たに魔力を練り、足に集中。ユーリはこれに『偏重《へんちょう》強化』と名付ける。

ユーリの魔力操作の技術と豊富な魔力量があって初めてできる技だ。

「……行くよ」

ユーリは爆ぜる。最初と同じような動き。脇をすり抜け、振り向きざまに回し蹴り。

さっきと同じ動き、段違いに上がったスピード。

「チィッ！」

舌打ちをしながらアルゴは受ける。今度は足ではなく左腕で。

先程のように足で受ける余裕はなかった。思いがけないほど重い打撃。

しかしそれでも受け止めた。

受け止められたユーリは目を見開く。この一撃なら入ると思っていた。

「っは、この程度かよ。大したことないなぁ！」

今度はアルゴからの攻撃。『石火』の二つ名に相応《ふさわ》しく速い攻撃。常人には見えないほどの速度で繰り出される拳と足。

しかしユーリはやはり避ける。避けて、避けて、避け続けて。

「ちっ、当たんねぇなぁ……なんてな」

アルゴがブレた。ユーリにはそう見えた。ユーリの目をもってしても残像を捉えることがやっとの速度。その速度の右回し蹴り。

咄嗟に偏重強化した左足を上げて防ぐ、が。

「ガアッ!!」

「軽いなぁ、おい」

偏重強化した足での防御ですら、意味を成さない痛烈な蹴り。ユーリは足と肋骨《ろっこつ》の折れる鈍い音と共に吹き飛ばされ、背中から叩きつけられた。背中を強打したことと肋骨が折れたことで呼吸困難に陥り喘《あえ》ぐ。

そんなユーリを見下ろしてアルゴが言う。

「はい俺の勝ち。まぁ鉛だな、鉛級。鉄には及ばねえよ。調子に乗らないこったな。骨、折れてるだろうからエマんとこ行って治してもらえ」

「……ぐ……分かった」

なんとか呼吸困難から復帰し、ユーリは折れた足を引きずりながら医療室へ向かう。声が届かなくなってからアルゴは呟いた。

「まぁ、その変な身体強化をもーちょい上手く使えるようになれば、銅級くらいにはすぐなれるだろうけどな」

アルゴは左腕と右足の痛みに顔を顰める。

折れている。

左腕はユーリの蹴りを受け止めた時、右足はユーリの防御の上から蹴りを放った時だ。

「頭のおかしい奴だよ、ほんと」

ユーリがやっていたことを、アルゴは大体把握していた。『部分的に集中した身体強化』、そんなところだろうと当たりをつけた。

アルゴは試しに身体強化を足に集中してみる。体全体にではなく、足の一部のみの強化。ほんの少しだけ、足に魔力が偏《かたよ》った、気がする。魔力操作に集中してその程度である。ましてやユーリはその比ではないほど足に集中させていた。そして何より、

「この状態を維持《いじ》して戦闘するとか、ゼッテー無理。まじで頭おかしいだろ」

この魔力操作を行いながら戦うなど、常人には不可能だ。例えるなら、難しい数学の暗算をしながら戦っているようなものである。

折れた足を引きずりながら医療室へ向かうユーリに、末恐ろしさを感じるアルゴであった。

折れた骨を白衣の変態に地獄の治療で治してもらったあと、ユーリは寮の部屋で考えていた。

これからの目標とやるべきこと、自分にできること。

今まで『魔法を使いたい』という目標があって、それに向かってただがむしゃらにあがいているだけだった。それでどうにかなると思っていたが、アルゴに手も足も出ないという事実を突きつけられ、ユーリはきちんと考えることにした。

これからどうしていくべきか。どういう順序で行うべきか。

「最終目標は『魔法を使う』ということ。これは確定してる。いや、確定してるのかな？」

最初は『家族を安心させたいから』という理由から魔法への興味を持ったが、今はどうか。

なぜ魔法が発動するのか。なぜ魔力があるのに使えないのか。水晶の色が変わる原理は？ナイアードの毛との因果《いんが》関係は？

それらを解明したい、知りたい、という知的好奇心で動いているように思う。ではそれらを知ってどうしたいのか。

自分だけが知って、それで終わりでいいのか。

違う。

「全ての人が、全ての魔法を使える世界」

ユーリが目指すべき目標はそれである。

「あはは、なんだかすごく壮大な目標になっちゃった」

自分の口から出た目標が途方もなく大きなものに思えて、独り言なのに照れ笑いをする。しかし、目は笑っていない。大真面目だ。

最終目標は決まった。次は目標へどうアプローチしていくかだ。

取っかかりは今のところ1つだけ。それがナイアードの毛による鑑定水晶の反応である。

まずは大前提として、それが正しいのかどうかの検証。この確証が得られなければどうにもならないし、その先へも進めない。

『新鮮なナイアードの毛の取得』へのアプローチはどうするか。冒険者に依頼を出すのか、それとも自分で取りに行くのか。

ほとんど文無《もんな》しと言っていいユーリに可能な選択肢は後者しかない。では取りに行くのに必要なのは何か。

銅級冒険者程度の実力である。

結論としては、銅級冒険者を目指すこと。これに専念するべきだろう。

では銅級冒険者になるために必要なものは何か。

まずは力。銅級の魔物を倒せるほどの実力だ。

ではユーリが持っている力は何か。それは一般的な身体強化と、偏重強化である。

全身を満遍《まんべん》なく強くする身体強化と、練った魔力を集中させて部分的に強める偏重強化。前者をより強靭《きょうじん》にするためにできることは、とにかく使うことしかない。

考えるべきは後者、ユーリが編み出した偏重強化である。

銀級冒険者のアルゴでさえ知らなかったことだ。まだまだ未知数なことだらけである。

可能なのであれば、練った魔力で全身を偏重強化の状態にしたい。また、練る以外によりよい方法があれば見つけ出したい。

だんだんと方向性が定まってきた。

直近ですべきは、偏重強化のパワーアップ。方法は一般教養と魔法歴史学の授業中に、もっと高度な魔力遊びをし、複雑な魔力操作を行えるようになること。

そして冒険者としてのランク上げ。これはクエストをコツコツとこなすことでしか上げられない。

最後に戦闘能力の強化。見て避けることと攻撃することはできるが、それ以外はできない。

戦闘の駆け引きを知ること。これは現役冒険者から学びたい。となると、

「オリヴィアにお願いしようかな」

可能ならセレスティアからも学びたいが、大人気の銀級冒険者である。おそらく相手にされないだろう。

「よし、分析完了！　落ち込むのはこれで終わり！」

実のところ、アルゴに『鉛級』と格付けされて落ち込んでいたのだ。銅級には届かないにしろ、もしかしたら鉄級ほどの力はあるのでは？　と自惚れていたところをボコボコにされた。

驕《おご》りはなくなった。道も見えた。あとは壁にぶつかるまで、突っ走るだけである。

「で、冒険者ギルドの入り口で私が来るのを待っていた、と」

「うん」

オリヴィアは小さな冒険者を、ため息を吐きながら見下ろす。どうやら自分はこの小さな冒険者に、友達のように思われているらしい。

「あのねユーリ君。私は冒険者になって日が浅いけど、それでも生業《なりわい》として命をかけてやってるの。遊びじゃないのよ」

オリヴィアは膝を折り、ユーリと視線を合わせる。その目は真剣だ。

「あの子……エレノアは研究の延長としてユーリ君に協力してるみたいだけど、私は違う。ここは学園じゃない。対価を払わない人に与えるものはない。それが社会なの。ユーリ君が言っていることは、お店でお金はないけどリンゴをくださいって言ってるようなものよ。分かった？」

真剣な顔のオリヴィアに、ユーリはいかに自分が甘かったかを痛感した。両親だったり、姉だったり、マヨラナ村から連れてきてくれた行商人のおじさんだったり。みんな無条件で手を差し伸べてくれた。

学園ではエマが何度だって治療してくれるし、エレノアは色々教えてくれるし、オレグだって自分の研究成果を惜しげもなく開示してくれた。

甘やかされていたのだ。これまでの人生でずっと。

薬屋のおばあちゃんや鍛冶屋のボルグリンみたいに、見返りもなく手を差し伸べてくれることがイレギュラーだったのだ。

オリヴィアだってそうだ。出会った次の日にギルドまで案内してくれて、ユーリが無茶をしてないか心配で、探し回ってくれた。

あの時、自分を心配してくれたオリヴィアに対してなんと言ったか。『自分はそんなに無鉄砲じゃない』だなんて、開口一番によくそんなセリフが吐けたものだ。

「ごめ……」

『ごめん』、そう言おうとして口を閉ざす。果たしてそれは適切な言葉だろうか。

違う。わざわざこんな忠告をしてくれたオリヴィアに伝えるべきは、謝罪の言葉などではない。

相応しい言葉、それは、

「ありがとう……ございます」

感謝の言葉だろう。

ユーリのことを適当にあしらってもよかったはずだ。その方がずっと楽で時間も取られない。

それなのに真剣に忠告してくれたオリヴィアにかけるべきは感謝の言葉であると、ユーリは思ったのだ。

ユーリの言葉にオリヴィアが目を丸くする。

「僕のためにちゃんとお話ししてくれて、ありがとうございます」

ユーリはもう一度お礼を言い、頭を下げる。

「ちょ、ちょっと、そんなに畏《かしこ》まられたら逆に困るって！」

オリヴィアはワタワタと慌てて言う。

冷静に考えれば相手は7歳の子供である。我儘《わがまま》を言って当然だし、ものの道理が分かるはずもないのだ。

「まぁそんなわけで、ユーリ君はまだ7歳なんだから、しっかり学園で勉強すればいいわよ。冒険者はもっと大きくなってから……」

「迷惑はかけないから、勝手にオリヴィアについていくね」

「……へ？」

ユーリは考えたのだ。

オリヴィアに教えを請《こ》うには対価が必要である。しかしユーリに払えるものなど何もない。

ならば、勝手についていって、オリヴィアの戦いを見て学ぶしかないと。

「いや、でも危ないから……」

「大丈夫、逃げ足は速いから」

「そういうことじゃなくて……」

「何かあっても見捨てていいから」

「見捨てるって……」

「死んでも、オリヴィアに迷惑はかけないから」

「……あー、もう」

オリヴィアは困ったように額に手を当て、ユーリの目を見て、諦めたようにため息を吐く。

この目は分かった上で言っている目だ。

例え魔物に襲われたとしても、オリヴィアに助けは求めないだろう。オリヴィアに迷惑をかけるくらいならそのまま死ぬ、そう決意してしまった目である。

ユーリの決意にオリヴィアは負けた。

「次の土の日と陽の日に泊まりがけでトロールの討伐依頼に行く予定があるから、来たいならついてきなさい。ただし、食料や荷物は自分で準備すること。いい？」

オリヴィアの言葉にユーリはパァっと花が咲いたように笑顔になる。

「分かった！　ありがとう、オリヴィア！」

その可愛らしい笑顔を見て、まぁいっか、なんて思ったオリヴィアであった。


トロール討伐依頼の日までにユーリが稼いだ金額は二万リラほど。購入したものは大きめの水筒といくつかの初級ポーション、魔物避けの匂《にお》い袋。それだけで持ち金は底をついた。

食べ物はまた学園からパンをくすねてきている。また、薬屋のおばあちゃんことアデライデから食用になる植物の知識も仕入れてきたため、それでなんとか凌《しの》ぐつもりだ。まぁ、一泊二日程度なら水さえあればなんとかなる算段である。

当然テントなど買えるはずもなく見張りも必要であるため、寝るつもりはない。

昨晩寝溜《ねだ》めしているので問題はないだろう。

集合場所である北門に早めに着いたユーリは、そわそわしながらオリヴィアを待つ。

しばらくすると、オリヴィアがやってきた。

「早かったわね。早速出発するけど、準備は大丈夫？」

「うん、大丈夫」

オリヴィアの問いにユーリは頷き答える。やれる限りの準備はした。

「よし、じゃあ出発ね。今回の依頼は、最近北の街道付近に出現するようになったトロールの討伐。とりあえず歩きながら話そうか」

オリヴィアはユーリの返事も待たずに早足で歩き出す。歩幅《ほはば》の狭いユーリでは軽く走るような速度だ。甘やかすつもりはないという意思表示だろう。

「ユーリ君はトロールについて何か知ってる？」

「鉄級の人形の魔物で、３メートルを超える個体もいる。すごく力が強い上に、岩を投げたり木を振り回したりして攻撃することもある程度には知能が高い。でも言葉は話さない。昼行性《ちゅうこうせい》で夜目《よめ》はあまり利かない。肉はまずくて食用には向かない。討伐証明部位は右耳、ない場合は両足の親指」

何も調べていないだろうと予想していたオリヴィアは、スラスラとトロールの生態を話すユーリに少し驚く。

「集団で生活することは少なくて、基本的には１頭かつがい、もしくはその子供を合わせた３、４頭で行動する。雑食《ざっしょく》で人間も食べることがあるため注意が必要。ゴブリンやオーガと違って人間の女性を交尾《こうび》の対象とすることはない」

「こ……こう……う、うん。まぁ、うん。合ってるかな」

案外そっち系の話には弱いのか、オリヴィアが少し頬を染める。

「事前知識としては合格。ただ実戦では、本からは得られない知識だって必要となるの。１つでいいからそういう知識を持って帰れたら、今回は合格かな。私からは教えないから探してみて」

教わるんじゃなくて見て学べということらしい。

実際オリヴィアの考えは正しい。教えられたことは分かった気になるだけで、身につく前に忘れてしまうが、自分で見つけ出した正解はなかなか忘れることがない。

ユーリはとにかく全てを見て盗もうと、オリヴィアの一挙手一投足《いっきょしゅいっとうそく》に集中することにした。


他愛ない話をしながら3時間、距離にして20キロほど北上した街道の、左右の雑木林が鬱蒼《うっそう》としてきたあたりでオリヴィアは足を緩めた。

「さてと、ここらへんからゆっくり歩こうか」

キョロキョロと街道を見ながら進む。トロールの痕跡《こんせき》を探しているのだろう。ユーリもオリヴィアにならう。

しばらくそうして歩いていたところ、

「あ、オリヴィア。あそこの倒木《とうぼく》、変じゃない？」

ユーリが横たわる木を指差した。

のこぎりなどで切られた跡はなく、無理やり力でへし折られたようになっており、中心あたりがひしゃげている。

オリヴィアはその倒木に近づいてまじまじと観察する。

「……うん、トロールの仕業《しわざ》ね。多分この倒木を武器にして馬車を襲ったんだと思う」

もう少しだけ歩くと、今度は木の破片《はへん》がバラバラと落ちていた。

オリヴィアはその中の1つを拾い上げる。

「人の手で加工されたものね。ここで馬車が襲われたんだと思うわ。今回のターゲットに間違いなさそうね」

オリヴィアは空を見上げる。太陽の傾き的に、時刻は昼の一の刻を回ったくらいだろう。

「ここらへんを探す？」

「その前に栄養補給かな。水分は喉が渇く前に摂る。栄養は枯渇《こかつ》する前に摂る。いざ戦闘になってから『お腹がすいて力が出ません』なんて言ってられないからね。ただし決して満腹にはならないこと」

オリヴィアはリュックからリンゴを取り出して齧《かじ》る。

「携帯食料じゃないの？」

素朴《そぼく》な疑問を口に出す。携帯食料は冒険者ギルドでも販売している冒険者の必需品だ。

「冒険者といえば携帯食料、まぁそう思うわよね。じゃあ携帯食料の利点はなに？」

「えっと、必要な栄養が含まれてることと、長期保存が可能なこと。あと比較的小さくて持ち歩きやすい上に腹持《はらも》ちがいい」

「デメリットは？」

「えっと……あんまり美味しくない？」

「それもあるわね。ただ一番のデメリットは『腹持ちがいい』こと。意味分かる？」

オリヴィアはメリットである『腹持ちがいい』ことをデメリットだと言う。ユーリは首をひねりしばらく考える。

「あ、吸収が遅い！」

「そ、腹持ちがいいってことは、裏を返せば吸収が遅いってこと。長距離の遠征とかならメリットだけど、今回みたいに一泊二日程度の強行軍だとそのメリットは逆にデメリットになるの。冒険者だからって、いつでも携帯食料を食べればいいってわけじゃないってこと」

もちろんリンゴの方が安くて美味しいって理由もあるけどね、と言いながらリンゴを1つユーリに放る。

「いいの？　自分のものは自分で用意しろって……」

「いいのよ。どうせ学園のパンでも持ってきたんでしょ？　そんなんじゃ力出ないわよ」

あまりにも図星《ずぼし》だったためユーリは恥ずかしくて頬を染めた。

2人でリンゴをシャリシャリと頬張り、芯《しん》を放り投げてから探索を再開する。

日も落ちかけてきた時、ユーリは饐《す》えた匂いが漂ってきたことに気がついた。

「……臭い」

「気がついた？　これ、トロールの匂いよ。あいつら湯浴《ゆあ》みなんて全くしないから臭《にお》うのよね」

大きな足跡に踏み潰された雑草や、荒らされた樹木が多い方へ歩みを進める。進むにしたがってどんどん悪臭が強くなる。

ユーリは思わず鼻を覆うが、オリヴィアは平気そうな顔だ。

「臭くないの？」

「臭いわよ。決まってんじゃない」

ユーリの問いにオリヴィアはどこか憤慨《ふんがい》したように答えた。

2人はどんどん臭気の濃い方へ向かう。ユーリは我慢できなくなって鼻をつまんだ。

「……いた」

「うっ」

2人はトロールの寝床《ねどこ》に辿り着いた。直径20メートルの円状にポッカリと樹木のない空間があり、中心で3メートルほどのトロールが何かを貪《むさぼ》り食っている。

「さてと、無事にターゲットを確認できたわけだけど、ここで問題。私は次のうちどの選択をするでしょうか。1、トロールが寝静まるまで待ってから夜襲《やしゅう》、2、今すぐに奇襲、3、あえて自分に気づかせてから戦闘。なお、私のメイン武器は細剣《レイピア》で、魔法はあまり得意ではありません」

突然のクイズにユーリは面食らいながら考える。普通に考えれば1か2である。そしてここは見通しの悪い雑木林の中。夜になるとほとんど何も見えないだろう。

よって答えは、

「2?」

「残念、答えは3でした。理由は帰り着くまでに考えておくこと」

言いながらオリヴィアはリュックを下ろし、外套《がいとう》を脱ぐ。臨戦態勢だ。

「ユーリ君は安全なところから見てて。私が声をかけるまでは動かないこと。いい？」

「分かった」

ユーリは頷いてトロールのねぐらの見える木の上に登った。

「さてと。気合入れて行こうかしらね」

オリヴィアは腰に下げた細剣を抜き、ゆっくりとトロールに近づいていく。

「水の精霊、双龍《そうりゅう》となり我が意に従え」

オリヴィアが唱えると、水の龍が2体現れオリヴィアを取り巻いた。

片手を上げ、振り下ろす。双龍の片方が勢いよくトロールに向かって飛んでいき、その後頭部へとぶつかる。

ブサイクな叫び声を上げて、トロールが振り向く。怒りの表情をオリヴィアに向けたあとに、ニヤリと笑った。新しい獲物を見つけて喜んでいるのだろうか。オリヴィアの魔法は大したダメージにはなっていないようだ。

『グオオォォォオオ!!』

トロールは足元の倒木を右手で持ち、数回素振《すぶ》りをする。ゴウという音が轟《とどろ》く。

オリヴィアはそれを見て、トロールを中心に右に円を描くように移動して近づく。トロールは倒木を大きく振りかぶって、オリヴィアに向けて斜め下に振り下ろした。

まるで動きを予想していたかのようにトロールの懐に潜り込むと一閃、足を切りつけて離脱。脂肪《しぼう》が厚く体毛も濃いトロールには大したダメージにはならないが、それでもゼロではない。また右回りに走り出す。

同じようなトロールの攻撃、また躱して一閃。

トロールがオリヴィアから視線を外すと、オリヴィアは水龍をたくみに操り、再び注意を自分に引きつける。

それを繰り返していくうちに、足にダメージが溜まったトロールが膝をついた。その隙をオリヴィアが逃すはずもない。

射程圏内に入ったトロールの目玉に向けて、オリヴィアが突きを放つ。狙《ねら》い通り目玉に切っ先が吸い込まれていき、トロールの頭を貫《つらぬ》いた。

野太《のぶと》い悲痛な叫びが響く。あまりの絶叫にユーリは耳を塞いだ。決まった。ユーリはそう思ったがオリヴィアは油断しない。素早くトロールから距離を取る。

即死には至らなかったのか、トロールは立ち上がりがむしゃらに倒木を振り回す。しかしそれも長くは続かない。動きが鈍くなったところに、水龍を頭にぶつける。

再びガクリと膝をついたトロールの残った目玉に一刺《ひとさ》し。

先程より弱い叫び声を上げ、トロールが前のめりに倒れた。

ダメ押しとばかりに延髄《えんずい》に細剣を数回突き立てる。トロールは痙攣《けいれん》したあと、ついに活動をやめた。

用心深く体に最後の一刺しをお見舞いし、確実に死んでいることを確認して、ようやくオリヴィアは一息ついた。

目を皿のようにしてオリヴィアの戦いを見ていたユーリは感動していた。決して油断せず、慢心《まんしん》せず、相手の動きを見極めた危なげのない戦い。まだ冒険者活動を初めて日が浅いというのに落ち着いた動き。得るものはたくさんあった。ユーリは木から飛び降り、オリヴィアに駆け寄る。

「やったねオリヴィア！」

しかし、そんなユーリに対して、

「来るなぁ！」

オリヴィアが一喝《いっかつ》。なぜ怒られたのかをユーリが理解するより先に、1頭のトロールが雑木林から飛び出してきた。先程のトロールよりも若干《じゃっかん》小さい。雌《めす》だろう。

位置はオリヴィアとユーリの間、若干ユーリに近い。

トロールは絶命している雄《おす》を見て激昂、叫び声を上げてユーリに襲いかかる。

「ヒッ！」

魔物が向けてくる圧倒的で純粋な殺意。迫る巨体。知性を感じない赤い瞳。ユーリは気圧され身がすくむ。

父との訓練、アルゴの殺気、そんなものとは異質の純粋な殺意。

ユーリは今までどこか甘えがあった。殺されはしないだろうという甘え。

そんな甘えが通用しないのが目の前の魔物だ。

トロールが振り上げる倒木がまるでスローモーションのように見える。父の拳よりは遅い。いつものユーリなら避けられた攻撃。しかし、身がすくんで動けない。足が、凍ったかのように地面から離れない。息が、詰まった。

「危ないっ!!」

間に飛び入ってきたオリヴィア。細剣の鞘を盾《たて》にして倒木を受け止めようとするも、圧倒的な質量の差にそのままユーリ共々《ともども》吹き飛ばされる。オリヴィアの右腕と脇腹から嫌な音がした。

「グギッ……！」

歯を食いしばりながらユーリを抱えてなんとか着地。折れた骨で内臓がやられたのか、口からツウと血が流れる。

「あ、あ……ぼく……ぼく……」

「大丈夫、だから……隠れてて」

ユーリを安心させるためか、脂汗《あぶらあせ》の浮いた顔に無理矢理笑顔を浮かべてオリヴィアは立ち上がる。

ユーリを茂みへと隠れさせ、振り返る。鼻息荒いトロールと目が合った。

痛みを無視し、息を整えてからオリヴィアは言う。

「あんたのくっさい旦那《だんな》を殺したのは私よ。憎ければ敵討《かたきう》ちでもする？　まぁ無理だろうけど」

トロールに言葉が伝わらないことは分かっている上での挑発《ちょうはつ》。どちらかといえば自分に活を入れる意味合いの方が強い。

トロールが倒木を持つ手は左。先程の個体とは異なり左利きなのだろう。オリヴィアはトロールを中心に左回りに走り出す。

激痛が走るが無視だ。

「水の精霊、水龍となりて我が意に従え」

オリヴィアが唱えるも、魔法は発現しない。痛みで集中力を欠いているのだ。舌打ちしながら、振り下ろされる倒木を避け、一閃。

先程と同じことを、先程より丁寧に行う。

しかし、痛みで体が思うように動かない。激しい痛みが響き、己の意思に反して体が硬直する。

そしてその隙をトロールは逃《のが》さない。大きく振り下ろされる倒木。オリヴィアはあえてトロールの懐に潜り込むように前転で避けた。紙一重、頬を掠《かす》る。

「くたばれぇっ！」

トロールの懐から、顎に向けて細剣を突き出す。顎から脳を細い刃が貫いた。断末魔の声を上げることなく絶命したトロールがドサリと倒れる。

圧倒的に不利な状態から、なんとか辛勝《しんしょう》をもぎ取った。生き残ったのはオリヴィアである。

膝をつくオリヴィアを見てユーリが木陰から飛び出す。ユーリは泣きながら、なけなしの金で買ったポーションを全てオリヴィアに振りかけた。

少しだけ痛みが和《やわ》らぐ。

「オリヴィア！　オリヴィア大丈夫⁉」

「なんとか、ね。さっさと討伐証明を切り取って帰ろう。野宿はちょっと、もたない、かな」

オリヴィアは自分の容態《ようだい》を冷静に観察する。出血は少ないので、すぐに死ぬことはないだろう。

しかし、内臓をやられている以上、時間経過で回復するとは考えにくい。

夜の強行軍は危険だが、さっさと帰るしかない。オリヴィアの言葉にユーリは頷くと、急いでトロールの右耳を切り取る。

「少しだけ、休憩してから出発しよう」

オリヴィアは大きく深呼吸をする。体の疲労が少し取れたら出発だ。

「ユーリ君、トロールについて知っていること、言ってみて」

朝と同じ質問だ。

「えっと……鉄級の人形の魔物で、3メートルを超える個体もいる。すごく力が強い上に、岩を投げたり木を振り回したりして攻撃することもあるくらい知能は高い。でも言葉は話さない。昼行性で夜目はあまり利かない。肉はまずくて食用には向かない。討伐証明部位は右耳、ない場合は両足の親指。集団で生活することは少なくて、基本的には1頭かつがい、もしくはその子供を合わせた3頭から4頭で行動、する……」

だんだんとユーリの声が小さくなった。

「そう。ユーリ君は知識として知ってた。『トロールが複数体いる可能性』を。だけどユーリ君はそれを知識としてしか知らなかった。だから油断した。使えなければ知識なんて無意味なの。分かった？」

「……分かった」

よし、それじゃ出発しよう。

そう言いかけたオリヴィアの体に、オリヴィアの倍の太さはあろうかという丸太がぶつかる。

「ヅアァッ！」

「へ？」

吹き飛ばされるオリヴィア、呆然とするユーリ。丸太が飛んできた方向に視線を向けると、2頭のトロール。

ユーリの頭に先程の言葉が浮かぶ。

『基本的には1頭かつがい、もしくはその子供を合わせた3頭から4頭で行動する』

いたのだ、子供が。

オリヴィアを見る。頭を打ったのか、こめかみから血を流しながら焦点《しょうてん》の定まらない瞳をユーリに向ける。

「ユーリ、君、にげ……て」

親しい人の死。それを間近《まぢか》に感じたユーリが絶叫する。

「い……やだ……いやだいやだいやだいやだいやだあぁぁぁぁ!!」

ユーリは無我夢中《むがむちゅう》で全力の身体強化を発動し、両足に偏重強化をかける。

「だ、め……にげ、なさい……」

消え入るようなオリヴィアの言葉など、ユーリに届くはずもない。

「殺してやる殺してやる殺してやる！　殺してやる!!」

冒険者登録をしたばかりの少年がトロール2頭に敵《かな》うはずがない。オリヴィアは動かない体に歯噛みする。何かできることはないか、せめて声による指示だけでも。発声しようとするも、出てくるのは掠れた音だけだ。ギリと唇を噛む。

オリヴィアのぼやけた視界に映っていたユーリの体が、突然消えた。

全力の偏重強化をした足での踏み切り。一瞬でトロールの足元に辿り着く。

そのまま跳躍《ちょうやく》し、ユーリを目で追えていないトロールの頭に全力の回し蹴り。

頭が、消し飛んだ。赤い霧《きり》が舞う。

「……え？」

ユーリの攻撃は止まらない。着地と同時にもう1体のトロールに向けて跳躍。横っ腹に蹴りを放つ。蹴り飛ばされる巨体と、蹴りの反動で反対側に飛ぶユーリ。

ユーリは受け身もとらず地面に落ちたあと、痛がる様子も見せずにすぐさまトロールへと駆け寄り、前方に宙返《ちゅうがえ》りをし、その勢いのまま踵《かかと》落とし。トロールの胸がひしゃげ、口から血と臓物《ぞうもつ》の噴《ふん》水《すい》を撒き散らす。

あっという間に2頭のトロールを倒したユーリは……しかし、止まらない。

「死ね！　死ね！　死ねぇ！」

既に絶命し、痙攣しかしていないトロールを全力で踏みつけ始める。強化した足で踏みつけるたびに地鳴りのような音が響く。もはやユーリの右足も無事では済まないだろう。

脳震盪《のうしんとう》が収まってきたオリヴィアは、痛む体に鞭を打って立ち上がる。もはや肉なのか泥《どろ》なのか。

赤茶色の物体を踏みつけ続けるユーリに近づき、そっと頭を抱いた。

「ユーリ君、大丈夫。大丈夫だから」

「オリ……ヴィア……？」

充血し滂沱《ぼうだ》の涙を流す瞳がオリヴィアを捉える。顔色は悪いが、生きている。ユーリの瞳に光が戻った。

「もう、大丈夫だから、帰ろう」

「う、うん……うん……」

正気に戻ったユーリを見てオリヴィアは安心した。狂気に落ちて戻ってこられない冒険者は少なくないらしい。そしてそのほとんどが悲惨な末路《まつろ》を辿るという。

愛らしい少年が戻ってきてくれてよかったと心から思う。ホッとして力が抜けたのか、オリヴィアが膝を折った。

「オリヴィア!?　大丈夫!?」

「うん、あはは。ちょっと、疲れたみたい。あと少しだけ、休憩させて……」

そう言うとオリヴィアは目を閉じた。息遣いは聞こえるので、今すぐにどうこうなることはなさそうだ。

しかし、ここは魔物の出る雑木林の中。悠長《ゆうちょう》に休憩なんてしている場合ではない。あたりは夕日で赤くなっている。もうすぐ夜が来るのだ。

ユーリはグシグシと涙を拭くと、置いてある荷物を背負い、オリヴィアを抱きかかえる。魔物避けの匂い袋の中身を振り、頭からかぶる。腰にぶら下げたコンパスを確認、先を見据える。

自分が連れて帰るのだ。絶対に助けるのだ。命の恩人を見殺しになどしてたまるものか。足の痛みなど気にしている場合ではない。

ユーリは全力で駆け出した。

「最近は無茶する子が少なくて暇ねー」

変態保健医エマ・キャンベルは医療室のベッドに腰掛け、窓から外を眺める。宵闇《よいやみ》の風景が少しずつ黒に染まってゆく。

手にはコーヒーの入ったマグカップ。少し前に学園を訪れた商人から買ったもので、ベルベット領にはまだほとんど流通していない。

わざわざ豆を乾燥させ、煎《い》り、挽《ひ》き、蒸《む》し、濾《こ》して飲むという手間のかかる方法と豆の香りに惹かれて、エマは安くない金額で買ってみた。

最初に飲んだ時はその苦さに『騙《だま》された』と思ったが、だんだんとその苦さが癖になり、今ではわざわざその商人に仕入れてもらって毎日挽いて飲んでいる。刺激の少ない日常に少しだけ色をつけてくれるアイテムだ。

エマが学園に来たのはもう20年も前のことになる。そして今日に至るまで、ただの一歩も学園の敷地を出ていない。

5歳の鑑定式で魔法の資質を認められてからというもの、聖光教会から執拗《しつよう》な勧誘を受けているのだ。

エマを薬漬けにして教会の傀儡《かいらい》にしようとたくらむ連中や、はたまたエマを亡き者にしようとする連中から逃げるように学園に来た。

9年の修学期間を終え、そのままエマは保健医となった。

魔法学園は治外法権。国からも教会からも手出し口出しをされない。だからエマはこの小さな楽園から出ようとはしない。

この学園が、エマの全てである。

エマが保健医となった10年前の医療室は、いつも忙しかった。

喧嘩して骨を折る子、実験に失敗して大火傷《おおやけど》を負う子、そして冒険者の真似事《まねごと》をして大怪我を負って帰ってくる子。命を落とす子だっていた。

医療室のシーツが血に濡れない日はないほどだった。

しかし時代は変わるものだ。無茶をする子は少なくなった。

エマが見習い保健医であった頃は、学園の卒業生たちも駆け込んできていたが、最近では卒業生が来ることなどほとんどない。

……無料でエマのドSな治療を受けるより、お金を払ってでも普通に治療してもらった方が良いと考えているのかもしれないが。

ベッドに腰掛け、真っ白なシーツを撫でながらコーヒーを一口。

もの寂しくも心落ち着く時間がゆっくりとなが……ドゴオオオオォォン!!

「エマあああぁぁ!!　助けてえぇぇぇぇ!!」

「ブフーーーー!!」

そんな時間はユーリによって粉々《こなごな》にされた。

やたらと重厚な医療室の扉を、轟音を立てながら蹴り開けて飛び込んできたユーリ。

エマは思わず口に含んだコーヒーを噴《ふ》き出した。

「ケホッケホッ、もぉ～、びっくりするからいきなり飛び込んでこないでよぉ～。あー、扉の金具が……一体どんな脚力《きゃくりょく》なのよぉ……」

「そんなことよりはやく治してあげて！　はやく！」

「そんなことってぇ～」

ため息を吐いてユーリに目を向ける。

「って、オリヴィアじゃない。本当に余裕なさそうね。そこのベッドに寝かせて」

「分かった！」

エマは真面目な顔になりオリヴィアを観察する。頭から血が流れているが、その傷は深くなさそうだ。それよりも問題は、口から流れる血と不規則な呼吸だ。

「……肺がやられてるわね。ただ治すだけじゃ血が残っちゃいそう」

エマはオリヴィアに手をかざす。

「闇の精霊、狭霧《さぎり》となりて統覚《とうかく》を攪乱《かくらん》せよ」

唱えると、エマの手から黒い靄《もや》が漂いオリヴィアを包む。

使い手の少ない闇魔法である。

エマが教会から固執《こしつ》される理由がこれだ。光魔法と闇魔法の二重属性持ち《ダブル》。そもそもダブルでさえ少ないのに、さらにレアな光魔法と闇魔法。

闇魔法を忌《い》むべきものとしている聖光教会にとって、光魔法と闇魔法の両方に適性のある者が存在していることは非常に具合が悪い。

しかし、その有用性も認知している。エマの存在を世間に知られたくない、だけど殺すのも惜しい。その結果が教会からの固執である。

闇魔法で一種の麻酔《ますい》状態にしたあと、エマはオリヴィアの体にメスを入れる。治すために切る。この世界においてこの方法ができる者は少ない。

そもそも麻酔が発明されていないため、切開しようにも痛みに耐えられるわけがなく、また人体の構造に詳しい人も少ない。

闇魔法が使え、かつ日頃から生徒たちの体を嬉々《きき》として弄くり回しているエマだからこそできる芸当である。何もエマだって好き好《この》んで生徒たちの傷口を弄り回しているわけではない。

……いや、好き好んでやってはいるが。

ストローのようなものを切り口から差し込み、血を吸い上げる。赤黒い血がボタボタと出てきた。

「よしっと。不純物は入ってないみたいだし、あとは治して終わりね」

エマは続いて光魔法でオリヴィアの傷を治す。顔色がスゥッと良くなり、呼吸も安定した。

「はい終わりぃ～。オリヴィアったら、卒業しても無茶してるのねぇ～。それじゃ、続いてユーリ君ね。痛ぁーいの、いっとくぅー？」

ニヤリと笑みを浮かべて顔を向けたエマだったが、ユーリの様子を見て困ったような表情に変わる。

しょぼくれているユーリの体に手をかざし、いつものように痛いところを弄くり回すこともなく普通に光魔法で治療した。

「え……？」

「あのねぇ～、そんな『これは僕への罰だー』みたいな顔でしょぼくれてる子を虐めても、なーんにも楽しくないのぉ～」

プスーと頬を膨《ふく》らませてエマは言う。

「心の治療は得意じゃないんだけどなぁ～。まぁでも、何があったのか一応聞いてあげるぅ」

エマはコーヒーを一口飲むと、ユーリが話し始めるのを黙って待つ。

しばらくコーヒーを啜る音だけ響いたあと、ユーリはギュッと拳を握り締めて話し出した。

冒険者として強くなる必要があること。オリヴィアに頼んで討伐に連れていってもらったこと。軽率にもオリヴィアの指示を破ったこと。そして、オリヴィアが自分を守るために大怪我をしたこと。無我夢中で子供のトロール2頭を倒して帰ってきたこと。

話しながらも、ユーリの瞳からはポタポタと涙が溢れていた。

全て聞き終わったあと、エマは少し考えてから言った。

「お手柄だったのねぇ～。ユーリ君、頑張ったわねぇ」

エマから発せられた言葉は、ユーリにとって想定外のものだった。

「違う！　違うよ！　僕のせいでオリヴィアは……！」

「違うわ、ユーリ君のお陰でオリヴィアは生きて帰ってこられたのよ～」

エマは人差し指を立ててユーリの唇に当て、言葉を遮る。

「ユーリ君を連れていくことにしたのはオリヴィアの判断、何も知らないユーリ君を制御できなかったのはオリヴィアの過《あやま》ち、そして、そんな過ちを犯したオリヴィアを、トロール2頭から守って連れ帰ってきたのはユーリ君のお手柄よ～」

「でも、僕が余計なことをしなければオリヴィアが怪我することはなかった！　僕のせいなんだ！　僕のせいで……っ！」

「だったらウジウジしていないで前を向きなさい」

エマは両手でユーリの頬をぱちんと挟むと、自分の方に顔を向けさせる。金の瞳と目が合う。

「あなたの面倒を見ようとしたのに危険な目に遭《あ》わせて、さらにあなたに助けられた。なのにあなたは自分を責めている。そんなのオリヴィアが可哀想よ。あなたができることは、精一杯オリヴィアに感謝して、精一杯前を向いて頑張ることとだけ。ウジウジしてる場合じゃないでしょ」

分かったわね？　と言いながらユーリの頭を撫でる。

「明日までゆっくり寝て、ご飯をたくさん食べればオリヴィアも元気になるわ～。ユーリ君も、今日は帰ってゆっくり過ごしてね～。明日の朝には目を覚ますと思うから、お見舞いに来てあげてねぇ～」

いつもの笑顔に間延《まの》びした喋り方。しかし有無を言わせない雰囲気に、ユーリはコクリと頷いて寮へと帰っていった。

去っていくユーリに手を振って見送ったあと、エマは思案顔になる。

「あの歳でトロール2頭を？　さ、流石に何かの間違いよねぇ」

実はトロールじゃなくてゴブリンでした。そんなオチだろうと結論づけて、エマはオリヴィアの看護に戻った。

「ユーリっ‼」

「ピィっ！」

トロール討伐に向かった翌日の朝、オリヴィアは学園の医療医のベッドで跳ね起きた。静かに紅茶を飲んでいたエマの肩が跳ねる。昨日からリラックスタイムを邪魔されてばかりである。

「ここは……学園の医療室……？」

「もぉ～、ゆっくり起きてよぉ。お久しぶり、オリヴィア。体調はどうかしら～？」

「エマ教官……？」

オリヴィアは頭にはてなマークを浮かべて首をひねる。

自分は確かトロール討伐に向かって、ユーリを庇《かば》って、子供のトロールの攻撃を受けて……

「エマ教官！　ユーリ君は、ユーリ君は無事ですか⁉」

オリヴィアはエマに詰め寄り、尋ねる。もはやキスでもしそうな近さだ。

「大丈夫、大丈夫だから落ち着いてぇ～。無事に帰ったわよ～」

「そ、そうですか……良かった……」

ホッとして気が抜けたのか、オリヴィアがふらつき、エマがそっと支えてベッドに寝かせる。

「昨日何があったのか、聞かせてくれるかしら～？」

「はい。といっても、最後の方は記憶がありませんが」

オリヴィアはトロールの討伐に向かったことを話した。昨日のユーリの話と大差はない。

「そして、半狂乱になっていたユーリ君を宥めたところで、意識を失いました」

「まさか……本当にトロールを倒したの～？　ゴブリンの見間違いとかじゃないのぉ？」

「いえ、確実にトロールでした。独り立ち直前の個体だと思います。少なくとも2メートルはありました」

「うーん、信じがたいわねぇ……」

「私も信じられませんでした。鉄級とはいえ、強固なトロールの頭を吹き飛ばすほどの脚力、そしてユーリ君は1メートルほどの身長なのに、2メートルに及ぶトロールの頭を蹴る跳躍力。そこだけ見れば、銅級の冒険者に引けを取りません、いや、勝っているとまで言えます」

オリヴィアはあの時のユーリの動きを思い出す。

目で追うのがやっとの速度、トロールの頭を吹き飛ばすほどの威力《いりょく》。それがあんなに小さい体躯から放たれる。

自分がユーリに勝てるかと問われたら、首を縦には振れないだろう。

戦略や経験で負ける気はしないし、上手くやれば勝つことはできるかもしれない。しかし、1つ間違えればあのトロールのように……

嫌な想像を払うようにオリヴィアは首を振った。

「ユーリ君は強かった。だけどそれ以上に危うい、そう思います」

「というとー？」

「未熟な体と心に、それに見合わない力。言ってしまえば、幼子が両刃《りょうば》の長剣を振り回しているようなものです。周りも、そしてユーリ君自身も壊してしまいかねません」

「そんなになのねぇ……」

エマはユーリの姿を思い出す。

可愛らしい容姿、エマに怯える目、治療（という名の拷問）の痛みに泣き叫ぶ声。どうにもそんな風には見えない。

しかし、あの鬼教官レベッカが入試で初めて100点を与えた相手でもある。

「ちょっと、色々聞いてみようかしら～」

時刻は朝の七の刻。そろそろユーリがオリヴィアの様子を見に来るだろう。それまでにレベッカを呼んでこようと、エマは紅茶を飲み干して立ち上がった。


「……」

ユーリは医療室の扉を開けて、ソッと中を覗き込む。

エマが昨日『明日の朝には目を覚ます』と言っていたから、そろそろ起きる頃だろうか。

オリヴィア、僕のこと嫌いになったかな……もう討伐依頼に連れていってくれないかな……などとネガティブなことを考えながら医療室の中を見る。

扉の隙間からは詳しい様子は見えない。オリヴィアはまだ寝ているのだろうか。コソコソウジウジと扉から覗き込んでいるユーリの背中に、

「覗き魔がいるぞぉ～～!!」

「ピャァァァァァ！！！」

大きな声で叫ぶ意地の悪い声、エマである。

口から飛び出さんばかりに脈打《みゃくう》つ心臓を抑えながらユーリが振り向くと、エマとレベッカの姿があった。

「び、びっくりさせないでよっ！」

「だって何かコソコソしてたんだものぉ〜。女の子が寝てる部屋を覗いちゃ駄目よぉ〜？」

「そ、そんなんじゃなくって！」

慌てて取り繕おうとするが、エマは聞いてもいない。

「オリヴィア、もう目が覚めてるわよ〜。挨拶したらー？」

「う、うん……」

エマとレベッカに続いて医療室に入ると、ベッドに座っているオリヴィアが目に入る。

多少顔色が悪いようだが、十分に元気そうだ。

「オリヴィア、その……あの……」

少し言い淀《よど》んだあと、ユーリは勢いよく頭を下げた。

「言うこと聞かなくてごめんなさい！　せっかく連れていってくれたのに、僕がオリヴィアの言いつけを守らなかったから、オリヴィアが危険な目に遭って……だけど、これからも色々教えてほしいです！　それと、トロールから守ってくれてありがとうございました！」

言いたいことがまとまらず、めちゃくちゃに自分の思いをぶつける。オリヴィアは少し呆気に取られたあと、クスリと笑った。

「いや、こちらこそごめん。魔物と戦ったこともない子を危険に晒した私に非があったわ。それと、助けてくれた上にここまで連れてきてくれてありがとう」

オリヴィアも学園を卒業したばかりとはいえ、もう既に一人前の冒険者である。7歳の子供を責めることなどしない。相手が反省しているのならなおさらだ。

オリヴィアの言葉に、ユーリはホッと息を吐く。

「ところで、トロールを2頭倒したというのは本当なのか？」

レベッカが興味津々《しんしん》、半信半疑で問う。入試の時のユーリの一撃は確かにすごい威力であった。

しかしそれは1回きりの捨て身の一撃。2発目が打てるとは思えない。

その一撃ですら、トロールの頭を吹き飛ばせるかといえば疑問が残る。

「えっと、うん、多分……あんまり覚えてないけど……」

「本当です。多少意識が朦朧《もうろう》としていましたが、確かに見ました」

自信なさげなユーリの言葉をオリヴィアが援護する。

「……見せてもらおうか」

レベッカはクイッとグラウンドを顎でしゃくる。一戦交えろということだろう。ユーリは戸惑ってオリヴィアを見る。オリヴィアは頷いて言った。

「レベッカ教官に見てもらった方がいいと思うわよ。ユーリ君は自分の力を、そして危うさを自覚した方がいい」

「私は昨日の今日で激しい運動するのは反対なのだけど、レベッカを止めても無駄なのよね～」

エマは頬に手を当て困ったように言ったあとに立ち上がる。

「怪我をしても治してあげるから、思い切ってやるといいわ～」

レベッカ、エマに続いてオリヴィアも立ち上がり、医療室を出ていく。

ユーリに逃げ場はないようだ。


「よし、やってみろ」

グラウンドに到着するやいなや、レベッカが開口一番に言った。腰を軽く落とし、いつでも動けるように身構えている。

入学試験の時のような油断はない。

「えと、やってみろって言われても……」

偏重強化はユーリにとっての切り札である。

アルゴとの手合わせでは自分の強さを知るために使ったが、おいそれと誰彼《だれかれ》構わず見せたいものではない。

そんなユーリの気持ちを察してか、レベッカは言う。

「安心しろ。私もエマも生徒の秘密を口外《こうがい》するようなことはしない。それに今後もオリヴィアに師事するのなら、彼女には知っておいてもらった方が、都合がいいだろう」

「……分かった」

短い逡巡のあとにユーリは頷いた。

別にユーリは戦いで一番になりたいわけではない。レベッカに手の内を晒しても問題がないのだ。ならば、むしろ積極的に手の内を開示してアドバイスをもらうべきだろう。

深呼吸を1つ。ユーリは体内に魔力を巡らせる。身体強化。からの偏重強化。

未だに足以外は安定しないが、逆に言えば足の偏重強化は安定している。

今回は試験ではないので虚《きょ》を突く必要もない。レベッカと視線を合わせて、2人の呼吸が整った瞬間、
ドッ
ユーリが爆ぜる。一瞬でレベッカの後ろを取ったあと、十八番の回し蹴り。体重の軽いユーリが力を乗せるには、自らの体重全てを使うしかない。なのでユーリは戦闘中によく回るのだ。

レベッカはユーリを目で追い、流れるように腕で受ける。

ズムッ
体のバネと柔軟な筋肉、そして地面の柔らかさまで利用して受ける。

まるで布団《ふとん》を蹴ったかのようなどこか手応えのない感触に、ユーリは心の中で首をひねった。しかし、考える間もなく次の攻撃へ。

廻る、廻る、廻りながら蹴りを入れる。縦方向に、横方向に。レベッカの周りを飛んで跳ねて、蹴りを入れる。

しかしその全てをレベッカは受け止めた。

レベッカがフッと力を抜いたのを見て、ユーリも足を止める。

「なるほど。なかなかの威力だ」

重い攻撃を受け止め続けて痺《しび》れたのか、腕をプラプラと振るレベッカ。しかし怪我をした様子はなさそうだ。

「とはいえ、トロール２頭を瞬殺《しゅんさつ》できるかというと疑問だな。ユーリ、まだ何か隠してるか？」

レベッカに問われるが、ユーリに心当たりはない。フルフルと首を振る。

「なら、無意識下で力を使ったか……なら、そうだな」

レベッカは少し目を瞑ったあと、

「ヒッ⁉」

ユーリに殺意を向ける。アルゴが授業中にやったような、手加減した殺気ではない。ユーリは鋭い殺気に怯える。しかし、

「ふむ、正常か」

強い殺気を向ければ、トロールと戦った時のようにがむしゃらに向かってくるとレベッカは思ったのだが、そうではないようだ。

ユーリを本気にさせる方法、それは。

「なるほど、こっちが正解か」

レベッカは再び殺気を向ける。今度はオリヴィアの方に。

咄嗟に身構えるオリヴィア。ユーリの記憶がフラッシュバックする。

自分を守るために大怪我を負ったオリヴィア、その彼女を狙うトロール、オリヴィアは意識を失って、今にも死んでしまいそうで……

「ぁ……ぁ……」

わなわなと震える。

恐怖がユーリを襲う。自分にとって大切な人が失われる恐怖。

「い、いやだ……いやだいやだいやだ……」

明らかに様子のおかしいユーリを尻目に、レベッカは腰に佩《は》いたブロードソードを抜き、切っ先をオリヴィアへ向ける。

「やめて……やめてよ……」

ユーリの懇願をレベッカが聞くはずもない。ニヤリと口角を上げ、腰を落とし、オリヴィアへと向けて駆け出した。

「や、やめろおぉぉぉぉぉぉぉぉ!!」

咆哮《ほうこう》、一拍《いっぱく》遅れて爆音、砂煙。

「えっ!?」

エマが驚いて目を向けるが、ユーリはもうそこにはいない。

激しい金属音が轟く。ユーリのナイフとレベッカのブロードソードがぶつかる音だ。どちらかがナマクラであれば決着はついていただろうが、どちらもそれなりの業物《わざもの》である。ギチギチと音を立てながらも軽く刃こぼれする程度だ。

ユーリとレベッカが見合う。いや、ユーリは果たしてレベッカを見ているのか。憎悪《ぞうお》を滾《たぎ》らすその瞳はレベッカを越え、自身の記憶にあるトロールを睨《ね》めつけているのだろう。

一方、レベッカはニヤリと口元を歪める。

「なるほど、これならトロールくらい瞬殺だろうな」

ユーリは弾けるようにレベッカから距離を取ると、再び走り距離を詰める。

速度が上がっている。入試の時よりも。だが、

「単調なのは変わらない、なぁ！」

流れるような所作《しょさ》でユーリの斬撃を止める。蹴りを、拳を、全てをいなす。

相手も自分も怪我をしないように。

確かにユーリの脚力、そこから生み出される膂力《りょりょく》には目を見張るものがある。しかし、いくら強い攻撃であっても、単調な攻撃など予測して避けるか、受け流せばよい。

圧倒的に知恵が、経験が足りない。冷静さを失うなど、未熟者の極みである。

「うあぁぁぁぁぁぁ！」

レベッカは、叫びながら馬鹿正直に攻撃しに来るユーリに足払いをし、体勢を崩したユーリの腕を掴む。

ゴギンッ

くぐもった鈍い音。ユーリの肩が外れた音だ。

「あぐぅっ！　あああぁぁぁぁ!!」

痛みに叫び、それでもなお抗おうとするユーリの背中を、レベッカが踏みつけ拘束《こうそく》する。

「エマ」

「はいはい、分かってるわよ～。も～、レベッカってばいつも強引なんだからぁ～」

名を呼ばれたエマが、文句を言いつつも詠唱を開始する。

「闇の精霊、迷霧《めいむ》となりて憤怒の火を曇《くも》らせよ」

エマから放たれた黒い靄がユーリにまとわりつくと、怒りに燃えていたユーリの瞳が少しずつ落ち着いていく。

「あ……ぼく、僕は……痛っ！」

正気に戻り、肩の痛みに気がつくユーリ。もう大丈夫だと判断したのか、レベッカがユーリを解放し、エマはユーリの肩と足を癒《いや》す。

「通常の身体強化に加えて、脚部のみをさらに強化した、といったところか。入試の時も同じようなことをしていたな。あの時はもっと不安定ではあったが。なるほど、確かに理論上は可能だ。理論上はな」

レベッカは顎に手を当てて考える。

「しかし、実際には不可能だ。局所的な身体強化の発想はなかったわけじゃない。むしろ何人もの魔法使いや冒険者が試してきたことだ。しかし実践レベルまで到達した人はいない。なんでか分かるか？」

レベッカは誰ともなく問いかけるが、誰も答えない。

「身体強化が詠唱魔法じゃないからだ」

「詠唱魔法？」

聞いたことのない言葉にユーリが聞き返す。

「聞き慣れないのも無理はない。我々人間は基本的には詠唱魔法しか使えない。故に魔法と詠唱魔法の区別をつけてないからな。そこらへんの話は私の管轄《かんかつ》外だ。今度オレグかノエル辺りに聞け」

ユーリは詳しく聞きたくてウズウズしているが、レベッカはバッサリと切り捨てた。

「ともかく、普通、人間には詠唱魔法しか使えないんだ。人間にはな」

「人間には？」

「あぁ。お前と同じようなことをしてる奴を知っている。そいつに稽古をつけてもらえ」

「稽古？」

理解の追いついていないユーリをよそに、話がどんどん進んでいく。

「あのねユーリ君、今の君はちょっと危ない状態なのよ」

オリヴィアが補足説明に入る。

「まだ7歳になったばかりの華奢《きゃしゃ》で弱い体に、トロールを蹴り殺すほどの脚力がある。例え足を強化していたとしても、反動はなくせないし、体にも響くの。今はエマ教官がいるからなんとかなってるけど、普通はタダで治療してくれる人なんていないのよ？」

「そっか……ありがとう、エマ」

オリヴィアの言葉を素直に聞き、エマにお礼を言う。

「いいのよ～。私も楽しませてもらってるし～」

「あ……うん……」

ユーリは微妙な表情で頷いた。

「そういうわけで、その力をまともに使えるようになるには、その力をまともに使える奴に教えてもらう必要があるわけだ。残念ながら私にはできないからな。来週の土の日に私のところに来い。人を紹介してやる。そうだ、オリヴィア、ついでにお前も来るといい。オールラウンダーの師が欲しいと言っていただろう。紹介してやる」

「ありがとう！」

「ありがとうございます、レベッカ教官」

成り行きで冒険者の師匠を得ることになったユーリであった。

7章　小さな錬金術師

「はやく土の日にならないかなー」

ユーリは呟くが、今日は火の日。土の日はまだまだ遠い。ユーリは魔法理論の授業も上《うわ》の空で、レベッカの言っていた『詠唱魔法』について考えていた。

魔法は詠唱しなければ発現しない。これは前に教典でも読んだことがある。

曰く、魔力とは神からのお恵みである。

曰く、魔術とは神へ捧げる儀式である。

曰く、魔法とは神授である。

つまるところ、神に捧げる儀式が詠唱にあたるのだろう。

そして神授である魔法が発動する、と。

しかし、レベッカはこう言っていた。

『身体強化は詠唱魔法ではない』

確かに身体強化を行う時に詠唱はしていない。詠唱魔法は使えないが、身体強化だけは例外で使えるということだろうか。

「――というわけで、魔力とはエネルギーと物質の両方の性質を持つと言われており……ユーリ君、授業、聞いてる？」

ユーリの頭に4年前の鑑定式の記憶が蘇《よみがえ》る。

姉、フィオレが使った魔法だ。

水と火の球が空高く渦巻いて飛んでいった光景。あの時、姉は詠唱などしていなかった。

「ユーリ君、ユーリ君？　目が虚空《こくう》を眺めているが……」

あの時、姉は『詠唱魔法ではない魔法』を使っていたということだろうか。ではなぜ使えたのか。

まだまともに魔法理論を習っていない姉がなぜ。

「ユーリ君」

「あっはい！」

ノエルに肩を叩かれてユーリはようやく我に返った。

「大丈夫か？　何か分からないことでもあったか？」

分からないこと。ユーリには分からないことがたくさんある。なので、ユーリはノエルに質問することにした。

「魔法と詠唱魔法って、違うものなの？」

「……ユーリ君、それは今の授業とは関係が」

「普通の魔法が使えれば、詠唱をしなくても魔法が使えるようになるの？」

「だからそれは……」

今は関係ない。そう言おうとしたノエルは、クラス中から自分に向けられる好奇の視線に気がつく。

詠唱なしで魔法を使うこと。大抵の人が幼少の頃に抱く夢である。

このまま授業を続けても、好奇心旺盛な子供たちはそのことが気になって集中できないだろう。興味なさげに頬杖をついているナターシャでさえ、耳をノエルに向けているようだ。

一つため息を吐き、ノエルは教壇へと戻る。

「では、魔法について、話そうか。『詠唱魔法』についてではなく、『魔法について』、だ」

ざわつく生徒を無視し、ノエルは黒板に『魔法』と書く。

「まず魔法は大きく2つに分類される。『外向《がいこう》魔法』と『内向《ないこう》魔法』の2つだ。外向魔法は水や火などを具現《ぐげん》し、外の世界に事象を発生させるもの。内向魔法は、自分自身に何かしらの変化を与えるものだ。君たちが知っているものに例えると、詠唱して発動する魔法と身体強化といったところだな」

『魔法』という文字から二股《ふたまた》に線が伸び、『外向魔法』と『内向魔法』に分かれる。

「まずは外向魔法についてだけど、これは大きく分けると形式魔法と精霊魔法に大別《たいべつ》される」

『外向魔法』からさらに線が伸び、『形式魔法』と『精霊魔法』に分かれた。

「基本的に人間が使う魔法は形式魔法だけ。魔法実技の授業で習う詠唱魔法や、錬金術が形式魔法にあたる。あとは刻印《こくいん》魔法。これは魔法陣を描いて発動するもの。古代はよく使われていたが、現代でこれを使用するものは皆無だ」

ノエルはすらすらと喋りながら黒板に文字を足していく。

「では精霊魔法について、こちらはあまり詳しいことは分かっていない。何せ自分たちでは使えない魔法だから。代表的なのはエルフが使用する魔法だ。彼らは詠唱を必要とせず、祈るだけで魔法を発現できると言われている。呪文を唱えず、魔法陣もいらない。祈るだけで魔法を発現する様子が『精霊にお願いして』魔法を使っているように見えることから、精霊魔法という名で呼ばれるようになった」

「どうして人間には形式魔法しか使えないの？」

ユーリが当然の疑問を口にする。魔法が形式魔法と精霊魔法に分けられることは分かった。しかし、なぜ人間には形式魔法しか使えないのかが不明である。

「明確な理由は今のところ判明していない。『使えないから使えない』と言わざるを得ないな」

「だったら……」

『人間にも精霊魔法が使えるかもしれないんだね』

あとの言葉は、音になる前にノエルの言葉にかき消される。

「使えない。例えばだが、ユーリ君は時間を止めることはできるか？　昨日に戻ることは？　未来を予想することができるか？　できないよね。考えるまでもない。では人間が時間を止めることができないということを、証明できるか？　これもできないよね。聖光教会の創始者アルマーニが魔法を発明したとされるのが二千年ほど前だ。それから人間はずっと魔法の研究をしてきた。詠唱魔法、刻印魔法、錬金術。過去の偉人たちが死ぬ思いで、文字通り死人を出しながらも研究してきた結論が、『人間には形式魔法しか使えない』ということだ。別に精霊魔法を研究するのは構わない。やめろとも言わない。しかし、先人たちの研究を否定する言葉を安易に口にするのはやめた方がいい」

「……ごめんなさい」

ノエルの静かな怒りに、教室が水を打ったように静かになる。

ユーリは自分の安直な発言を認め、謝罪の言葉を口にした。

ノエルはまたひとつため息を吐く。

「……一説だが、脳の作りが異なるのではないかという説がある。精霊魔法を使用する代表的な種族はエルフ族で、彼らは感情の起伏が少ないことが多い。人間の脳の感情を司《つかさど》る部分が、エルフ族では精霊と交信するための感覚器官になっているのではないか、という説だ。しかし、生きている人間とエルフの頭を割って見るわけにもいかないし、見たところで分かるはずもない。なので今は研究もされていない。それと……」

ノエルはそこまで言い、一度口を噤む。次の言葉を言うべきか言わずにおくべきか、悩んでいるのだろう。

「人間でも詠唱せずに魔法を使用した例はある」

今までの言葉を覆すようなセリフに、生徒たちが色めき立つ。しかし、続いたのはそんな生徒たちの興奮を急激に冷やす言葉だった。

「激しく感情が揺さぶられた時、魔法が発動した例はある。死ぬほどの恐怖、血涙《けつるい》を流すほどの怒り。それは、魔法なんて生ぬるいものではなかったと言われている。あれは暴走だ。そしてそれを研究しようとした研究者たちは……皆、精神を病んで死に至った」

再び水を打ったように、クラスが静まり返る。

「脳の作りが違う。だから無理やり精霊魔法を使用すれば、脳が壊れて精神を病む。これが現在判明していることで、そしてこれ以上何かが判明することはないだろう」

ノエルがそこまで話したところで、終業の鐘がやたらと大きく教室に響いた。

「話が逸れたが、今日の授業はここまでにする。今日聞いたことは全て忘れて構わない。ただしひとつだけ覚えておくこと。『人間には精霊魔法は使えない』。それだけ覚えてくれれば良い」

ノエルが教室を出ていくと、生徒たちは精霊魔法について思い思いに話し出した。その大半は、やっぱり夢物語に出てくるような魔法は人間には使えないのかという落胆《らくたん》や、子供の頃に夢見た魔法の話などといった他愛ないものだ。

その誰もが、精霊魔法を使えるかもしれないなどと思っていない。ただ1人を除いて。

「多分、可能性はゼロじゃない」

その呟きは、幸い誰の耳にも届かなかった。


土の日。ユーリが待ちに待った土の日である。

ユーリとオリヴィアは、師を紹介してやるというレベッカについていく。

辿り着いた場所は、広い庭付きの大きな屋敷だ。敷地は高い塀《へい》で覆われている。貴族でも住んでいるのかと思うほど立派な屋敷だが、手入れはされていないようで庭木や草は伸び放題、壁は汚れ、窓も所々割れている。夜中にこの屋敷を見れば、お化け屋敷と見紛う情景である。

錆びついた鉄門をレベッカが蹴り開けた。

「ここは……？」

オリヴィアが問う。

「ん？　あぁ、私が所属していたクランの拠点だよ」

まぁ、だいぶ前のことだがな、とレベッカは懐かしそうに屋敷を見上げながら言う。

「そこそこ大きくて名の知れたクランだったんだがな、ひょんなことでマスターが辞めてしまったんだ。サブマスターもそれを機に冒険者を引退。残ったメンバーも他のクランに引き抜かれたり独立したりと減っていき、あっという間に瓦解《がかい》したよ。まぁ、1人だけ辞めずに残った変わり者が、未だにこの屋敷を使ってるわけだが」

そんな話をしていると、タイミングよく屋敷の扉が開く。

「……おはよ」

数分前、いや、数秒前に起きたばかりといった様子で、半開きの瞳をこすりながら歩いてきた、尖った耳の女性。

腰まで流れる金髪に、凹凸の少ないスレンダーな体躯、眠たげな瞳から覗く透き通った翡翠色。

冒険者ギルドで以前出会った銀級冒険者、セレスティアその人である。

「あ」

「あ」

「ああ！」

「ん？　なんだお前たち、知り合いか？」

短く驚いたように声を出したユーリとセレスティア。感嘆の声を上げたのはオリヴィアだ。

セレスティアは眠たげな瞳のまま口を開いた。

「……迷子の女の子」

「ちがう！　冒険者の男の子！」

未だに勘違いしたままのセレスティアに、ユーリが憤慨しながら訂正する。が、セレスティアは意に介さずだ。

「私のこと、覚えた？」

「えっと、うん。セレスティア、だよね？」

「……うん」

なんともマイペースな会話の後ろで、オリヴィアがレベッカに事情を説明する。

「というわけで、少しだけ面識があります」

「なるほど、変な縁もあるものだな。セレスティア、こいつがこの前話した変な身体強化を使う子供だ。ちょっと見てやってほしい」

「……分かった」

セレスティアはユーリから距離を取って対峙《たいじ》する。特に身構えることはなく、自然体だ。

「ユーリ、あれを見せてやれ」

「見せてやれって言われても……」

相手は華奢な女性。しかも寝起きでパジャマ姿である。

「安心しろ、彼女はこと対人戦においては私より強い」

「……私、強い」

無表情ながらも、どこか自慢げなセレスティア。

ユーリは困ったようにオリヴィアに目を向ける。が、

「大丈夫だよ。セレスティアさん強いし、速いから。多分攻撃は当たらないわよ」

オリヴィアが言うのなら大丈夫なのだろう。ユーリはパシリと頬を叩いて気合を入れ、身体強化と偏重強化を発動する。驚いたように目を開くセレスティアに構わず、弾ける。

ユーリお得意の回り込んでからの回し蹴りである。

入った。

そう思った時には、ユーリは天を仰いで倒れていた。

「へ？」

上手く転ばされたのだろう。覆いかぶさるようにユーリを支えるセレスティアを、ユーリは呆然と見る。

「ロプサイド……」

しかし、セレスティアもまた驚きの表情でユーリを見つめ返す。

「どうして……君がそれを……」

「ロプ……何それ？」

「君が使ってる『変な身体強化』、私たちエルフは、『ロプサイド』って呼んでる」

「あ、やっぱりもう誰か使ってたのか」

ユーリは少し落胆した。自分が最初に発明したものかもしれないと考えていたからだ。

「うん。エルフ、使える。でも、エルフ以外で使える人、聞いたことない」

「そうなの？」

「うん。人間が使えるの、形式魔法だけ。例外、身体強化だけ。そのはずだった」

例外が、目の前の可愛らしい少年である。

「私は普通にできるから、なんで人間ができないか、分からないけど……」

「考えられないからだ」

ユーリとセレスティアの会話にレベッカが入る。

「ユーリ、足だけを強化してこれを蹴ってみろ」

朝食だろうか。レベッカは二口ほど齧ったリンゴをユーリへと放る。ユーリは言われた通り、右足を強化してリンゴを蹴る。乾いた破裂音、舞う霧、芳醇《ほうじゅん》な香りが漂う。

「今、お前は私がリンゴを投げてから、右足に魔力を集中して強化を行い蹴った。普通はできないんだよ、そんなことは。そんなに器用に魔力を扱える奴なんていないいんだ」

「でも……ただ魔力を偏らせて強化しただけだし……」

「体内の魔力を大きく偏らせる。まずそれが無理だ。さらにその魔力で身体強化を発動。これも無理だ。最後にそんなことをしながら戦闘をする。無理に決まっている。10桁の数字を暗算しながら楽器を弾《ひ》き、さらに会話までしているようなものなんだよ、私からしたらな」

レベッカが呆れたような顔で言う。

「でも……エルフの人たちはできるみたいだし……」

「私たちエルフは、あまり考えなくてもロプサイドを使用できる。右手に力を入れるような感覚で、魔力を操作できるから」

ノエルが言っていた『脳の作りが違う』とはこういうことなのだろう。

エルフが特に意識せずともできることが、人間にとってはかなり難易度が高いことなのだ。

「……そっか、人間には本来できないことができる、つまり僕は」

「つまりお前は頭がイカれている」

「頭がすごく良い……あれ？」

想定と異なるレベッカの言葉にユーリが首を傾げる。

「えっと、頭が良いんじゃなくて？」

「あぁ、頭がイカれてるな」

「10桁の暗算しながら楽器が弾けて、同時に会話しているようなものなんだよね？」

「あぁそうだな」

「だったらすごく頭が良いんじゃ……」

「どう考えてもイカれてるだろうが。想像してみろそんな奴を」

ユーリは頭に思い描いてみる。

とても高度な計算をしながら、楽器を奏《かな》で、楽しくお喋りしている人間を。

「イカれてるだろう？」

「……ぐう」

ぐうの音《ね》は出た。

「ともかく、同じような力を使うセレスティアに色々と教えてもらうといい。オリヴィアも学ぶことは多いだろう。それじゃ、私は学園に戻る。ティア、あとはよろしくな」

「……分かった」

レベッカは言いたいことだけ言うと、さっさと帰ってしまった。

「あの……セレスティアさん、本当にいいんですか？」

オリヴィアは恐る恐る尋ねる。相手は憧れの銀級冒険者である。

「冒険者の仕事も忙しいでしょうし、その、私たちお金もありませんし……」

「いい、私、指名依頼しか受けてない。お金もたくさんある。あと、敬語じゃなくていい」

「いや、でも……」

「いいの」

セレスティアは無表情ながら有無を言わせぬ顔で言う。

「とりあえず、訓練、する？」

寝ぼけ眼のパジャマエルフによる訓練が始まった。

「遅い。１秒もかかるロプサイドなんて無意味。そんなのただの自殺。やるだけ無駄。思考の速度できるようになって」

「ぐっ……」

スパァーン！

いい音が響く。セレスティアが手にしているのは大きなハリセンだ。どれだけ強く打たれようが、打たれたところが赤く腫れる程度である。

「右肩」

スパァーン！

スパァーン！

「遅い。左腿《もも》」

「遅い。右腕」

ペシーン！

「中途半端に妥協《だきょう》しない。全力じゃなきゃ無意味」

ズバァーーン！！！

およそハリセンから出たとは思えない重い音と共に、ユーリが吹き飛ばされた。

セレスティアの訓練の目的は2つ。

1つは、偏重強化の発動速度を上げること。最終目標は思考より速くなること。

もう1つは身体強化と偏重強化の最大出力の強化。

訓練方法はシンプルである。セレスティアが口にした体の部位に、なるべく早く、かつ全力でユーリが偏重強化を発動する。それだけだ。ハリセンは訓練に緊迫感を持たせるためのものである。

そしてオリヴィアへの指示はというと。

「できるようになって。ロプサイド」

以上であった。

「そんな簡単にできたら……苦労しないっての……ッ！」

訓練が始まって3時間。オリヴィアはたったの一歩も動かずにあがいていた。

目の前で何度も吹っ飛ばされるユーリを瞳に映しながらも、思考は自らの内側に向けている。

体内の魔力を、動かす。少しなら可能だ。詠唱魔法を使う時にもやっている。

しかしそれを、全身を巡る魔力全てを対象とし、体の一部に寄せるだなんて芸当、できるはずもない。

頭は知恵熱《ちえねつ》で熱くなり、一歩も動いていないにもかかわらず汗だくだ。

ポタリとポタリと顎から雫が落ちる。

そんなことできない、と今すぐに匙《さじ》を投げて帰りたくなる。できるはずがないのだ。偏重強化なんて今まで聞いたことがないし、使っている人を見たこともない。人間にはできない、エルフ特有の技なのだ。そう言って今すぐ帰りたい。

しかし、目の前の少年がそれを否定している。

できるのだ。エルフでなくとも。

「あぁーーーー！　もうっ！」

オリヴィアは一度頭をグシャグシャとかきむしり、再び己の魔力と向き合う。自分より10も年下の子供ができているのだ。諦めるわけにはいかない。

なかなか成果の見えない訓練は、まだまだ続く。


西の空が茜に染まり、夕の虫の音が響く。日中の暑さは既に去り、額を撫でる風も涼しく心地が良い。

夕方って気持ちがいいよなー、などと考えながら、大の字に倒れたユーリが空を眺める。

セレスティアとの訓練は昼食の時間を一度挟んだ以外は、一度の休憩もなく続けられた。

何度も叩かれ吹き飛ばされたユーリは、汗と土汚れでドロドロである。

ユーリの門限があるからと、ようやく訓練が終了したのがつい先程。ユーリは文字通り仰向けに倒れ今に至る。

オリヴィアの方はもっとひどい。

うつ伏せに倒れヒューヒューと荒く息をしており、目は虚《うつ》ろである。ただの一歩も動かない訓練だったとは思えないほどの疲弊っぷりである。

「お疲れ」

ユーリの頬に冷たいものが触れる。水の入ったグラスだ。

目を向けると、朝の格好のままのセレスティア。1日訓練をしていたというのに微塵も疲労の様子を見せないし、白いパジャマに汚れ1つない。

「依頼がない日は大抵ここにいる。訓練したい時、いつでも来ていい」

「うん、ありがと」

セレスティアはコクリと頷くと、今度はオリヴィアの元に向かう。

「オリヴィアも、お水飲んで」

「……ケホッ……あ、ありがとう、ございます」

オリヴィアは受け取った水を一気に飲み干した。

「はぁ……はぁ……生き返ったぁ～。セレスティアさん、私もまた来てもいいですか？」

残念ながらオリヴィアは今日の訓練では成果らしい成果を得ることはできなかった。だが、これで諦めるつもりはない。いつか絶対ものにしてやると熱意を燃やしていた。

「何、言ってるの？」

「……え？　駄目ですか？」

セレスティアはフルフルと首を振る。

「駄目じゃない。というか、今日のオリヴィアの訓練、まだ終わりじゃない」

「……え？」

「晩ご飯食べてから、続き」

どうやらオリヴィアの訓練はまだ続くらしい。

「え、いや、私、明日は討伐依頼に行く予定で……」

「キャンセルすればいい」

「いや、宿代とか稼がないとだし……」

「オリヴィア、ここに住む。宿代、いらない」

「……え？」

「毎日訓練できる」

「……へ？」

「私のお世話、する」

「……はい？」

「私、ご飯食べられる」

言葉少ななセレスティアの話を要約すると、つまりはこういうことらしい。
・オリヴィアは今日から住み込みでセレスティアから訓練を受ける。
・住み込みなので宿代は不要。
・食料代などはセレスティアが負担する。
・オリヴィアは家事炊事《すいじ》などのセレスティアのお世話をする。
「いや、でも流石にそういうわけには……」

「オリヴィア、訓練に集中できる。私、生活のお世話してもらえる。いいこと尽くし」

「でも、そんな急に……」

「決めたの」

「勝手に決められても……」

「決めたの」

どうやら決定事項らしい。セレスティアの瞳はオリヴィアを捉えて離さない。絶対に譲らないという瞳を見て、オリヴィアはため息を吐く。

急なことに困惑してはいるが、別にオリヴィアにとっても悪い話ではないのだ。それに、人のお世話は万年引きこもりオタク《エレノア》少女で手慣れたものだ。

「……よろしくお願いします」

「うん、よろしく。それじゃ、ユーリも、またね」

「じゃーね、オリヴィア、セレスティア」

ユーリもようやく起き上がって、学園へとのろのろと歩き出す。

オリヴィアはユーリを見送って、大きな屋敷に足を踏み入れて……

「ちょっと、何これ!?　最後に掃除《そうじ》したのいつよ!?」

「分からない」

「食器もいつから洗ってないの!?」

「分からない」

「あーもう！　洗濯物も溜めすぎー！」

オリヴィアがセレスティアに対して抱いていた、『オールラウンダーでなんでも１人でこなす、孤高《ここう》の美人冒険者』という幻想が、木《こ》っ端《ぱ》微塵に打ち砕かれた瞬間であった。

セレスティアとの訓練が始まってから一月《ひとつき》ほどが経過した。あの日から、ユーリは土と陽の日は欠かさずセレスティアの元へと赴《おもむ》いていた。たまに依頼でいない時もあったが、その時はオリヴィアと訓練をして、1日たりとも休んだことはない。

もちろん授業中の魔力操作の訓練も忘れていない。右腕、頭、左足、右足、次々に偏重強化を行っていく。速度に関しても問題はなく、そろそろ実践での使用が可能なレベルだろう。

一方で冒険者等級の進捗《しんちょく》は遅々《ちち》としたものだ。

参加させてもらえない魔法実技の授業の時にちまちまと常時依頼をこなし、稼いだ金額は一万リラほど。鉛級へのランクアップはまだまだ先だ。

そろそろ常時依頼だけでなく、討伐系の随時依頼に手を出してもいい頃かもしれない。ある土の日の朝、ユーリはセレスティアに訊ねていた。


重厚なドアについた青銅製《せいどう》のドアノッカーを叩くと、数分後に寝ぼけ眼のセレスティアが現れる。

挨拶もそこそこに、ユーリは本題を切り出した。

「ねぇセレスティア。僕強くなれてる？」

「うん。ロプサイドも実践レベル。1カ月前とは別人」

「じゃあさ、討伐依頼とか、行ってみようかなって……」

「まだ早い」

ユーリが言い終わる前に、セレスティアが言葉を遮った。

「確かにユーリ、強くなった。でも、慢心、駄目」

「そっか、うん。分かった」

「分かってない。分かってないから、そんなこと、簡単に言える」

セレスティアは無表情ながら、心配と怒りの光を目に浮かばせる。

「慢心で命を落とした仲間、何人も知ってる。大丈夫、イケる、いつもどおり、自分は強くなった。そんな言葉と共に、冒険者が死んでいく。一瞬の油断も許されない。それが討伐依頼」

「……うん」

ユーリは深く反省する。驕りがあったのだ。自分は強い、特別だという気持ちが。

「強くなったからリベンジしたい気持ち、分かる。でも、トロールは鉄級だけど、身体能力だけなら銅級にも及ぶ。一瞬で、命を落としかねない」

「うん……うん？」

「魔物の等級は、身体能力と知能の平均値で決められる。トロールは知能で鉄級に位置づけられてるけど、反対に言うと、知能が低くても鉄級に位置するほど身体能力が高いということ」

「あの、セレスティア？　セレスティアー」

「あんな遅い攻撃、当たるはずがないとタカを括って挑む人ほど、返り討ちに遭う。それに複数体同時に相手しなくてはいけなくなった場合……」

「セレスティアー」

「……何？」

まだ話の途中なんだけど、と不服の色を滲ませてセレスティアはユーリを見る。

「僕、トロールに挑むなんて言ってないよ」

「……じゃあ何の討伐に行くの？」

「僕はまだ土級だから、同じ土級の一角兎かコボルトかな」

セレスティアはいつもの眠たげな瞳に戻り、大きくあくびをしながら言った。

「そう。いってらっしゃい」

「あの、何かアドバイスとか……」

「今のユーリなら、楽勝。ロプサイド使わなくても勝てる。今から行っても、日帰りできると思う。いってらっしゃい。おやすみなさい」

真剣な空気は霧散し、セレスティアは2回目の大あくびをしながら屋敷の奥へ戻っていった。

「油断……慢心……するなって……言ってたのに……」

そんな緊張感の抜けたセレスティアの様子を見て、ユーリは決して油断や慢心をしないように固く心に誓った。


ユーリが初めての討伐依頼の相手に選んだのは一角兎であった。一角兎の角《つの》は粉末にして錬金術の触媒《しょくばい》に使用されるため、需要が多く常時依頼として掲示されている。

報酬は角1本につき500リラと土級にしては安くはないが、すばしっこくあまり大きくないため、追い回して集めるとすると骨が折れる。そのため不人気の依頼であった。

もっとも、土級の依頼で人気のあるものなど存在しないが。

一角兎は兎ではあるが、土に巣を作って住むことはない。なぜなら穴を掘って潜ると、長い角が邪魔をして方向転換できないからだ。そのため通常は低木の陰などに潜《ひそ》んでいる。

ユーリは冒険者ギルドで受付嬢モニカに教えてもらった、一角兎の目撃情報が多い、東門から少し先の雑木林を歩き、キョロキョロと辺りを見回す。

「……いた」

それほど時間がかからずに最初の1匹が見つかった。想像していたよりも大きい。

中型犬ほどの大きさに、体長と同程度の長さの立派な角。

都合の良いことに1匹だけだ。向こうもユーリの存在に気がついたらしく、角を向けて姿勢を低くし臨戦体勢をとった。

赤い瞳に睨まれてユーリの心臓がドクリと脈打つ。トロールと同じ、殺意の光を宿した瞳だ。

ユーリは自分からは仕掛けずに、一角兎の動きを待つ。

一角兎の得意技は、なんと言ってもご自慢の一角を使った突進攻撃である。防具を貫通するほどの鋭利さはないため、一角兎による死亡例は多くないが、それでも普通の服くらいは簡単に貫通してくる。特徴はそのスピード。小柄な体と強靭な後ろ足から繰り出される突進はなかなかに早い。

一角兎が後ろ足に力を込めた。

（……来る！）

ユーリも万一に備えて両足に偏重強化を発動。自分目掛けて突進してくる一角兎を見て……

「……え？」

遅い。想像よりずっと遅い。ナターシャの拳より遅い。全然見えるし、余裕で対応できる。

ユーリは顔目掛けてジャンプしてきた一角兎を避け、そのまま角を掴み、角の根本目掛けてシースナイフを一閃。

くぐもったキンという音、兎の鳴き声。

角の持ち主は背中から地面に落ちると、ユーリの方を見もせずに一目散《いちもくさん》に逃げていった。

「偏重強化どころか、身体強化すらいらないかも……」

ユーリは手に入れた角を腕に固定する。長物《ながもの》なのでこうした方が持ち運びは楽だ。

「油断はしない、慢心もしない。だけど……」

士級なら余裕で勝てる。そう認識しても問題ないはずだ。先程の個体が非常に弱かっただけという可能性もなくはないが。

ユーリは次の獲物を求めて歩き出した。


一角兎を狩り始めて2時間。ユーリは12匹ほどの兎を仕留めていた。どの兎も最初の1匹と同様に、一直線に突進してくるだけであった。

ユーリの左腕には12本の角が括りつけられている。

「重たくなってきたし、とりあえずギルドに戻ろうかな。それにしても、これで六千リラかー」

今まで必死に採集クエストをしていたのが馬鹿らしくなるほどに効率がいい。ユーリは今度から、時間がある時には一角兎狩りをしようと決めた。

少し休憩し、コンパスを確認してから街へと戻る。

「……ん？」

鼻に届く鉄の臭い。本能が警鐘《けいしょう》を鳴らす。

スンスンと鼻を鳴らしながら、より血の臭いが濃い方へ向かう。

そろりそろりと進んでいくと、臭いの中心地には内臓をぶち撒けた牡鹿《おじか》と、それに群がる黒い獣。

黒狼《ブラックウルフ》。

大きさは森狼とさして変わらない。しかし森狼が土級に分類されるのに対して黒狼は鉛級。違いは黒狼の残忍性にある。

森狼は捕食のためにしか動物を襲わないが、黒狼は例え満腹でも獲物を狩る。食べるために狩るのではなく、殺すために狩るのである。

また、群れでの連携が巧みで、5頭以上の群れの場合、危険度は鉄級に上がる。

そして今、ユーリの目の前で鹿を貪っている黒狼も、5頭。

（流石に、挑戦するにはまだ早い）

出発前にあれだけ油断慢心しないようにと心に誓ったのだ。ここで無理するわけがない。

ユーリは極力物音を立てないように、ゆっくりと後ずさる。しかし、ユーリの隠密《おんみつ》技術など下の下である。そもそも隠密行動など誰にも習っていないのだ。

二歩ほど下がったところで落枝《らくし》を踏みつけてしまう。

乾いたパンという音。

(しまった！)

思わず足元に目を向けて折れた枝を見て、すぐに視線を黒狼に戻す。

「ヒッ！」

10の赤い瞳が、ユーリに向けられていた。

黒狼たちは口から血をしたたらせ、どこかユーリを嘲笑《あざわら》っているようにも見える。今まで貪っていた鹿肉にはなんの未練もなくなったようで、新しいおもちゃに目を向けている。

黒狼は慌てる様子もなくゆっくりと、しかし淀みない動きでユーリに向かって歩いてきた。

5頭で少しずつ間隔を広げ、ユーリを捉える包囲網を作る。

(無理だ、逃げられない)

足場が悪く木々の乱立した雑木林で、四足歩行の捕食者から逃げ切れる算段が立たない。

「やるしか、ない！」

ユーリは覚悟を決めた。


大の字に寝転がり、血溜まりの中で天を仰ぐ。

ユーリは赤く染まり震える己の手を眺めていた。この血はユーリのものではない。周りに転がる黒狼の首から流れるものだ。

決着はあっけなくついた。

獲物が逃げないと見るや、次々と飛びかかってきた黒狼の動きを見切り、首に一閃ずつ、計五閃で終了だった。

もちろん簡単にできることではない。

ユーリの鍛えられた動体視力と精密な運動神経、偏重強化が上手く融合《ゆうごう》した結果である。

牙を、爪を、すり抜けるように避けて、確実に喉を切り裂いた。

傍目《はため》から見れば、幼子が一瞬で狼に食い殺されたように見えただろう。

「……イケる。多分、僕は強い」

ユーリは血まみれの手を握りしめ、勢いをつけて起き上がった。

黒狼の討伐証明は尻尾。肉は獣臭く食用には向かない。毛皮も売れはするだろうが、処理の手間を考えると新しい獲物を探した方が効率はいいだろう。

ユーリは黒狼の尻尾を切り落とし、数回振って血を飛ばし、腰にぶら下げる。

「なんか、どこかの部族みたい。ちょっとかっこいいかも」

左腕に長い角、腰にはふかふかの尻尾。少年心をくすぐるラインナップである。

ユーリは意気揚々とギルドへと向かった。


時刻は昼過ぎ。冒険者ギルドが比較的落ち着いている時間だ。ユーリはいつもの受付嬢モニカのいるカウンターへ行く。

最近はモニカのカウンター前に踏み台が常備されるようになった。踏み台を使わなくていいくらいの身長になることが、ユーリのちょっとした目標である。

「ユーリ様、いらっしゃいませ。いつもの納品ですか？」

仕事の早いモニカが、計測用の秤を取りに行こうと腰を上げる。

「あ、モニカ、今日は採集依頼じゃないんだ。討伐の方」

「討伐、ですか？」

モニカが首を傾げる。

「うん、これ」

ユーリが一角兎の角をカウンターに置くと、モニカは少し驚いたように目を開く。

「まぁ、一角兎を討伐してきたのですか？　こんなにたくさん……小さいのにすごいですね！」

「ありがと……え？　小さいってどういう意味？」

果たして年齢か、それとも身長か。

「確かに一角兎の角12本、受領いたしました。それではギルドカードを……」

「あ、ちょっと待って。こっちもお願い」

ユーリは精算しようとするモニカに待ったをかけ、腰に括りつけていた黒狼の尻尾を外し、カウンターへと置く。

「これは……まさかっ！」

「黒狼の尻尾。たぶん」

「これを……どうしたのですか？」

「襲われたから倒した」

「倒したって……そんな……こんなに小さいのに……」

「え？　年齢？　小さいって年齢だよね？」

ユーリの問いを無視して、モニカは真剣な表情で黒狼の尻尾を確認する。

「……黒狼の尻尾で間違いありません。ユーリ様、どうやって黒狼を倒したのですか？」

「どうって……5頭襲いかかってきたから、ナイフで倒したけど……」

「1頭ずつではなくて、5頭同時にですか!?」

モニカがカウンターに身を乗り出して聞いてくる。

いきなり目の前に迫ってきたので、ユーリは驚いて踏み台から落ちそうになった。

「そ、そうだけど……」

「……信じられません、5歳ほどの少女が黒狼の群れを倒すなんて、前代未聞です！」

「違うよ！　7歳の少年！」

どうやらモニカの頭には、初対面の時にセレスティアが言った『5歳くらいの女の子』というセリフがこびりついているようだ。

「あ、失礼しました」

「それで、もう確認は大丈夫？」

「えっと、はい、確かに。黒狼5頭の討伐、受領しました。少々お待ちください」

戸惑いながらもモニカは精算を行い、ユーリに一万と千リラを手渡す。

「一角兎の角12本の納品で六千リラ、黒狼の常時討伐依頼5頭で五千リラ。合わせて一万と千リラです。ギルドカードをお預かりいたします」

モニカはギルドカードの裏にスタンプを11個押す。今日1日でだいぶ進んだ。

「おい、あのガキが黒狼を討伐したってよ」

「んなわけねぇだろ。親か親戚の手伝いで納品しに来ただけだろ、馬鹿馬鹿しい」

ユーリとモニカのやり取りを聞いていた冒険者たちは、誰も本当にユーリが黒狼を討伐したとは信じていない。モニカでさえ、協力者がいると考えていた。

当然だ。1頭ならまだなんとかできるかもしれないが、黒狼5頭は鉄級の危険度に値する。勝てるわけがないのだ、普通の7歳児であれば。

ただ、ユーリは普通ではなかった。

ユーリの快進撃が、始まる。


「あなた、最近コソコソと何をやっているの？　前はよくオレグ教官に質問しに来ていたけれど、最近は全然来ないし、土と陽の日も朝早くからどこかに出かけてるみたいじゃない」

戦闘技術の授業中、ナターシャがユーリに問いかける。2人は組手の真っ最中だ。当然、普通に組手をやればユーリの圧勝であるため、片目を瞑ったり片腕だけで対応したりと、ユーリは自らにハンデをつけて組手をしている。

「今、冒険者やってるんだ」

「冒険者？」

ナターシャが呆れたように言う。

「あんなに魔法魔法って意気込んでいたのに、もう諦めたの？」

「諦めてないよ。魔法のために冒険者になったの」

「どういうこと？」

「研究に使う素材が欲しくて。でも銅級くらいの強さがないと取りに行けないんだ。だからまずは強くなることにしたの」

「面倒なことしてるわね。買えばいいじゃないそのくらい」

「そんなお金あるわけないじゃん。やっと三万リラ貯まったくらいなのに。冒険者ギルドに依頼を出すと十万リラ以上かかるんだよ？」

「そのくら……そうなのね」

そのくらいも買えないの？

ナターシャはその言葉を飲み込んだ。住む世界が違うのだ。ユーリと自分では。

家にある私物を売ればいくらになるだろうか。誕生日に届いたプレゼントの宝石を売れば、百万リラさえ軽く超えるだろう。

この前ユーリの部屋に持っていき、そのまま置いてきた茶器だって、ポットとカップ、ソーサーを合わせれば十万リラはする高級品だ。

水を汲んでおくと、夜中に喉が乾いた時に便利だと屈託なく笑っていたユーリの様子から察するに、金銭的な価値など微塵も理解していないのだろう。

まぁ、あれだけ喜んでもらえれば、ティーセットとしても本望《ほんもう》だろう。例え用途を間違っていたとしても。

「ねぇ、アグラオフォティスって聞いたことある？」

冒険者活動をしているのなら聞いたことがあるかもしれないと思い、ユーリに尋ねる。

「あぐら……ふぉ？」

「アグラオフォティス。その様子だとなさそうね。気にしなくていいわ」

「ふーん？」

しかし、ユーリはそんな単語を聞いたことはなかった。ナターシャにも何かしらあるようだが、気にしなくていいと言われたので、ユーリはアグラオフォティスのことを頭の片隅に留めるに収める。

何かあれば、その時は相談してくれるだろう。

なんといっても友達なのだから。

友達なのだから！

ユーリは友達という単語を頭に思い浮かべて、笑みを浮かべる。

「何をニヤニヤしてるのよ、気持ち悪い」

「なんでもないよ。ただ、友達なんだなーって」

「何よそれ、変なの」

「うひひっ」

「……その笑い方やめて、気色《きしょく》悪いわ」

私語をしながらユーリとナターシャの組手は続く。鳴らし程度の運動から、だんだんと本格的なものへ。

病弱ながらも多少は体力がついたのか、ナターシャは最初に比べるとだいぶ動けるようになってきた。このまま頑張れば、病弱な体質も治るかな、などと、この時のユーリは楽観的に考えていた。

「ユーリ様、おめでとうございます。押印が１００を超えたので、本日で鉛級に等級が上がりました」

モニカはユーリに土級のカードを返却すると、新たに金属製のカードを取り出しカウンターの上に置く。鉛級のカードである。名前の欄には既にユーリと彫刻《ちょうこく》されている。

もちろん純粋な鉛ではなく、硬度を上げた鉛合金《なまりごうきん》だ。

「ユーリ様は本日から正式に冒険者として認められます。土級のカードはベルベット領都内でしか使用できませんでしたが、鉛級のカードはベルベット領内のどこででも使用できます。あと、土級のカードと異なり、押印は一万リラ単位となります。クエストの達成額が一万リラ未満の場合には切り捨てとなるのでご注意ください」

「一角兎の角を貯めておいて、20本を一度に持ってきてもハンコを1つ押してもらえるの？」

「はい、それは問題ありません」

「じゃあ、採集系のクエストはできるだけまとめて精算した方がいいんだ」

「制度の穴のようなものですが……そういうことになります。ただ、ほとんどの方は生活もありますので、こまめに精算に来る方が多いです」

反対にこまめに精算に来なくてもいい人は、それなりに生活基盤が整っている冒険者ということでもある。それならば等級を上げても問題ないだろう。

「……なお、パーティで依頼を達成した場合には、その旨《むね》の申告をお願いいたします。精算を1人の方で行い、集中的に等級を上げることはできません」

モニカがチラリとユーリを見る。

モニカとて、素直で可愛らしいこの少年が不正をしているなんて思っていない。思ってはいないが、この小さい冒険者が安定して黒狼を狩れるとも思えない。

「はーい。僕は1人でやってるから大丈夫だね」

モニカの視線など気がついていないのか、ユーリは呑気にそんなことを言う。

「まだ先になりますが、鉄級に上がる際に簡単なテストがありますのでご承知おきください」

「はーい」

暗に実力を疑うようなモニカの言葉にも、ユーリは動じない。

ユーリが新しいカードに手を伸ばすと、ヒョイと上から伸びてきた手に横取りされた。

「はっ！　こんなチビが鉛級ぅ？　冗談でも笑えねぇなあ！」

ユーリが見上げると、そこには軽薄そうな若い男。

赤い髪は整髪剤でツンツンと尖っており、意地悪そうな吊《つ》り目には嘲笑《ちょうしょう》の色が窺える。口は大きく、犬歯《けんし》が覗く。

「レンツィオ様、カードをお返しください」

「つってもよぉモニカちゃん、こんなチビに黒狼が狩れるわけねぇだろ！　腰からこれ見よがしに黒狼の尻尾ぶら下げちゃってよぉ、しかも7本も！　不正は取り締まっておかねぇと、ギルドの信用がなくなるぜぇ!?」

「ギルドが正式に判断した結果です。カードをお返しください、レンツィオ様」

「やなこった！　このちっこいのの力を確かめるまでは返さねぇよ！」

　頭上で行われるそんなやり取りを、ユーリはなんの気なしに眺めていた。

　ユーリは考える。このレンツィオという人は、なぜこんな意地悪をするのだろう。受付嬢を困らせて何がしたいのだろうと。

　そして思い出す。マヨラナ村にいた時に、母フリージアが言っていたことを。

『みんながユーリちゃんのことを虐めても気にしなくていいのよ。みんな、ユーリちゃんのことが可愛いから、好きだから意地悪しちゃうの』

『好きなのに、意地悪をするの？』

『そうなの。好きだからこそ、気を引きたくて意地悪をしちゃうのよ』

『ふーん。変なの』

『そうそう。昔はパパもね、私の気を引こうとして、わざと他の若い女の子にね……』

『ママ！　その話はしないって約束だったじゃないか！』

そんな両親の会話を思い出す。つまりはこのレンツィオという男もそうなのだろう。

ユーリの視線に気がついたのか、レンツィオが睨んでくる。

「あ？　なんだクソガキ。文句あんのか？」

「……お兄ちゃん、モニカのこと好きなの？」

「……ひゃ？」

突然の言葉にレンツィオが固まる。赤い髪と同じくらいに顔も真っ赤に染まっていった。

「は、はぁ〜〜〜!?　そんなわけねぇし！　はぁ〜〜〜!?　このクソガキ何言って、何言ってんだろうなぁ！　わけ分かんねぇなぁ!?　なぁクソガキが！　だれが好き好んで、こんな地味でパッとしねぇジメジメしたナメクジ女なんかよぉ！」

「地味でパッとしないジメジメしたナメクジ女で申し訳ございません。それよりもカードをお返しください」

「あっ、いや、ちがっ」

何やらワタワタと慌て出したレンツィオからカードを奪い取り、ユーリは入り口へと走る。

入り口で振り返り、モニカに笑顔を向けて一言。

「僕はモニカの丁寧なところと、優しい目が大好きだよ！　じゃあまたねー！」

「なあっ！　このクソガキ!!　待ちやがれ！」

レンツィオが慌ててユーリを追おうとするも……

「レンツィオ様、地味でパッとしないジメジメしたナメクジ受付嬢に、ご要件があったのではないのですか？」

「ち、違うんだよモニカちゃん！　そういうつもりじゃ……」

「地味でパッとしないジメジメしたナメクジ女ですが、ギルドの仕事は問題なく遂行《すいこう》できます。安心してご要件をお話しください」

「も、モニカちゃ～ん……」

石火のアルゴの歳の離れた弟、レンツィオ。素行《そこう》は良くないが、実力はある若手の冒険者である。歳若くも、銅級に上がるのはもうすぐだ。

そんな彼の二つ名は、石火のアルゴにちなみ、真っ赤のレンツィオと呼ばれるようになる。

なんでも、素行が悪い割には初心《うぶ》で、好きな人の前で顔を真っ赤にしていたからとか……

最近は冒険者としての活動に積極的なユーリだが、もちろん冒険者稼業《かぎょう》にばかり傾倒しているわけではない。平日の放課後は毎日エレノアの研究室に行き、お手伝いを兼ねつつ、錬金術の知識を蓄えていた。

ユーリとて、ある日いきなり魔法が使えるようにならないかな～などと、お花畑な考えをしているわけではない。漠然とではあるが、魔法を使えない自分が使えるようになるためには錬金術の力が必要なのではないか、と考えていた。

なぜなら魔法の属性が火、水、風、土、木、闇、光の7種であり、錬金術の素材の属性も同じく

7種に分かれているからだ。

ならば、上手く錬金術を使って魔力を属性に変換できれば、魔力のある人ならば魔法を使えるようになるのでは？　と考えたのだ。

もちろんそんなことは今までも散々研究されている。その『上手く錬金術を使って』の部分をどうやればいいかが皆目《かいもく》見当もつかないため、自分の属性以外の魔法を使えないという結論に至っているのだ。

現代の錬金術は主に2つの側面が大部分を占める。

1つはその名の通り、金を生成することを目的とする錬金術である。実は成功した事例が過去にある。その材料は全ての属性を持つ虹竜の鱗、甲羅《こうら》に宝石を背負う魔物ジュエルトータスの肝臓、常闇《とこやみ》に咲く花リューゲンブルメの花弁、そして触媒《しょくばい》にプラチナを使用して、精製できた金は100グラムほどだった。

そこそこの量を精製できたとはいえ、かかった費用はその100倍にも上る。錬金に成功したというのに多額のお金を失ったことから『失金術』などと揶揄され、さらに『失禁術』と誤解され、一部では術中に失禁した錬金術師などと不名誉なレッテルを貼られたとか。

金の錬成を目指すロマンの錬金術、これが第一の錬金術である。

2つ目はポーションなどの薬や肥料、毒を精製する錬金術である。現代で錬金術というと専《もっぱ》らこちらを意味する。

ポーションは冒険者からの需要が高く、また家庭でも傷薬《きずぐすり》の感覚で常備しているところが多い。

そのためポーション類の需要は安定しており、一定の収入が見込める。

堅実な錬金術。これが第二の錬金術である。

そして、ごく少数がその2つに該当《がいとう》しない錬金術を研究している。エレノアはその少数にあたる変わり者だ。

この第三の錬金術が何を作り出すのかというと……

「見てくださいユーリ君！　取っ手を握ると筒《つつ》から風が吹く道具です！」

「わ、ほんとだすごい！　でも取っ手がすごく冷たい！」

「取っ手から熱を吸収して風の力に変えてるんです。マグマに住む火トカゲの内臓とホオヅキカズラの種を主な素材にしてですね……」

「エレノア！　冷たい冷たい冷たい！　手が張りついちゃった！」

「あああああ！　お湯！　お湯につけてくださいー！」

というように、『何か』を作り出しているのである。

「エレノア、他に手伝うことはある？」

「そうですね、今日は特にないですね。ユーリ君は一通り錬金術の基礎は覚えたので、今日は実際に錬金術をやってみましょう」

「ほんとに!?」

実は錬金術を試したくてずっとウズウズしていたユーリである。実際に錬金術を使えると聞いて、その瞳を爛々と輝かせた。

「はい。では簡単にできるもの、そうですね、蓄熱石を錬金してみましょう」

蓄熱石。第三の錬金術の中では珍しく役に立つものである。火の中に1、2時間くべておくと、その後1日ほどは50度程度を保つ特性を持った石である。一冬くらいは繰り返し使え、ヒビが入ったら捨て時である。

素材はある程度強度の高い石と、適当な油。触媒は無属性のものが良いが、この程度の錬金であれば別になんでも良い。

河原などにある、角が取れてすべすべした石で作られたものの人気が高い。

「最初は適当な石と適当な油でやってみましょう。失敗しても基本的に消費するのは触媒だけなので、惜しまずどんどん使ってください」

「分かった！」

ユーリは作業台の上に触媒（一角兎の粉末）で円を描き、そこに石と、油紙《ゆし》で作った箱に入れた油を置く。いざ錬金を始めようとするユーリに、エレノアがまるで教鞭《きょうべん》をとるが如《ごと》く、どこか得意げに話し出す。

「失敗は成功の母と言いますが、錬金術ではまさにその言葉を痛感します。そもそも『失敗することすらできない』んです。錬金術の一歩目は触媒に魔力を通すこと、これを『通力《つうりき》』と言います。この一歩目がとにかく難しいんです。錬金術師を目指した人の約八割はここで挫折すると言います。もちろん通力ができたからといって、錬金術が成功するわけじゃありません。今度は触媒と素材を魔力で満たす必要があります。これを『魔力飽和《ほうわ》』といい、この状態になって初めて錬金が始まります。この時、魔力が少なすぎたら錬金は始まらず、多すぎたら触媒が焼けてダメになります。また、属性値の高い素材の場合は魔力飽和させるための必要魔力量も当然膨大《ぼうだい》になるため、魔力の少ない人はここで断念せざるを得ません。そして最後に、その魔力飽和状態を維持して、生成したいものを念じる必要があります。これがまた難しい。魔力量を一定に保ちながら、作りたいもののイメージを送り込む。この両方を同時にする作業で心が折れる人が多数います。反対に言うと、これができれば『錬金術師』を名乗ってもいいかもしれません。この3ステップは『通力1年、飽和2年、錬金するにはあと3年』などと言われており、一人前の錬金術師になるには6年もの歳月が」

「……できたかも」

「必要だと言われてってえええええぇぇぇぇ!?」

得意げな顔から一転、エレノアが慌てて作業台を見ると、触媒は変色しており、油の量が減っている。蓄熱石の生成では、石の見た目に変化が起こらないので、実際に使用してみなければ分からないが、それでも錬金術師であれば、触媒だけを見れば一目で分かる。確実に錬金が成功した跡である。

「し、信じられません……あの、もう一度やってみてもらっていいですか？　今度はしっかり見ておくので」

「うん、いいよ」

ユーリは変色した触媒を捨て、新しい触媒で円を描く。新しい石を置き、油を注ぎ足す。

「それじゃ、やってみるね」

「……お願いします」

ユーリは円になっている触媒の一部に人差し指を触れる。

どんなに頑張っても外に出ていかなかった魔力が、指先から流れ出ていく。魔力で満たされた触媒が淡く光を放つ。

触媒を魔力で満たしたら、今度は素材に流していく。決して無理はせず、しかしムラはなく。強すぎず、弱すぎず。

エレノアがゴクリと息を飲んだ。

触媒と素材が魔力で満たされたら、今度はいよいよ錬金反応だ。

火の属性値の高い油から、石の方に属性を流すイメージ。人肌の温度、いや、それより少し温かいくらいの温度を保つ特性を付与《ふよ》するように。

素材に魔力が吸われていく感覚。枯渇しないように、指先から同量を流し込む。

やがて石から魔力が溢れ出したので、そこで終了。

「……ふぅ。どうかな、できてる？」

ユーリが問うも、エレノアは驚愕の表情のまま動かない。数十秒のあと……

「プファア！　……ハァ、ハァ……ゲホッ……お、思わず息を止めてしまってました……」

エレノアは震える手で石を取る。

「できていると、思います。いえ、絶対に成功してます。だって、あんなに綺麗な錬金反応でしたから……」

錬金を行う際に発生する触媒の発光現象。初心者は魔力にムラがあり、発光が瞬《また》くはずだ。

いや、そもそも初心者ならば発光すらしないはず、ましてや初めての錬金の実践である。

それなのに、ユーリの錬金で起こった発光現象は、恐ろしいほどに安定していた。まるで風の通らない密室に灯る蝋燭《ろうそく》の灯火《ともしび》のように、揺らめくことすらしていなかった。

あれで成功していないわけがない。

「ユーリ君、錬金術は初めてですよね……？」

「え？　うん。そうだよ？」

なんでもないことかのように言うユーリ。単純な好奇心の瞳。自慢も奢りも得意げな色もない。

『天才』

そんな単語がエレノアの頭に浮かんだ。

エレノアには、自分は頭が良いという自覚がある。魔法理論も錬金術も、同学年の誰よりも理解が早かったし、魔法実技だってすぐにできるようになった。

先程エレノアが言った『通力1年、飽和2年、錬金するにはあと3年』の言葉よりも早く、通力は1カ月でできるようになった。それでも1カ月である。毎日毎日練習して1カ月だ。

教官から言われた『天才』という言葉は、今すぐに返上しなければならないだろう。

自分が天才だとしたら、目の前の少年は一体なんだというのか。

「ちょっと色々試していい？　高そうな素材は使わないから」

「え、あ、はい。構いませんが……」

ユーリはあまり貴重ではなく、値段も安い素材を手に戻ってくる。属性が風と木のホオヅキ、水属性の魚の魔物の鱗を2枚。まずは先程と同じように、触媒と石を置き、油の代わりに鱗を1枚。人差し指を触れて魔力を流し始める。

「あの、ユーリ君？　蓄熱石を作る時は、火の属性値を持つ素材じゃないと……」

エレノアの静止も聞かず、ユーリは魔力を流し続ける。しばらくすると触媒からプスプスと煙が上がり始め……

ボシュウ！

「あっつ！」

「ユーリ君!?」

触媒が激しく瞬いて火を上げた。

「ユーリ君、大丈夫ですか!?　火傷してないですか!?」

「あはは、大丈夫大丈夫」

幸い火傷まではしていないようだ。

「適さない属性の素材を使うと、触媒の回路が発熱して発火するって忘れちゃったんですか？」

「ううん、覚えてたけど。実験実験」

そう言いながら、ユーリはまたも石と鱗を置く。

「ユーリ君、それは……」

「ちょっとやってみたいことがあってねー」

ユーリは同じように通力を始める。しかし、先程と異なり、触媒は安定した光を放つ。

今度は触媒が発火することなく錬金が終了した。

「よし」

「……何をしたんですか？」

「蓄熱石が作れるなら、逆に蓄冷石みたいなのも作れるのかなと思って。多分できたと思う」

「そんな……」

理解、そして応用が早すぎる。

確かにその発想は前からあったし、実際に作った人もいた。残念ながら用途がなさすぎて教本やレシピに記されることはなかったが。

だからこそ、ユーリは蓄冷石なんてものを知らないはずだ。

それなのに創《つく》った。魔力操作の技術とイメージの力が、7歳のそれではない。

驚愕するエレノアをよそに、ユーリはホオヅキを取り出してセットする。

今度は一度目で成功する。

「今度は何を……？」

「えーっと、分かんない！」

「分からない？」

「蓄熱石と同じ要領で、風の力を石に定着させるイメージで錬金してみたんだけど、風の力ってよく分からないよね」

石に見た目の変化はなく、風が吹いているわけでもない。軽く投げてみても変化はない。

「まぁ、失敗なのかなー」

「錬金術では、正しく反応しても望む効果が得られない時もあります。今回はそれに該当するかもしれません」

「なるほど〜。でも、錬金術って楽しいね！　いろんな組み合わせを試してみたくなっちゃう！」

「気がついてしまいましたか！　錬金術の面白さに！　でもその先は泥沼《どろぬま》ですよ。やればやるほどやりたいことや試したいことがどんどん増えて、気がついたら寝食を忘れるほどです……。ふふふ、ユーリ君、一緒にこの泥沼に沈みましょう……」

「エレノア、怖い怖い」

光のない目で笑うエレノアを見て、ユーリは苦笑いする。あまりのめり込みすぎないようにしようと思うも、頭の中では色々とやりたい錬金術で溢れていた。

かくして1人の少年が、錬金術師としての一歩を踏み出した。

世界はまだ、この小さな錬金術師を知らない。しかし、いずれ必ず知ることになる。

この世界をひっくり返す、小さな錬金術師が誕生した瞬間であった。

外伝　憧れの冒険者

駆け出し冒険者のオリヴィアには、憧れの冒険者がいた。

容姿端麗《たんれい》、才色兼備、確かな実力で銀級まで上り詰めたその冒険者の名は、セレスティア。

寡黙《かもく》で他の冒険者とパーティを組むことはほとんどなく、いつもソロで活動しているエルフ族の冒険者だ。

戦闘スタイルは、風魔法とショートソードを使いこなし、1人で遠距離戦も接近戦もこなすオールラウンダー。

相手の攻撃を避けることを前提とした軽装で駆け回り、魔物を手玉に取る姿を見た者は、皆彼女に憧れるだろう。ごく稀に冒険者ギルドに現れ、指名依頼を受注して颯爽と去っていく彼女の、私生活を知る者は少ない。

未知というものは、人の想像を膨らませる。

オリヴィアも例に漏れず、麗《うるわ》しの銀級冒険者の私生活を勝手に妄想《もうそう》していた。

朝早く起きて、微睡みながらもその綺麗な顔に微笑を浮かべ、窓枠で羽を休める小鳥に挨拶をし、軽く伸びをしてから流れるような金髪に櫛を入れる。

ネグリジェのままダイニングへ向かい、ベーコンエッグとパンとサラダの軽い朝食を済ませる。

身だしなみを整え、まだ目覚める前の街中をジョギングして体を温める。

冒険者ギルドに向かい、山のように届いた指名依頼の手紙を困った表情で見たあとに、今日受ける依頼を選別。

受注する依頼の基準はもちろん金額などではない。セレスティアが選ぶのは、最も困っている人からの指名依頼だ。例えば、お金のない近隣の村がなけなしの銀貨銅貨をかき集めてきた討伐依頼だったり、貧乏姉妹からの幻《まぼろし》の薬草採取の依頼だったり。

損得度外視《どがいし》の人助け。セレスティアはあえてそういう依頼ばかりを受けるのだ。

オリヴィアはいつも、勝手に妄想して作り上げた銀級冒険者の姿に憧れを抱いていた。


オリヴィアが目を覚ますと見慣れない天井が目に入った。

そうだ、昨日、レベッカに師を紹介してもらい、その人がまさかのセレスティアで、流れでそのまま憧れの人の屋敷に住み込むこととなったのだ。

オリヴィアは体を起こして、自分と同じベッドで寝ているセレスティアに冷めた目を向ける。

「…………………」

昨日は偏重強化の訓練をへとへとになるまでやったあと、ゴミ屋敷と化していた屋敷の掃除を行った。訓練で疲れた体に鞭を打って、なんとか水回りとお手洗い、2階にある寝室の2つ並んだベッドの片方を綺麗にした。

するとなんと、綺麗になった途端に、そのベッドにセレスティアが潜り込んだのだ。

その時、オリヴィアの中で何かが切れた。

もうどうでもいいやという気持ちで、自分も同じベッドに倒れ込んで、寝た。

数時間前までは憧れの冒険者だったその人と同じベッドにいるというのに、欠片の緊張も感じなかった。

そして今に至る。

窓の外を眺めると、太陽がもう随分高く上がっていた。

おそらく朝の九の刻を回ったあたりだろう。

オリヴィアの妄想のセレスティアが、困っている人を助けるために駆け出している頃だ。

実際のセレスティアは、オリヴィアが整えたベッドでよだれを垂らしながら気持ちよさそうに寝ているが。

昨日はなんとかベッドだけ綺麗にしたが、寝室には着たのか着ていないのか、要るのか要らないのか分からない服が散乱しまくっている。

とりあえずは屋敷の片付けを終わらせなければ。

念のため、家主《やぬし》に許可を取ってから片付けを始めようと思い、隣で寝ているセレスティアの体を揺する。

「セレスティアさん、おはようございます。この部屋、片付けちゃおうと思うんですけど、いいですか？」

「んー……勝手にして……」

セレスティアは瞼《まぶた》をピクリとも動かさずに言うと、寝返りを打って再び寝息を立て始めた。

「勝手にしてって……」

オリヴィアがため息を1つ。とりあえずこの怠惰な冒険者が目を覚ますまでは、寝室の片付けでもしよう。

「ふー。やればできるものね」

オリヴィアが額に浮いた汗を拭いながら、満足げな顔で寝室を見回す。

散乱していた衣服類を片付け、天井と壁の埃をハタキで落とし、床を掃《は》いてゴミを捨て、雑巾《ぞうきん》で磨《みが》き上げた。

セレスティアが寝ていない方のベッドの布団《ふとん》はベランダの手すりに干し、マットレスも立てかけて乾燥させる。

今夜は気持ちよく眠れるだろう。

時刻は昼の一の刻になろうかというところだ。流石にお腹が空いてきた。

セレスティアに目を向けるも、未だに起きる気配はない。一体いつまで寝るつもりだろうか。

「セレスティアさん。もうお昼を過ぎましたよ。いい加減に起きてください」

肩を揺さぶりながら言うと、ようやくセレスティアが薄く目を開けた。

しばらく目をクシクシとこすり、寝ぼけ眼のままオリヴィアに視線を向け、一言。

「ごはん」

「……っ！」

オリヴィアは口から出かけた言葉をかろうじて飲み込んだ。

仮にも相手は銀級冒険者で、自分に戦い方を教えてくれる師匠だ。『コイツ！』だなんて言葉を吐いていいわけがない。

「えっと、何が食べたいですか？」

「美味しいもの」

あまりにも雑なリクエストにため息を吐く。

「台所の食材、勝手に使っていいですか？」

「ん。全部、オリヴィアの好きにしていい」

どうやらこの怠惰な冒険者は、懐が相当に深いらしい。

「それじゃあ、適当に何か作っておきますね」

「できたら、起こして」

セレスティアはまだ寝るようだ。オリヴィアはため息を1つ追加して、台所へと向かった。

「好きにしていいって言ってたけど……何もないじゃないのよ……」

オリヴィアは台所に呆然と立っていた。置いてあるものは、いつのものか分からない穀物《こくもつ》や小麦粉、埃をかぶった瓶に入っているスパイス類。ジャガイモは芽が出て萎《しお》れており、玉ねぎは半分腐っている。まともなものは干し肉くらいだろうか。

「堅《かた》パンすらないなんて……」

一体セレスティアは何を食べて生きているのやら。

「買いに行くと時間かかっちゃうし、仕方ない。あるものでなんとかしますか」

昨日今日でセレスティアに対する印象がガラリと変わったオリヴィアだが、それでも憧れの人である。どうせなら美味しい料理を食べてもらいたい。

「とりあえずシチューと、ジャガイモでニョッキでも作ろうかしらね」

一般人にとっては絶望的な食材だったとしても、普段から食費を浮かせるために料理をしているオリヴィアであれば、それなりのものを作り出すことはできる。

ささっと下ごしらえを終えて、鍋でコトコトとシチューを煮込む。良い香りがふわりと漂い始めた。

「そういえば庭の木にまだレモンがなっていたわね。生野菜の代わりにはならないけど、レモン水でも作ろうかしら」

屋敷の庭に出てレモンを収穫。ついでに何かないかと見回すと、半分野生と化した菜の花が咲き乱れている。

「菜の花のおひたしならできそうね」

菜の花も数本収穫し、調理を再開。

半刻もしないうちに、シチューとジャガイモのニョッキ、菜の花のおひたしが出来上がった。

テーブルに料理を並べていると、シチューの香りに釣られたのか、2階からセレスティアが降りてきた。

「おはようございます。もう出来上がるので座って待っててください」

「……もう？　ご飯、買ってきたの？」

「作ったんですよ。食材は勝手に使わせてもらいました」

「嘘。食材なんて、なかったはず」

「ありましたよ。ジャガイモとか、ニンジンとか」

セレスティアが台所の端っこに目を向ける。痛みの少ない食材を使ったので、残っているのはほとんどがもう駄目になっているものばかりだ。

セレスティアもオリヴィアの視線を追って腐りかけの食材を見て、少しだけ目を見開く。

「ゴミしかなかったのに」

「いやまぁ、ほとんどゴミでしたけど……」

セレスティアの言いように苦笑いしながら配膳《はいぜん》を終える。

椅子に座ると、セレスティアも座り、祈るように手を組んだ。

「いただきます」

「いただきます」

セレスティアが恐る恐るシチューを一口。先程腐りかけの食材を見ているので気が引けるのだろう。

しかし、あり合わせの食材で作ったとは思えないほど美味《びみ》であった。

普段料理などせず屋台や酒場で味の濃いものばかり食べていたセレスティアの体に、シチューの優しい味が染み渡る。

無表情ながら幸せそうに料理を噛みしめるセレスティアを見て、オリヴィアは小さくガッツポーズをした。

無言の朝食が終わると、セレスティアが満足そうに言う。

「美味しかった」

「それはよかったです」

「晩ご飯もよろしく。お金、そこに入ってるから、好きに使って。今日は屋敷の掃除、やっといて。掃除してる間も、魔力操作、怠《おこた》らないこと」

セレスティアが指差す棚を開けると、鉄貨から金貨までがじゃらじゃらと大量に入っていた。

「分かりました。セレスティアさんはどうするんですか？」

「ちょっと、出てくる」

「そうですか」

おそらく、指名依頼を受けに冒険者ギルドへと赴くのだろう。

寝ぐせがついたまま屋敷を出ていくセレスティアを見送って、オリヴィアは腕まくりをする。

「さてと、どこから片付けようかしらね」

1人で住むにはあまりにも大きすぎるセレスティアの屋敷。

広い玄関とエントランス。レストランでもできそうな台所とダイニング。寝室に書斎にゲストルーム。そして広い庭。一朝一夕《いっちょういっせき》では片付きそうもない。

しかし、オリヴィアはセレスティアに稽古をつけてもらう身。師匠の言うことは絶対だ。

文句を言っても何も始まらない。オリヴィアは広い屋敷の掃除に取り掛かるのであった。

それから1カ月ほどかけて、オリヴィアはようやく屋敷の掃除を終えた。掃除だけに集中すれば1週間ほどで終わっただろうが、魔力操作をしながらであったため非常に効率が悪く、1カ月もかかってしまったのだ。

綺麗になった屋敷を歩き回り、オリヴィアは満足げに頷いた。

物の整理、ゴミの処分、掃き掃除に拭き掃除はもちろんのこと、カビた絨毯は全て綺麗に洗って干し、割れた窓は木の板で塞ぎ、壁や塀は水魔法を使用して綺麗にした。

荒れ放題だった庭の草木も整えられ、風情《ふぜい》溢れる情景となった。もうここをお化け屋敷と揶揄する者はいないだろう。

自らの完璧な仕事の成果を見て回りひとしきり満足し、ご機嫌に夕食を調理するオリヴィアは、ふと真顔に戻った。

「私、この1カ月間、家事しかしてない……？」

おかしい。強くなるためにセレスティアの元に来たはずなのに。やっていることといえばメイド兼庭師兼料理長である。今日なんて市場で投げ売りされていたサメのヒレを買って下処理し、風通しの良いところに干すという手の込んだことをしていた。もはやただの料理人である。

私は一体何をやっているのだろうか。ただの一度だって討伐依頼に赴いていないではないか。

――ジュワワワァ

「おっとっと」

思わず考え込んでいると、料理中のテールスープの鍋が沸騰《ふっとう》し、慌てて火から離す。

お玉ですくって一口。美味しい。完璧な味付けだ。

「って、そうじゃなくて」

もしかして、あの銀級冒険者にいいように使われているだけじゃないか？

そんな考えが脳裏をよぎった。

「ただいま」

ちょうど料理ができたタイミングでいつも通りセレスティアが帰ってきた。

「あ、おかえり」

この1カ月の間にオリヴィアはセレスティアに対して敬語を使うことをやめた。毎日毎日セレスティアを起こして、ご飯を食べさせ、散らかしたものを片付けてあげているのだ。敬《うやま》う気持ちも消えるに決まっている。

オリヴィアの作った料理を堪能《たんのう》し、ソファにもたれかかって目を瞑っているセレスティアにオリヴィアが問いかけた。

「ねぇティア。私、訓練のためにここに来たのに、家事しかしてない気がするんだけど」

問われたセレスティアは面倒くさそうに片目を開けて答える。

「掃除中、魔力操作の訓練、してるはず」

「それはしてるけど、なんというか、もっと組手とかするものじゃないの？」

「いずれ、やる」

「ユーリ君とはいつもやってるのに」

オリヴィアが不満げな顔で俯く。まるで拗ねた子供のようだ。

セレスティアは小さくため息を吐いて言う。

「偏重強化、やってみて」

「……うん」

オリヴィアは深呼吸をし、魔力を足に集中させる。

「……嘘」

ほんの少しだけ、偏重強化ができた。もちろん、実戦投入など夢のまた夢である。ただ少しの間だけできただけだ。しかし、確かにできた。

「ただ魔力操作の訓練するだけじゃ、ここまでできない。掃除を意識しながら、魔力も意識する。偏重強化の訓練に、ちょうどいい」

「……そうなのね」

オリヴィアは自分を恥じた。セレスティアはオリヴィアのために掃除をさせていたというのに、そんなセレスティアを疑ってしまった。

「てっきり掃除してほしいだけだと思ってたわ。ごめんなさい、ティア」

オリヴィアが素直に頭を下げて謝る。セレスティアが気まずそうに視線を逸らしたが、幸い頭を下げているオリヴィアには見えなかった。

「でも、実戦も、大切。今度、討伐依頼、行く」

「それは、私も連れていってくれるってこと？」

「当然」

セレスティアの言葉にオリヴィアがパアッと笑顔を咲かせた。

「ありがとうティア！」

「……ん」

荒れに荒れた屋敷の片付けを都合よくオリヴィアに押しつけていたセレスティアが、気まずそうに再び視線を逸らしたのであった。


セレスティアがオリヴィアと行く討伐の相手に選んだのは、熊の体にフクロウの顔を持つ魔物、アウルベアであった。魔物等級は銅級。銀級冒険者であるセレスティアにとっては容易に倒せるが、鉛級のオリヴィアには到底敵わない魔物である。

アウルベアは魔法を使わない。毒もなければトリッキーな動きをするわけでもない。

ただ、単純にデカく、力が強い。単純な強さだけで銅級に位置づけられているのだ。

そんな魔物が視界の先に、いる。

オリヴィアはたらりと顎に垂れた汗を手の甲で拭った。自分が戦うわけではないのに、この緊張感である。

オリヴィアは涼しい顔のままのセレスティアを見て口を開く。

「ティア。余計なお世話だと思うけど、一応言っておくわ。気をつけてね」

オリヴィアの言葉にセレスティアは首を傾げた。

「何、言ってるの？」

「何って……心配してるのよ」

「なんで？」

「いや、だって今から戦うのよね、アイツと」

オリヴィアがアウルベアの方を顎でしゃくる。アウルベアはオリヴィアたちの匂いに気がついているのか、警戒気味に周囲を見回している。

「私、戦わない」

「え？　どういうこと？」

「オリヴィア、戦う」

「…………は？」

オリヴィアが固まった。一体この銀級冒険者は何を言っているのだろうか。

戦う？　鉛級である私が？　銅級の魔物であるアウルベアと？

「ムリムリムリムリ！」

オリヴィアが小声で言いながら高速で首を横に振る。

「私鉛級よ!?　銅級の魔物に勝てるわけないじゃない！」

「何かあったら、助ける」

「何かあったあとじゃ遅いのよ！」

「大丈夫」

セレスティアが両手をオリヴィアの頬に当て、その瞳を見つめる。翡翠色の瞳と目が合い、オリヴィアの息が詰まった。

「オリヴィア、強い。足りないのは、自信だけ」

「強いって……私の何を知ってるのよ……」

「佇まいだけで分かる。大丈夫、信じて」

信じられないわよ、というセリフをオリヴィアが飲み込んだ。

逡巡ののち、ため息。

いくら私生活がだらしなかろうと、セレスティアは銀級冒険者である。実力は確かだ。ならば、信じてみよう。

確実に勝てる魔物とばかり戦ってきて、最近成長を感じていなかったのだ。だからこそ、師を紹介してくれるというレベッカの話に飛びついた。

「……分かった。やってみるわ」

オリヴィアが細剣を抜き放ち、覚悟を決めた目で頷いた。


アウルベア。

温帯域から亜寒帯域まで幅広く生息している大型の熊の魔物。フクロウのように大きな瞳と鋭いくちばしを持つ。体長は3メートルを優に超え、4メートルを超えることも珍しくない。ずんぐりむっくりとしたフォルムだが、その体に脂肪は少なく、ほぼ全て筋肉で構成されている。

属性魔法による攻撃をしてくることはないが、成熟した個体は魔力による身体強化を会得《えとく》しており、単純な力は銅級の魔物の中でも最上位にあたる。人里まで降りてきて作物を荒らすことはあるが、積極的に人間を襲うことはない。

ただし、自らのテリトリーに侵入してきた相手に対しては、人間だろうが格上の魔物だろうが容赦なく襲いかかってくるため注意が必要。

なお、身体強化の使用時には、その大きな瞳が赤く発光するという特徴がある。

目の光る個体と遭遇《そうぐう》した場合は覚悟を決めた方が良いだろう。

そして、オリヴィアの目の前にいるアウルベアの瞳は……

「光ってる……」

淡く光る瞳。アウルベアは殺意の宿った瞳でオリヴィアを睨みつけ、立ち上がる。

その体長はオリヴィアの倍はあるだろう。

「って、呆けてる場合じゃない！」

慌てて身体強化を発動するオリヴィア。ゆっくりと近づいてくるアウルベアを注視する。

5メートルほどまで近づいた時、アウルベアが右腕を大きく振りかぶり、急に間合いを詰めてオリヴィアに振り下ろした。

「くっ！」

右斜め後方に転がりながら避けるオリヴィア。アウルベアの鋭い爪が木の幹に当たる。簡単にその幹を抉《えぐ》った。

「1発でももらったらお終《しま》いね」

タラリと冷や汗が流れた。力量差がありすぎる。勝てるはずがない。

オリヴィアがちらりとセレスティアの方に目を向けるが、アウルベアに気がつかれないように気配を消して茂みの中に隠れたままだ。

「一体どうしろっていうのよ……」

攻撃が当たらなかったことにイラついたのか、アウルベアが一声上げてオリヴィアに駆け寄ってくる。右腕、左腕のコンビネーション。初撃はステップで避けて、追撃を細剣で受ける。衝撃を和らげるように自ら吹き飛ばされ、地面を転がり立ち上がる。

とりあえず、防御に徹していればすぐに殺されることはなさそうだ。

しかし、反撃の糸口がまるで掴めない。

無理に攻撃しようとすれば、あっという間にあの鋭い爪の餌食《えじき》だろう。

太い木の幹さえ簡単に抉る攻撃力だ。身体強化していたとしても、オリヴィアの首など容易に千切り飛ばすだろう。

嫌な想像にゾッと悪寒《おかん》を覚え、身体強化を極限まで上げる。

それから1時間ほど、アウルベアの一方的な攻撃が続いた。

攻撃を受け、受け身を取り続けたオリヴィアは、大きな怪我こそないもののあちらこちらに擦り傷ができて服もボロボロだ。

「どうしろって言うのよ！　あんなの、安全に倒す方法なんてないじゃない！」

オリヴィアの戦闘スタイルは、相手を観察し、見切り、万が一の危険もないように倒すという堅《けん》実《じつ》な戦い方だ。

目の前のアウルベアにはそんな隙はこれっぽっちも見当たらない。攻撃に転じることができない。

「あんな攻撃、食らって平気な人なんているわけないじゃない……」

あんな巨体から繰り出される鋭くて頑丈《がんじょう》な爪の斬撃《ざんげき》を食らえば、例え銀級冒険者のセレスティアであってもひとたまりもないだろう。

そう考えて、オリヴィアは気がつく。

「もしかして、安全に倒す方法なんて……ない？」

オリヴィアはずっと考えていた。かすり傷一つ負わずに敵を倒す、安全な方法を。しかし、果たしてそんな方法があるのだろうか。いや、ないだろう。相手は凶悪な魔物なのだ。そんな方法があるのであれば、誰だって実践しているだろう。

オリヴィアは自分の状態を確認する。

万が一にも攻撃を受けないようにと、避けて、転がり続けた今の自分を。転がり避けた際に地面の石で打撲《だぼく》を負い、木の枝で頬を切り出血し、攻撃の衝撃で痛めて手の関節が腫《は》れている。

攻撃を食らっていないのに、ボロボロだ。

改めてアウルベアを見る。もし、多少の怪我を覚悟して戦えばどうだろうか。

大きく振りかぶったアウルベアの腕を見切り、オリヴィアは半身になって避ける。

先程まで、大きく跳んで避けていた攻撃を、足捌きだけで避ける。

そして、隙だらけのアウルベアの脇腹に細剣を一閃。浅く切り裂き、鮮血《せんけつ》が舞う。

「……気がついた」

そんなオリヴィアを見てセレスティアが呟いた。

オリヴィアに足りないもの。それは攻撃を受ける覚悟。

安全を最優先する戦い方が悪いわけではないが、それでは格上の相手など到底倒せない。

冒険者として一歩先に進むために必要な『戦う』覚悟、『冒険する』覚悟を、オリヴィアが体得した。

「ここからは、私が攻撃する番よ」

決して自ら近づこうとしなかったオリヴィアが、一歩、アウルベアに踏み出す。

先程までとは異なる雰囲気に、アウルベアが後ずさった。

「痛いのは嫌だけど……死ぬよりはマシね」

形勢逆転。多少の怪我を許容してしまえば、大げさに転げ回って避ける必要などなくなる。そうすれば、反撃の隙も見つけられる。

オリヴィアの頬を、腕を、脇腹をアウルベアの爪が浅く切り裂く。しかし、それを意に介することなくオリヴィアが攻撃を返す。もらった攻撃より、強く、深く相手を切り裂く。

このまま行けば、勝てる。

そう思って口角《こうかく》を上げたオリヴィアの膝が、ガクリと折れた。

「なっ⁉」

チャンスとばかりに襲いかかってきたアウルベアの攻撃を跳んで避け、再び地に膝をつくオリヴィア。

「なん……で……」

オリヴィアは自分の体を確認する。致命傷はない。ないが、体中をあちこち切り裂かれ、流れ出た血液で服が赤く染まっている。

血を、失いすぎた。

対してアウルベアは、オリヴィアよりも深手を負っているはずなのに、ふらつく様子もない。体力に差がありすぎる。

「早いとこ、決着をつけるしかなさそうね……」

深呼吸し、心を落ち着ける。そして、身体強化を解いた。さらに、脱力。

オリヴィアにはまだ、身体強化を発動しながら、偏重強化を重ねがけするなんて器用なことはできない。

だから、身体強化を解いた。当然防御力はガクリと落ちる。攻撃を受ければひとたまりもないだろう。

その代わり、右腕に偏重強化を発動。防御を捨てた、諸刃《もろは》の剣。

「できるか分からないけど、やるしかない」

ゆっくりとした足取りで、怒り狂うアウルベアに近づく。

無防備に近づいてくるオリヴィアに、アウルベアが大きく右腕を振りかざした。

極限の集中力で攻撃を見切り、スッとアウルベアの懐に入り込む。

「シィッ！」

痛んだ手首に構うことなく、渾身《こんしん》の一撃をアウルベアに叩き込む。

アウルベアの左腕が宙を舞った。痛みに怯《ひる》み、大きくオリヴィアから距離を取るアウルベア。

いける！

そう考える思考とは異なり、オリヴィアは地面に倒れ込んだ。

「やば……うごけない……」

血を流しすぎ、魔力も使い切り、オリヴィアには戦えるほどの力は残っていなかった。

ポンと、オリヴィアの頭に置かれた手。

「よく、頑張った」

「ティア……」

霞《かす》む視界で見上げると、そこにはセレスティアの姿が。

「ごめん、勝てなかった」

「あれだけできれば、上々《じょうじょう》」

片腕を失い、痛みと怒りで憤怒《ふんぬ》を撒き散らしながらアウルベアが高く吠《ほ》えた。

その姿を見ながらセレスティアが言う。

「力が入りすぎると、堅くなる。体も、心も。普段は、流れる水のように。攻撃する時だけ、堅い鋼《はがね》のように。大切なのは、メリハリ。それができれば……」

セレスティアがアウルベアの方へ駆け出す。柔らかく、しかし、疾《と》く。

すれ違いざまに高く跳び上がり、セレスティアを目で追えていないアウルベアの首に一閃。

「この程度の敵、偏重強化《ロプサイド》は、いらない」

いとも簡単にその首を落とした。

あまりにも鮮《あざ》やかな手腕に、オリヴィアが渇いた笑いを漏らす。

誰よりも疾く、誰よりも鮮やかで、そして、誰よりも美しい。

そうだ。私が憧れた銀級冒険者は、こうだった。

「はい、アウルベアの肝臓《かんぞう》のソテー。味付けはシンプルにごま油と塩だけよ」

「これが、食べたかった」

目の前にデンと置かれた大きなアウルベアの肝臓のソテーを見て、セレスティアが無表情ながらに目を輝かせた。

アウルベアは筋肉の塊《かたまり》のような魔物であるため、その肉は硬く食用には向かない。しかし、肝臓は栄養豊富であり絶品。濃厚なコクと旨味《うまみ》があるのに、臭みは全くない。

昔セレスティアが食べた時は、ロクな処理もされていない肝臓であったため、あまり美味しいとは思わなかった。

しかし今回は違う。仕留めてすぐに血抜きをし、冷たい流水で洗い流し、水気を取って急いで持ち帰り、適切な下処理をし、調理した。最高の状態と言っても過言《かごん》ではないだろう。

ナイフで大きめに切り取り、フォークで口に運ぶ。口いっぱいに頬張ると、まるでバターのようなコクが広がった。

うまい。うますぎる。

目を閉じてゆっくりと味わうセレスティア。とても幸せそうである。

美味を堪能しているセレスティアに、オリヴィアが少しはにかみながら話しかける。

「ねぇ、ティア」

「何？」

「私ね、昔、ティアに助けてもらったことがあるの」

「……覚えてない」

「うん。そうだと思う。3年くらい前、私が冒険者登録をしてすぐの頃に、森狼から助けてくれたんだ」

高等部に進学してすぐ、自分は強いと勘違いして、意気揚々と討伐依頼へと向かった時のことを思い出す。

たった1匹の森狼すら倒すことができずに、ただひたすらに逃げ惑っていた時、たまたま通りかかったセレスティアに助けてもらったのだ。

あの日見たセレスティアの姿を、オリヴィアは今でも鮮明に思い出すことができる。

突然現れ、あっという間に森狼を倒し、すぐに去っていったセレスティアの姿。あの日、オリヴィアはセレスティアのようになりたいと心から思ったのだ。

「今日、アウルベアを倒してくれたティアの姿を見て、昔のことを思い出したのよ。ティア、あなたは私の憧れだった。そしてそれは今も変わってない」

「……ん」

セレスティアが照れ隠しのように、肝臓のソテーを頬張った。

「これからもよろしくね、ティア」

「ん。これからも美味しい料理、よろしく」

湿っぽい話は終わりとばかりに、オリヴィアが声色《こわいろ》を変える。

「そうだ。ティアが食べるかなと思ってフカヒレを作ってるのよ。あと1週間くらいでできると思うから、楽しみにしてて」

食べてくれる人がいると、料理を作る腕にも力が入るというものだ。

オリヴィアは台所に吊るした干し網《あみ》に目を向ける。数週間前に下処理をして、現在乾燥中のフカヒレ。そろそろ食べ頃だろう。

「……え？」

ない。

干し網の中にあるはずのフカヒレが見当たらない。

毎日毎日、まだかまだかと乾燥具合を確認していた、まるで我が子のように育ててきたフカヒレが、どこにもない。

　空っぽの干し網が、窓から吹いてきた風で虚しく揺れる。

「なんで……」

　猫が侵入して取っていった？

　いや、それならば干し網が引っかかれてボロボロになっているはずだ。

　ならば、泥棒？

　しかし、家の中を荒らされた形跡など皆無だし、フカヒレだけ持っていく意味が分からない。

　外部犯は考えにくい。

　となると、答えは……

　オリヴィアがセレスティアに目を向けると、セレスティアがそっと視線を逸らした。

「ティア、あんたまさか……」

「ごめん、炙《あぶ》って食べた」

「た、食べたって……」

「硬かった」

　クラリと目眩《めまい》を起こすオリヴィア。

　丁寧に下処理をして、まるで我が子の成長を見守るかのように待ち続けたフカヒレ。それをよりにもよって、炙って食べるだなんて消費のされ方をしてしまった。

　怒りでぷるぷると震え出す。

「も、もう怒ったわ！　ティア、そこに直りなさい！」

オリヴィアが怒りに任せて拳を振るうも、鉛級冒険者の攻撃など避けるのは容易《たやす》い。セレスティアは首だけでひょいと避け、余裕綽々《しゃくしゃく》でソテーをパクり。

「あまい。重心動きすぎ、動作も大きすぎ。避けるの、容易」

「何冷静に分析してんのよっ！」

その日は夜遅くまで、屋敷にオリヴィアの怒り声が響いていた。


冒険者オリヴィアには憧れの冒険者がいた。

その冒険者は、想像していた姿とは違い、だらしなく、我儘で、ちっとも気を使えない子供のような性格であった。

しかし、想像していた以上に強く、鮮やかで、美しかった。

オリヴィアの憧れは、依然として憧れのままである。

あとがき

このたびは、私の処女出版作品であります『ユーリ～魔法に夢見る小さな錬金術師の物語～』をお手に取っていただき、誠にありがとうございます。本書をお楽しみいただけたのであれば、大変にうれしく存じます。

はじまりは『剣と魔法の世界なのに魔法が使えない子を主人公にしてみよう』という思い付きでした。ですが、筋肉でごり押しするような話は既出です。ということで、主人公が試行錯誤して魔法を使えるようになるまでの物語を書くことにしました。

お話はほんの序盤ではありますが、これからユーリたちは山あり谷あり、笑いあり少しだけ涙ありで、どんどん成長していきます。

小さいユーリがどのように大きくなっていくのか、暖かく見守っていただければ幸いです。

物語の一番の見どころは、小さな子供であるユーリがいろいろな人たちと出会って、失敗したり成功したりと、たくさんの経験を積んでいくところかなと思います。その他にも、便利な道具を開発したり、ピンチを錬金術で解決したりと、読み応えのあるお話となる予定です。続巻をお待ちいただけるとありがたい限りでございます。

最後に謝辞を。

ツギクルブックス編集部の皆様、また担当のK様。出版について右も左も分からない私の面倒を見てくださり、誠にありがとうございました。また、これからも引き続きお付き合いできれば幸いです。

素敵なイラストを描いてくださった柴崎ありすけ様。私のつたないキャラクター説明から、意図を読み取りユーリたちを愛らしく具現化していただけたこと、大変感謝しております。

家事炊事をほっぽりだして執筆している私を支えてくれた家族、本当にありがとう。そして執筆の邪魔をしながらも癒しをくれた愛娘、膝の上に乗ってくるのは良いけど、バックスペースキーだけは勘弁してください。

最後に本書を手に取ってくださった皆様、本当にありがとうございます。楽しんでいただけたのであれば、これに勝る喜びはありません。

それでは、続巻でまたお会いできることを心から願っております。

10月某日深夜　愛娘の寝息を聞きつつ

佐伯凪

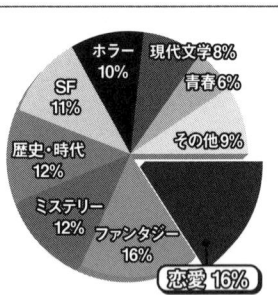

フェンリルのママに育てられた転生者であるサリーは兄姉に囲まれ、幸せに暮らしていた。厳しいがなんやかんや優しいママと、強くて優しく仲良しな兄姉、獣に育てられる少女を心配して見に来てくれるエルフのお姉さんとの生活がずっと続くと思っていた。ところがである。ママから突然、「独り立ちの試験」だと、南の森を支配するように言われてしまう。無理だと一生懸命主張するも聞いてもらえず、強制的に飛ばされてしまった。『ママぁぁぁ！　おにいちゃぁぁぁん！　おねえちゃぁぁぁん！』

魔獣が住む森のなか、一応、結界に守られた一軒家が用意されていた。
致し方なく、その場所を自国（自宅？）として領土を拡張しようと動き出すのだが……。

フェンリルに育てられた（家庭内）最弱の少女が始める、スローライフ、たまに冒険者生活！

定価1,430円（本体1,300円＋税10%）　ISBN978-4-8156-3034-8

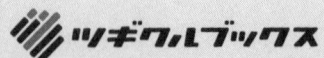

二人キャンプしたら
異世界に転移した話
著 トロ猫
イラスト むに
1〜6
異世界のソロキャンプって
本当に大変！
双葉社で
コミカライズ決定！

ツギクルブックス

愛読者アンケートに回答してカバーイラストをダウンロード！

愛読者アンケートや本書に関するご意見、佐伯凪先生、柴崎ありすけ先生へのファンレターは、下記のURLまたは右のQRコードよりアクセスしてください。

アンケートにご回答いただくとカバーイラストの画像データがダウンロードできますので、壁紙などでご使用ください。

https://books.tugikuru.jp/q/202411/yuri.html

本書は、カクヨムに掲載された「ユーリ～魔法に夢見る小さな錬金術師の物語～」を加筆修正したものです。

ユーリ～魔法《まほう》に夢《ゆめ》見《み》る小《ちい》さな錬金術師《れんきんじゅつし》の物語《ものがたり》～

2024年11月25日　初版第1刷発行

著者　佐伯凪《さえきなぎ》

発行人　宇草 亮
発行所　ツギクル株式会社
〒105-0001　東京都港区虎ノ門2-2-1
発売元　SBクリエイティブ株式会社
〒105-0001　東京都港区虎ノ門2-2-1

イラスト　柴崎ありすけ
装丁　株式会社エストール

印刷・製本　中央精版印刷株式会社

ISBN978-4-8156-3033-1
Printed in Japan